KB259804

서비스
서비스

서비스, 서비스

초판 1쇄 발행 2013년 9월 24일

지은이 이미욱
펴낸이 강수걸
편집주간 전성욱
편집 양아름 권경옥 손수경 윤은미
디자인 권문경
펴낸곳 산지니
등록 2005년 2월 7일 제14-49호
주소 부산광역시 연제구 거제1동 1498-2 위너스빌딩 203호
전화 051-504-7070 | 팩스 051-507-7543
홈페이지 www.sanzinibook.com
전자우편 sanzini@sanzinibook.com
블로그 http://sanzinibook.tistory.com

ISBN 978-89-6545-226-3 03810

*지은이는 2011년 한국문화예술위원회
차세대예술인력육성사업(AYAF) 기금을 수혜 받았습니다.
*책값은 뒤표지에 있습니다.
*이 도서의 국립중앙도서관 출판시도서목록(CIP)은 e-CIP 홈페이지
(http://www.nl.go.kr/ecip)에서 이용하실 수 있습니다.
(CIP 제어번호: CIP 2013017387)

서비스 서비스

이미욱 소설집

산지니

차례

단칼

그는 캔버스에 그림을 그렸다. 그림은 아주 생생하게 보였다. 신비한 캔버스다. 아름답고 매혹적인 캔버스. 그가 그리는 캔버스는 생명력을 가졌다. 촉촉한 윤기와 희고 고운 살결, 얼음처럼 차가운 피부, 탱탱한 탄력으로 생동감이 느껴지는 몸이다. 누구보다 예각이 적고 곡선이 우아하며 한 떨기 싱싱한 들꽃 같은 몸은, 내 것이다. 어떤 화가들은 하얀 종이에 그림을 그리고, 그는 내 몸에 그림을 그렸다.

세상에서 가장 아름다운 무사를 그려 주겠다. 그가 긴 호흡을 가다듬으며 말했다. 나는 실오라기 하나 걸치지 않은 몸으로 서 있었다. 그는 길게 늘어뜨려진 내 머리카락을 단단하게 묶었다. 머리카락을 만지는 그의 손길은 부드러웠다. 그가 길고 가느다란 펜슬을 들었다. 스케치가 시작되었다. 펜슬은 살결의 여린 털을 하나씩 가로질러 나갔다. 얼굴부터 발끝까지, 펜심이 조금씩 닳아 갔다. 그의 키 높이도 펜심처럼 점점 작아져 갔다. 봉긋한 가슴에서 잘록한 허리를 거쳐 암팡진 무릎 선으로, 점점 작아졌다. 어느새 가느다란 선들이 몸을 어지럽게 감싸고 있었다. 마치 머리카락이 덕지덕지 달라붙은 것처럼. 그는 펜슬을 놓았다.

그가 손에 붓을 잡았다. 붓은 몸에 그려진 선을 따라갔다. 외줄타기를 하듯 아슬아슬하고 세밀하게 그려 나갔다. 위에서 아래로, 왼쪽에서 오른쪽으로. 입체적인 굴곡에서도 그의 손은 하염없이 유연했다. 붓은 정신없이 내 몸을 휘감았다. 어깨에서 발목까지 드러나는 단단한 균형도 완벽하게 잡아 주었다. 전신에 자리 잡은 근육은 붓의 포옹을 받자 사뭇 긴장감이 돌았다. 부드럽게 스치듯 지나가는 붓은 내 몸을 사로잡기에 충분했다.

밝은 잿빛으로 얼굴이 밀도 있게 칠해졌다. 머리카락 사이사이로 보이는 두피와 귓바퀴가 말려 들어간 귓속, 주름진 목둘레까지. 그는 숱이 많은 둥근 붓으로 부드럽고 꼼꼼히 나를 칠했다. 살짝 튀어나온 이마 아래, 눈썹은 짙은 먹빛으로 날카롭게 그려졌다. 흑옥 같은 눈에 두꺼운 아이라인을 그리고, 눈두덩이는 반짝이는 금빛 가루를 칠해 매서움을 강조했다. 눈매 끝부분은 탁한 녹두색을 칠해 스모키한 느낌을 가져왔다. 콧날은 오똑하게 보이도록 강조를 주었다. 한층 좁혀진 미간이 앙큼한 고양이를 떠올리게 했다.

"네 입술은 언제 봐도 매혹적이야. 입술에 있는 점까지도."

입술에 피보다 더 짙은 농도의 붉은색을 칠하던 그가 느닷없이 말했다. 나는 지그시 감고 있던 눈을 천천히 떴다. 도톰한 내 입술이 매혹적이라는 것은 인정해도 아랫입술에 까만 깨처럼 박힌 점까지는 아니었다. 입술에 있는 점은 언니도 똑같이 가지고 있었다. 내가 엄마보다 언니를 더 닮았다는 사실을 알고선 점을 없애 버리고 싶을 때가 있었다. 점은 언니가 찍어 놓은 낙인같이 느껴졌다. 여린 입술에 깊이 새겨진 낙인은 악몽 같은 기억처럼 선명하게 찍혀 지워지지 않았다. 언니에 대한 그 기억은 더듬더듬 목이 메이게 하는 슬픔이었다. 하지만 나는 언니가 돌아올 때까지 절대 그 점에 손대지 않기로 했다. 그렇게 결심한 것은 갑작스런 교통사고로 부모님이 돌아가시고 난 뒤였다.

싸늘히 식어 버린 부모님의 주검 앞에는 나와 이모뿐이었다. 아기를 낳지 못한다는 이유로 이혼녀가 된 이모였다. 친척이 없는 내게 이모는 둘도 없는 가족이 되었다. 딸이 하나밖에 없던 엄마가 젊은 부부의 아기를 돌보면서 샘을 내자 삼신할미가 나를 점지해 주었다, 이런 신빙성 없는 말을 믿고 자란 나는 늦둥이었다. 초등학교 학부모 회의에는 으레 언니가 왔었다. 또래 학부모보다 나이가 많은 엄마는 언니를 대신 학교에 보냈다. 나는 엄마의 심정을 충분히 이해했지만 기분은 좋지 않았다. 언니가 학교에서 엄마 행세를 하는 것이 달갑지 않았기 때문이다. 하지만 언니는 흰 백합을 안고 와서는 젊은 엄마 역할을 멋지게 잘해 주었다. 그런 언니 모습에 친구들은 나를 부러워했다. 특히 남자 담임선생님은 엄마랑 많이 닮았다면서 나를 대하는 태도가 사뭇 달라졌다. 나는 그런 관심이 거북했지만 참을 만했다.

언니가 무슨 말을 어떻게 했는지는 몰랐지만 엄마는 절대 못하는 일이었음은 분명했다. 한 번쯤, 언니가 엄마였으면 하는 생각이 들었다.

그가 무사의 얼굴을 칠했던 붓을 씻고 있었다. 나는 거울 앞에 가서 내 얼굴을 바라보았다. 입술과 눈은 색상 대비를 이루어 강렬한 이미지가 연출되었다. 풋풋한 과일처럼 싱그럽던 내 얼굴은 표정 하나 없이 무섭고 차갑게 굳어버린 무사의 얼굴이 되었다. 그는 왜 내게 이런 그림만 그리는지 모르겠다. 내게 그리는 그림은 하나같이 차갑고 남성적인 느낌이 강했다. 여자라는 것이 억울할 만큼.

다시 붓을 든 그는 무사의 갑옷을 내 몸에 차곡차곡 입혀 나갔다. 갑옷은 역사 속의 가죽과 쇠로 만들어진 것이 아니다. 그만의 독특한 감각으로 디자인된 갑옷이다. 세상에서 단 하나뿐인 갑옷. 갑옷의 비늘 문양은 악어 껍질을 닮았다. 비대한 악어의 비늘은 부드러운 피부를 모두 덮었다. 딱딱하고, 미끈하며, 끈적거리는 촉감이 느껴졌다. 한 조각, 한 조각의 비늘들은 악어로 변모한 내 피부 안에서 호흡했다. 곧게 뻗은 팔과 봉긋한 가슴, 미끈한 등, 매끄러운 허벅지 모두 다른 문양의 비늘을 하고 있었다. 섬세하고 정교한 비늘 문양이 살결을 따라 미려하게 갖춰졌다.

그는 비늘 문양에 단총처럼 생긴 에어브러시를 사용했다. 그의 집게손가락이 에어브러시 방아쇠를 누르면 비늘 문양에 색소가 분사되었다. 에어브러시의 색소는 농도와 분사 거리, 세기에 따라 나타나는 표현이 달랐다. 가까운 거리에서 묽은 색소를 약하게 분사하면 섬세하게, 멀리서 된 색소를 세게 분사하면 질박하게 되었다. 그가 신경을 많이 쓰는 부분은 손등이었다. 칼에 찔린 자국이 금 간 모양처럼 생겨서 문신같이 섬세하고 정교하게 그려야 했다. 나는 손등의 흉터를 볼 때마다 아버지를 떠올리지 않을 수 없었다.

어릴 적, 내가 가지고 노는 장난감은 화구들이었다. 나와 나이 차이가 많이 나는 언니는 그림을 그렸다. 언니 방에는 언제나 화구들이 널브러져 있었다. 나는 부드러운 붓으로 코를 간질이거나 알록달록한 물감을 몸에, 하얀 종이에 칠하며 놀았다. 이런 내게 아버지는 심하게 야단을 치곤 했다. 왜 언니 방에 들어갔냐면서, 또 들어가면 매를 들겠다며 혼쭐을 냈다. 하지만 언니 방에 들어가서 노는 것이 즐거웠다. 아버지한테 매번 들키면서도 번번이 들어갔고, 매번 야단을 맞았다. 나는 아버지에게 왜 그토록 그림이 싫은지 물었지만 대답을 들을 수 없었다. 언니도 나처럼 아버지에게 야단을 많이 맞았다. 알아들을 수 없는 아버지의 새된 목소리와 언니의 흐느낌은 쉽게 끊어지지 않았다. 나보다 더 오랫동안 꾸중을 듣는 언니를 따라 나도 울었다. 그럴 때마다 엄마는 나를 방으로 데리고 들어가 불쌍하다며 도닥여주었다.

그런 언니가 그림 공부를 한다며 프랑스로 떠났다. 어린 나는 언니가 아버지에게 호되게 야단을 맞아서 도망갔다고 생각했다. 언니가 프랑스에서 그림을 그리는 동안 나는 언니 방에서 그림을 그렸다. 도둑고양이처럼 아버지 몰래 잠긴 방문을 열고 들어갔다. 들키지만 않으면 혼나는 일은 없었다. 부모님은 그림을 그리는 것도 안 된다, 미술대회에 출전하는 것도 안 된다며 허락하지 않았다. 그림 그릴 시간에 공부를 하라는 부모님이었다. 그래서 그림을 그려서 받은 상에도 기뻐하지 않았다. 아버지는 상장을 쳐다보기는커녕 집어던지기까지 했다. 그럼에도 나는 그림대회에서 번번이 상을 받아 왔다. 대학 진학을 위해서라도 계속 그림을 그리겠다고 아버지에게 말했다. 하지만 아버지는 그림만은 절대 안 된다며 강력하게 반대했다.

"왜 자꾸 안 된다고만 하세요? 도대체 안 되는 이유가 뭐예요!"

나는 부들부들 떨며 아버지를 향해 울부짖었다. 더 이상 야단을 맞기만 하는 어린애가 아니었다.

"넌 그 더러운 물감을 묻혀서는 안 된다. 그림만은 절대 용납 못한다!"

아버지는 못 박듯이 단호하게 말했다. 이유 없는 아버지의 반대를 이해할 수 없었다. 자식의 재주를 키워 줘야 하는 것이 부모의 도리라고 생각했다. 내 가슴은 아버지에 대한 미움으로 가득 찼다. 미어지게 아픈 가슴을 부여잡고 더 열심히 그림을 그렸다. 억울한 누명을 쓴 죄인이 형벌을 받는 것처럼, 그리고 또 그렸다. 미술학원에 다니는 친구를 따라가기도 했다. 친구는 손으로, 나는 눈으로 그림을 그렸다. 그러던 늦은 밤, 술이 잔뜩 취한 아버지는 내 방문을 박차고 들어왔다.

나는 심장이 터질 것 같이 놀랐다. 미처 화구들을 숨겨 놓지 못해서였다. 우왕좌왕했지만 이미 문은 열려 버린 뒤였다. 악의가 서린 아버지의 눈은 나를 옴짝달싹하지 못하게 했다.

"도대체 왜 말을 안 들어! 내 말이 말 같지가 않은 거냐?"

아버지는 상처 입은 호랑이처럼 부르짖었다. 목수 일을 하는 아버지의 거칠고 투박한 손이 내 뺨을 사정없이 후려쳤다. 독수리 발톱으로 뺨을 갈기는 듯한 무자비한 아픔이었다. 아버지는 제정신이 아니었다. 정신병자처럼 모조리 그림을 찢고 화구들도 부숴 버렸다. 나는 아버지의 다리를 붙잡고 애원했지만 아무 소용이 없었다. 아버지를 말리던 엄마는 기절한 듯 쓰러져 있었다. 어느 틈에 아버지는 책상 밑에 있던 화구상자를 던져 버렸다. 화구들과 미술용 칼이 사방에 쏟아졌다.

나도 모르게 비명을 질렀다. 손에 깊은 아픔을 느꼈다. 가늘고 예리한 칼이 내 오른손에 꽂혔다. 포스터 보드에 사용했던 미술용 칼이었다. 날카로운 아픔이 손에서 피를 흐르게 했다. 매끄러운 손에서 붉은 피가 솟구쳤다. 눈물이 앞을 가려 아버지를 볼 수가 없었다. 눈물이 촛농처럼 뜨겁게 흘렀다. 따스한 온기의 핏물이 바닥에 퍼져 갔다. 정신이 혼미했다. 엄마는 소매를 훔쳐 가며 바닥에 흥건한 피를 닦았다. 목구멍에서 치밀어 나오는 슬픈 음색으로 엄마가 말했다.

"아버지도 오죽하면 이러시겠니. 제발… 아버지 말에 따르거라."

하얀 붕대를 감은 오른손을 볼 때마다 아버지를 원망했다. 엄마는 아버지가 반대하는 이유를 끝내 말하지 않았다. 아버지에 대한 원망을 삭이고 싶어도 엄마는 도와주지 않았다. 그런 부모님이 그렇게 갑작스레 돌아가실 줄은 상상도 못했다. 때늦은 후회지만, 그땐 내가 왜 그렇게 그림 그리는 것에 집착했는지 모르겠다.

에어브러시의 색소가 분사될 때마다 샤워기의 물줄기처럼 몸을 적셨다. 그 느낌이 시원할 만큼 내 몸은 열로 가득 차 있었다. 어느새, 갑옷은 에어브러시가 내뿜은 진한 파랑과, 푸른 회색, 그리고 감청 색상이 빚어낸 반짝이는 보랏빛이 되어 있었다.

"시드니에서 매년 3월에 열리는 마디그라를 아니? 난 매년 참석하지."

그가 에어브러시의 색소를 정리하면서 말했다. 허공을 주시하던 나는 짐짓 놀랐다. '마디그라'는 세계 최대의 동성애자 축제였다. 그는 더 이상 숨길 게 없다는 듯 편안해 보였다. 내 시선은 방향을 잃었다. 불온한 심사가 오톨도톨하게 돋아난 피부를 통해 역력히 드러났다. 그는 내 심사를 헤아렸을 것이다. 누구보다 내 몸을 잘 알고 있는 그였다. 매력적인 내 몸을 앞에 두고도 아무런 감정이 없는 남자였다.

"왜 가슴 달린 무사를 원하냐구? 이 멋진 갑옷을 근육 박힌 남
자의 몸에 그려야 한다면, 난 시작도 못 해 보고 작업을 포기해
야 될지도 모르잖아. 그러니까 네가 입어야 되는 건 당연한 거
야."

그가 자조적인 웃음을 띠면서 말했다. 그의 말에 가타부타하
지 않았다. 나는 그저 그가 그림을 그리는 캔버스일 뿐이었다.
그는 다시 묵묵히 붓질을 시작했다. 물감은 흔적도 없이 몸속으
로 스며 들어왔다. 이미 녹아 버린 아이스크림처럼 차갑지도 부
드럽지도 않고 미적지근했다.

갑옷의 양쪽 어깨에는 초록빛 눈동자를 그렸다. 마치 적외선
투시카메라와 같았다. 탄탄한 둔부에는 길쭉한 악어의 붉은 눈
을 그렸다. 악어의 눈은 밤이 되면 붉은색이 된다. 특수한 색소
가 망막에 반사되기 때문에 동공이 길쭉하다. 무릎에 그려진 민
무늬의 붉은 보호대는 단단하게 보였다. 미끈한 종아리에는 무
두질한 가죽 장화를 그렸다. 그는 긴장을 늦추지 않은 듯 조심
스레 붓을 놓았다. 그 순간, 나는 숱하게 박혀 있는 비늘의 전율
에서 벗어났다. 그의 감각적인 색상들은 근육과 골격의 흐름에
맞게 조화를 이루었다. 골격에 맞는 음영과 명암의 포인트는 경
이롭기까지 했다. 무사의 갑옷은 냉철하고 비장한 기운을 뿜어
냈다. 그는 뭔가 빠진 것을 찾는 듯 나를 훑어보았다. 세심하고
치밀한 그의 성격을 알 수 있었다. 물끄러미 한 곳을 응시하던
그가 내게 커다란 링 귀걸이를 달아 주었다. 귀걸이는 조그만 귓

불에 매달려 이리저리 움직였다. 굳어 있던 내 마음도 귀걸이를 따라 조금씩 움직였다. 나는 세상에서 가장 아름다운 갑옷을 입은 무사가 되었다.

그가 칼을 주었다. 80cm 정도의 짧은 단칼. 초심자가 사용하기에 가장 편하다는 '숏 소드'였다. 휘두르기에도 편하며, 짧고 단단해서 잘 부러지지도 않는다고 그가 알려 주었다. 천장을 향해 나는 칼을 들었다. 양손에 쥐어진 칼은 직선으로 곧게 뻗었다. 예리한 칼날이 빛과 마주치자 눈이 시리도록 따가웠다.

"칼 다루는 연습을 해 둬."

그가 에어브러시를 분해하면서 말했다. 아버지가 칼을 잘 다루었다면, 손등은 찔리지 않았을까. 문득 이런 생각에 다리에 힘이 풀려 버렸다. 서 있는 일이란 익숙했지만 힘든 건 매번 마찬가지였다. 다리가 아픈 것만큼이나, 선명하게 찾아드는 기억의 상념이 나를 더 힘들게 했다.

시간이 지나도 칼에 찔린 상처의 아픔은 쉽게 아물지 않았다. 가슴이 답답했고, 머릿속은 뒤엉킨 실타래처럼 복잡했다. 아무것도 손에 잡히지 않았고, 밤에 잠을 이루기도 힘들었다. 그날 밤도 잠을 뒤척였다. 갈증이 나서 물을 마시려고 일어났다. 눈에서 딱정벌레가 왔다 갔다 하듯 몹시 현기증이 일었다. 집 안은 온통 어둠 속에 파묻혀 있었다. 눈은 곧 어둠에 익숙해져 갔다. 부엌으로 발걸음을 조심스레 재촉했다. 걸음을 옮길 때마다 작은 소리가 들리자 귀를 쫑긋 세웠다.

소리는 부엌으로 가까워질수록 또렷하게 들려왔다. 나는 부엌 앞에서 걸음을 멈추었다. 긴장이 온몸을 엄습했다. 어두운 부엌에서 엄마의 뒷모습이 측은해 보였다. 나는 깊은 한숨을 작게 내쉬었다. 늦은 시간, 엄마의 통화가 예사롭지 않은 일임을 짐작할 수 있었다. 엄마 목소리에 집중하자 갈증이 나는 것처럼 목이 탔다. 고개 숙인 엄마가 입을 열었다. 나직한 엄마 목소리가 갈래갈래 찢어졌다. 금세라도 울음이 터질 것만 같았다. 엄마는 간신히 말을 이었다.

"이것아, 피는 못 속이는 법이다. 그러면 모녀간의 사이가 끊어지는 줄 아느냐. 네가 뿌린 씨앗이니, 삶아 먹든 볶아 먹든 맘대로 해라. 더 이상 서연이가 그림 그리는 꼴도 이제 보기 싫다. 네가 그림만 안 그렸더라면, 그 몹쓸 인간을 만나지도 않았을 텐데…. 그래, 그만하자. 서연이가 내 딸이지, 언제는 네 딸이었냐. 몹쓸 것. 이 나쁜 것아!"

나는 새어 나오는 신음소리를 두 손으로 틀어막았다. 엄마의 '네 딸'이라는 말이 또렷하게 들렸다. 눈은 목격자로, 귀는 증인이 되어 나를 꼼짝없이 만들었다. 엄마는 식탁에 엎드려 흐느껴 울었다. 나는 엄마의 등을 토닥여 줄 수 없었다. 그 자리에 계속 서 있을 수조차 없었다. 가슴에 각진 소금을 뿌린 것처럼 따갑고 쓰라렸다. 엄마의 뒷모습이 눈물에 잠겨 왔다. 나는 방으로 무거운 걸음을 옮겼다.

'언니가…, 엄마였다니.'

한동안 나는 끙끙 앓아누웠다. 어딘가에 숨어 있던 아버지의 슬픔이 나를 더욱 힘들게 했다. 뾰족한 송곳에 깊숙이 찔린 듯한 고통에 몸져누워 일어나지 못했다. 차라리 아픈 몸에 위로를 삼았다. 며칠 뒤, 기운을 차린 나는 그림을 모두 찢어 버렸다. 화구들도 불태워 버렸다. 그러면서 깨달았다. 활활 타는 불꽃의 매운 연기로 인해 눈물이 나는 게 아니라, 벌겋게 치솟는 불꽃을 보면서 떠오르는 괴로운 기억이 눈물을 나게 한다는 것을. 그때 나는 결심했다. 언니는 영원히 언니일 뿐이며 다시는 그림을 그리지 않을 것이라고.

"무사의 기본은 칼을 능수능란하게 휘두르는 거야. 그 칼로 무사의 면모를 보여 줘."

그가 물끄러미 칼을 보고 있는 내게 말했다. 나는 그를 보았다. 그는 에어브러시를 세척하고 있었다. 에어브러시의 곳곳에 묻은 여러 색상들을 씻어 냈다. 용액 병에 알코올을 담아 헹구는 손놀림은 마술사같이 능숙하고 재빨랐다. 나는 허공을 향해 이리저리 칼을 휘둘렀다.

"다른 무사와 겨뤄서 살아남을 수 있다는 비장한 무사의 모습을 보여 봐."

어느새 작품 사진을 찍으려고 준비 중이던 그가 말했다. 그의 비장한 목소리에 나는 정말 누군가를 죽여야 할 것 같은 전율을 느꼈다. 그가 카메라 셔터를 누르는 순간, 나는 오직 강한 무사여야만 했다. 작업장은 온통 파란색으로 가득했다. 금방이라도 파도가 일렁일 듯한 바다와 같았다. 작업장에는 조명을 바꾸는 그와 칼을 잡은 나, 그리고 머물지 않는 공기가 있었다. 그는 카메라 렌즈 속으로 무사가 된 나를 들여다보았다.

"네 안에 있는 모든 에너지를 몸짓과 눈빛으로 뿜어내! 무사의 언어를 몸짓에 담아서 표현하는 거야."

무겁고도 명료한 그의 목소리가 낯설게 들렸다. 사진 찍을 때의 그의 모습은 부산스러웠다. 나는 가슴 달린 무사의 면모를 펼쳐 보여야 했다. 그의 집게손가락은 쉴 새 없이 셔터를 눌렀다.

"흐얏! 내려치기! 베고! 찌르기! 흐얏! 한 번 더 내려치고! 찌르고! 베기!"

그는 조련사처럼 흥분하며 외쳤다. 나는 그의 말에 점점 동요되어 진짜 무사가 된 것 같았다.

"오케이, 한 번 더! 내려치고 찌르고! 좋았어!"

그는 오직 피사체에만 집중하며 이리저리 뒹굴었다. 무사의 포즈는 카메라 플래시를 받으며 빛났다. 무사의 모습을 담기 위한 그의 뜨거운 열정은 식을 줄 몰랐다. 그가 이 분야에서 작품성을 인정받는 이유이기도 했다.

칼은 성난 뿔같이 허공의 흐름을 뚫고 나갔다. 내 몸은 마치 칼의 유혹에 화답하듯 따라갔다. 칼이 천 길 낭떠러지를 향해 나아간다 해도 몸은 따라갈 것이다. 하지만 칼이 어디로 향해 가는지 알 수는 없었다.

촬영이 끝났음을 알리듯 그가 카메라를 탁자 위에 올려놓았다. 몸 속 수분이 수증기가 되어 다 날아가 버린 것 같았다. 맑은 물감이 쭉 흘러내리듯 피로가 느껴졌다. 그가 카메라의 렌즈 뚜껑을 닫았다.

"너와 작업하면 항상 희열을 느껴. 네 몸이 뿜는 묘한 에너지에 감전될 정도야. 여느 남자의 몸에서도 느낄 수 없는 그 무언가가 네 안에 꿈틀거리고 있는 것 같아. 난 그게 뭔지 궁금해. 알고 싶어. 언제까지 작품 사진을 찍는 작업만 할 거야? 네겐 칼의 매서움을 능가하는 카리스마가 배어 있어. 사진 속에 갇힌 무사가 세상 밖으로 나온다면, 또 다른 뭔가를 발견할 수 있을 것 같은데…."

그는 어느 때보다도 의욕에 찬 얼굴로 말했다. 그는 종종 내게 언제까지 작품 사진만 찍을 거냐고 물었다. 그때마다 난 고개를 내젓기만 했다. 창의적이고 독창적인 그의 작품은 사진으로 끝나는 것이 아니었다. 보디페인팅은 미술의 한 갈래라고 볼 수 있는 '퍼포먼스' 장르에 속한다. 배우들의 몸에 그려진 그림과 기획한 율동을 통해 작가가 원하는 주제를 관철시키는 예술이다. 하지만 퍼포먼스는 내가 할 일이 아니라고 생각했다.

그가 원하는 진정한 무사의 공은 사람들에게 공연을 보여 주는 것이다. 사진만 찍어 왔던 나에게는 새로운 도전이었다. 그가 모험과 도전을 낯설어하는 나를 모를 리 없었다. 그는 분명, 그냥 해 보는 말이 아니었다. 뭔가 작정을 한 듯 그가 허리에 손을 엎으며 말을 했다.

"캔버스 값을 지금의 배로 올려 주지. 그리고 내가 하는 모든 작품에 네가 빠지는 일은 없을 거야. 이 정도면 나쁘지 않은 조건이라 생각되는데."

그의 말에 크고 요란한 사이렌 소리를 들은 것처럼 놀랐다. 그런 조건을 제시하기는 처음이었다. 나는 클렌징 티슈로 얼굴을 닦으며 짐짓 아무렇지도 않은 척했다. 그의 조건을 마다할 이유가 없었다. 하지만 선뜻 대답할 문제는 아니었다.

"생각해 볼게요."

석연치 않은 대답에 그가 소파에 털썩 앉았다. 그는 피곤하다는 듯이 눈두덩의 약간 튀어나온 부분을 문질렀다. 깊숙한 소파가 그를 삼켜 버릴 것만 같았다. 나는 갑옷이 보이지 않도록 옷매무새를 몇 번이나 다듬었다.

"안 씻고 그냥 가니?"

그는 소파에 기대어 무심하게 말을 던졌다. 여느 때처럼 그의 집에서 씻을 수도 있었지만 그러고 싶지 않았다. 그의 작업실에서 시간을 보낼 여유가 없었다. 그럴 시간은 이모가 누워 있는 병원에서 보내야만 했다.

"그만 갈게요."

나는 현관에 걸린 거울을 보았다. 거울 속에 갑옷을 입은 무사는 없고, 긴 바바리에 모자를 푹 눌러쓴 여자가 있었다.

"기회는 잡는 자의 것이라는 걸 명심하고 잘 생각해 봐."

소파에 파묻혀 잠긴 듯한 그의 목소리가 귓전을 고요하게 맴돌았다.

'생각해 봐… 생각해 봐… 생각해 봐….'

작업실을 나오자, 세상은 아직 잠을 깨기 전이었다. 밤보다 더 어둡게 느껴지는 새벽의 차가운 공기가 집으로 가는 길을 재촉했다. 나는 집 앞에서 열쇠를 꺼내려다 벨을 눌렀다. 그러자 기다렸다는 듯이 문이 열렸다. 꽃무늬 파자마를 입은 정민이었다. 정민은 욕조에 따뜻한 물을 받고 버블바쓰를 풀면서 휘저었다. 짧은 시간에 만들어지는 풍성한 거품 향이 콧속을 어지럽게 했다. 관능적이고 세련된 화이트 머스크 향이 은은하게 퍼져 갔다.

나는 거품이 풍성한 욕조 안에 들어갔다. 내 몸은 정민의 손에 맡겨졌다. 정민은 결벽증 환자이면서 '현대미술의 동향'을 강의하는 대학강사이기도 했다. 무엇이든 더럽다고 느껴지면 무조건 깨끗하게 해야 하는 결벽증. 하루 두 번, 정민은 욕조를 침대 삼아 들어가곤 했다. 아침에 눈을 뜨면, 밖에서 집에 들어오면 목욕을 했다. 목욕을 해야만 일이 잘 풀린다고 믿는 남자였다. 정민이 함께 살자고 했을 때 취미가 목욕하는 거야, 라고 했던 말은 생각나지 않았다. 결벽증이라는 것을 미리 알았다면 동거를 하지 않았을 것이다. 이모도 자신이 무배란증이라는 사실을 미리 알았다면 이모부의 청혼을 거절했을 것이다. 하지만 미리 알아도 어쩔 수 없는 일이 있다. 이모가 여자보다 남자에게 더 많이 발생한다는 췌장암에 걸렸다는 것을 알았지만, 점점 급속도로 퍼져 가는 암세포를 막을 길은 없었다.

정민은 내게도 하루 두 번, 목욕하기를 원했다. 처음에는 목욕물을 받아 주는 정민의 정성에 목욕을 했다. 하지만 여간 성가신 일이 아니었다. 나는 하기 싫다며 짜증을 내기도 했다. 그럴 때마다 정민은 버둥대는 나를 안고 욕실로 데려갔다. 은근히 고집이 센 정민이 싫지 않았다. 정민은 갓 태어난 아기를 다루듯이 내 몸을 조심스럽게 씻어 주었다. 나는 욕실에서 태어난 기쁨을 새삼스레 맛보았다.

부드러운 정민의 손이 몸 곳곳에 닿을수록 갑옷은 벗겨지고 있었다. 음식이 담겼던 그릇을 씻는 것처럼 나를 뽀드득 씻어 주었다.

"낯설게 느껴진다. 네 몸이…. 네가 느껴지지가 않아."

정민의 높낮이 없는 나직한 목소리가 또렷하게 들렸다. 나는 정민의 말이 이해되지 않았다. 오히려 내 몸을 닦는 정민의 손이 낯설게 느껴졌다. 나는 아무 말도 하지 않았다. 정민의 말보다 이모의 담당의사가 했던 말이 더 신경쓰였다. 이모의 병이 악화되는 게 심상치 않다고 되도록 병상을 지켜 달라고 했다. 나는 버릇처럼 입술을 깨물었다.

무사의 흔적들은 조금씩 지워져 갔다. 나는 깨끗한 몸으로 되돌아가고 있었다. 정민은 왜 이렇게 나를 열심히 씻기는 걸까. 내 몸에 묻은 물감이 더럽게 느끼는 걸까. 정민은 직접 나를 씻겨야만 침대로 가는 일이 안심이 되는 것 같았다. 욕실 거울에 비친 불그스레한 내 몸은 신선했다. 오래 삭힌 포도주처럼 붉은 빛깔과 향기를 빚어내었다. 비린내가 없고 탄력 있는 살점이 혀에 녹아내리는 생선요리처럼 훌륭했다. 정민은 수건으로 내 몸을 정성스레 닦아 주었다. 배냇저고리 같은 수건으로 감싸 주며 이마의 입맞춤도 빼먹지 않았다. 언니도 정민처럼 나를 목욕시켰을까.

정민은 산모처럼 나를 배에 품었다. 자궁 속에 들어간 것같이 포근했다. 정민의 따스한 온기가 전해졌다. 정민과 함께 살면서 느끼는 가장 행복한 순간이다. 정민은 드라이어로 젖은 머리카락을 정성스레 말려 주었다.

"언제 작업 들어가?"

정민이 내게 물었다.

"모르겠어."

나는 시큰둥하게 대답을 하고 옷을 주섬주섬 입었다. 정민은 드라이어를 들고 어리둥절한 표정을 지었다. 나는 공연에 대한 걱정으로 조금 예민해져 있었다. 괜히 미안해진 나는 나갈 채비를 서둘렀다.

"어디? 이모한테 가려고?"

나는 정민을 보며 고개를 끄덕였다.

"피곤할 텐데, 눈이라도 조금 붙였다 가지…."

정민은 빤히 나를 쳐다보았다.

"괜찮아."

나는 속삭이듯 말했다. 그러자 정민이 살포시 나를 안아 주었다. 정민의 어깨너머로 보이는 침대의 하얀 시트가 보이자 눈을 감았다.

"잠깐만."

정민이 살며시 포옹을 풀더니 '타이티 노니 주스'를 들고 왔다.

"타히티에선 '노니'가 신이 주신 선물로 불린다고 하더라. '노니'는 세포기능을 활성화시켜 신진대사를 촉진…."

정민의 말이 끝나기도 전에 나는 정민에게 입술을 포개며 감미로운 시간을 가졌다. 매끄럽고 촉촉한 입술에 위로를 받는 듯했다.

따스한 오전 햇살을 받으며 걷는 발걸음은 가벼웠다.

나는 정민이 준 '타히티 노니 주스'를 손 그네에 태워 버스정류장으로 걸어갔다. 거리에는 속이 텅 빈 것처럼 바람이 휑하게 불었다. 몇몇 사람들이 버스정류장에서 버스를 기다리고 있었다. 기다리는 버스가 오지 않는지 낯선 아저씨는 연방 시계를 보았다. 차도로 고개를 비죽이 내밀었다. 마침, 내가 타야 할 버스가 오고 있었다. 별 기다림 없이 버스를 타서 기분이 좋았다. 창밖으로 정류장의 광경을 보았다. 사람들은 저마다의 표정으로 버스를 기다리고 있었다. 이모는 무엇을 기다리고 있을까. 하루하루 유일한 오늘을 살고 있는 이모에게 기다림은 삶일지도 모른다. 희망과 절망의 경계선에서 힘겨운 시간을 견디고 있는 이모의 삶은 진행 중이었다. 문득 병원을 향해 달리는 버스의 엔진

소리가 흥겹게 느껴졌다.

　버스에서 내려 병원으로 걸음을 재촉했다. 걸을 때마다 흔들리는 손등에 물방울이 툭 떨어졌다. 주위를 살폈지만 물이 튈 만한 곳은 없었다. 고개를 뒤로 젖혔다. 한낮의 하늘은 여전히 햇빛을 비추고 있었다. 얼굴에 물방울이 떨어졌다. 그건 물방울이 아니라 빗방울이었다. 투두둑, 떨어지는 빗방울의 크기는 고르지 않았다. 실처럼 가늘거나 구슬처럼 굵었다. 빗줄기가 사정없이 쏟아졌다. 맑은 하늘이 비를 뿌렸다. 유독 내게만 굵은 빗줄기가 내리는 것 같았다. 나는 병원을 향해 곧장 뛰었다. 병원 입구에 다다르자 내 몸은 후텁지근했다. 이모의 병실로 올라가는 엘리베이터를 타자 몸의 열기가 식어 갔다.

　무슨 일인지 이모 혼자 있는 병실 문이 열려 있었다. 나는 알 수 없는 불안감에 휩싸여 병실로 빨려 들어가듯 황급히 들어갔다. 모든 것이 철저하게 하얀색으로 차단된 병실이었다. 굵은 빗줄기가 창문을 타악기처럼 두드리고 있었다. 의사들이 이모를 다른 침대로 옮기는 중이었다. 나는 '타히티 노니 주스'를 내팽개치고 이모에게 달려갔다.

　"우리 이모, 어디로 가는 거예요?"

　나는 다급하게 물었다. 뒷덜미에서 싸늘한 기운이 전해졌다.

　"일단, 중환자실로 옮겨서 경과를 지켜봐야겠습니다. 의식이 희미한 상태입니다."

　귀가 뾰족한 의사의 말이 냉랭하게 들렸다. 나는 한시도 이모

에게서 눈을 떼지 못했다. 침대에 누워 있는 이모는 뿌연 정맥주
사약에 피부색이 노랗게 보였다. 추운 겨울의 나뭇가지처럼 앙
상한 이모의 모습이 내 가슴을 더욱 저미게 했다. 나는 손끝까지
차가운 이모 손을 꽉 부여잡았다. 이모의 손에서 미미한 힘을 느
낄 수 있었다. 나는 눈을 부릅뜨며 이모를 불렀다.

"이모! 나 왔어. 눈 좀 떠 봐, 제발…. 눈 좀 떠 봐! 이모!"

나는 주사바늘에 뻣뻣해진 이모의 팔을 감싸며 애원했다. 눈
물에 아른거리는 이모를 하염없이 바라보았다. 이모가 내내 감
고 있던 눈을 떴다. 이모는 어슴푸레 내가 보이는지 애써 눈인사
를 건넸다.

"이모가 눈을 떴어요!"

의사는 다급한 내 말을 듣고 이모의 상태를 살폈다. 이모는 혈
관 속으로 한 방울씩 들어가는 수액처럼 가까스로 입을 열었다.
허옇게 메마른 입술은 조금씩 갈라져 있었다.

"할 말이…."

들릴 듯 말 듯한 이모의 말은 입 모양으로 알 수 있었다. 내 심
장이 고동치기 시작했다. 흰 가운을 입은 그들이 침대를 움직이
려 했다.

"잠깐만요. 이모가 내게 말을 한단 말예요!"

나는 이모를 데리고 중환자실로 이동하려는 그들을 붙잡았다.
그리고 이모의 손을 잡고 입 모양을 뚫어지게 보았다. 이모가 무
슨 말을 하려는지 짐작을 했다. 입술이 파르르 떨렸다. 나는 이

모를 잡은 손에 힘을 주며 말문을 열었다.

"이모, 나 알고 있어요. 나를 낳은 사람이 언니라는 거. 그러니 힘들게 말할 필요 없어요."

절대 내 입으로는 말하지 않겠다고 다짐했던 말이었다. 하지만 어쩔 수 없었다. 조금이나마 이모의 짐을 덜어 줘야만 했다. 낯빛이 창백해진 이모는 깊은 심호흡을 내쉬었다. 그러던 이모가 내 손을 다독거리는 듯하더니 쓱 끌어당겼다. 나는 열병을 앓는 사람처럼 가늘게 몸이 떨렸다.

이모는 지친 듯이 가쁜 숨을 연신 내쉬었다. 다시 눈을 감더니 고개를 떨어뜨렸다. 이모의 손에 힘이 빠지자 불안감이 엄습했다. 나는 넋 나간 사람처럼 입을 다물지 못했다. 내 심장은 단거리 경주라도 하듯 빠르게 뛰고 있었다.

이모는 잠에 빠진 듯 평온해 보였다. 이모를 담은 침대가 중환자실로 바쁘게 움직였다. 잠은 이모에게 고통을 잊게 하는 처방약이기도 했다. 나와 의사의 손은 침대에서 떨어질 줄 몰랐다. 바퀴 달린 침대가 쉴 새 없이 병원바닥을 굴렀다. 중환자실의 문이 기다렸다는 듯이 조용히 열렸다. 내 생명까지 위협할 정도의 공포감이 느껴졌다. 간호사는 내게 밖에서 기다리라며 중환자실에 못 들어가도록 막았다. 나는 문이 굳게 닫힌 중환자실을 물끄러미 바라보았다. 문득 기억 속에 잠겨 있던 이모의 말이 떠올랐다. 순간 혼돈이 나를 사로잡고 뒤흔들었다. 언니와 언니의 남자 그리고 남자, 애인.

나는 가슴이 저린지, 쓰린지, 슬픈지도 모른 채 그저 멍하게 얼빠져 있었다. 석고를 바른 것처럼 목이 딱딱해져 숨이 막혀 왔다. 창밖은 말갛게 비가 그치고 빗방울이 바람에 흔들리고 있었다. 온몸에 힘이 하나도 없었다. 중환자실에 있는 이모를 뒤로한 채, 몽유병 환자처럼 병원을 헤매며 빠져나왔다.

빗줄기가 온데간데없이 사라진 하늘은 구름 한 점 없이 깨끗했다. 눈부신 햇빛에 싸늘하게 눈이 흐려졌다. 현기증이 나는 머리를 두 손으로 움켜쥐었다. 횡하니 부는 바람이 내 몸을 휘감았다. 나는 스산한 가슴을 부여잡고 흐늘거리며 걸었다. 돛이 꺾인 채 풍랑을 맞은 배처럼 병원 벤치에 주저앉았다. 뛰지도 않았는데 숨이 헐떡거렸다. 칼로 헤집는 듯한 아픔이 송충이처럼 가슴을 갉아먹고 있었다. 가슴 깊이 솟구쳐 오르는 슬픔이 내게 젖어들었다. 가슴에 담긴 울분을 토하고 싶어도 나오질 않았다. 목젖으로 넘어가는 애증만을 꺽꺽거릴 뿐이었다.

이런 감정에 지쳐 갈 즈음, 어디선가 둔탁한 소리가 들렸다. 탁. 탁. 탁. 주위를 둘러보니, 뒤쪽에서 환자복을 입은 아이들이 플라스틱 칼로 칼싸움을 하고 있었다. 나도 모르게 그들을 계속 쳐다보며 입술을 잘근잘근 씹고 있었다. 비릿하고도 달큰한 피가 혀에 스며들었다. 기합소리가 인상적인 칼싸움에서 한 아이가 점점 밀리고 있었다. 결국 그 아이의 칼이 보기 좋게 바닥에 떨어지자 고여 있던 물이 여기저기에 튀어 올랐다. 순간, 전율이 발바닥부터 머리끝까지 감싸 돌았다. 나는 현란했던 무사의 칼

사위를 떠올렸다. 이모가 내뱉은 말보다 무사의 칼에 찔리는 편이 나을 것 같았다. 무사가 세상 밖으로 나온다면…. 그의 계시라도 받은 것처럼 나는 휴대폰을 열었다. 신호음이 떨어지자 그의 목소리가 나를 반겼다. 나는 분명하게 말했다.

"저, 해 보겠어요."

나는 다시 갑옷을 입었다. 한 번 입어 보았는데도 새 옷을 입은 것 같은 기분이 들었다. 내 몸에 그려진 갑옷은 편안하고 익숙했다. 공연의 시작을 알리는 음악이 들려왔다. 무사가 잡아 든 '숏 소드'에 땀이 배여 들어왔다. 무사는 두 명의 전사를 맞이한다는 그의 말에 의지와 상관없는 두려움이 느껴졌다. 압박 붕대를 감은 것처럼 가슴이 조여 왔다.

"무사로 다시 태어난 네 진면모를 보여 봐!"

공연이 시작되기 전, 그가 마지막으로 내게 한 말이었다. 나는 강렬한 그의 눈빛에서 잠시 헤어나지 못했다. 열정에 찬 그의 목소리에 마치 무사의 영혼이 몸속으로 들어오는 것처럼 느껴졌다. 나는 사람들에게 섬세하고 용맹한 무사의 모습을 최대한 보여 주고 싶었다. 무엇보다, 무사가 세상 밖으로 나오면 무엇을 발견하게 될지 궁금했다.

첫 번째 전사가 등장했다. 진홍색의 갑옷을 입고 화려한 장신구로 치장한 전사였다. 칼을 든 전사는 나를 경계하는 모습이었다. 나는 왼손에 쥔 칼을 천천히 오른쪽으로 휘둘렀다. 칼을 왼손에서 오른손으로 바꿔 쥐었다. 칼을 잡은 오른손의 상처를 다시 확인했다. 나는 두 손으로 칼을 쥐었다. 허공을 칼로 가르며 호흡을 가다듬었다. 머리 위로 칼을 들어올렸다. 관중들은 빛에 더 강렬해진 칼날을 확인했다. 마치 영사관 필름처럼 칼이 천천히 내려오기 시작했다. 나는 가슴 깊이 억누르고 있던 울분을 세차게 내지르며 칼을 전사에게 힘껏 뻗었다. 전사의 허리를 향해 빠르게, 깊숙이 찔렀다. 칼의 끝자락은 쓰러진 전사를 가리켰다. 의욕을 잃은 채 쓰러진 전사의 몰골은 초췌했다. 나는 전사의 얼굴을 뚫어지게 쳐다보았다. 창백한 낯빛과 차갑게 굳은 표정이 익숙하게 느껴졌다. 내가 그토록 기억해 내려고 했던 얼굴, 바로 언니였다.

프랑스로 떠나서 돌아오지 않던 언니. 14년 동안 아무것도 모른 채 내가 줄곧 언니라고 불렀던 여자였다. 엄마가 언니로, 할머니가 엄마가 되어야만 했었던 이유, 그 부득이한 이유를 '그녀'는 내게 말해 줘야 했다. 무사는 전사의 아픔을 느낄 수 없었다.

두 번째 전사는 파리한 낯빛에 다소 여리지만 강한 체격이었다. 나는 주저 없이 대담하게 공격을 시작했다. 스스로도 통제할 수 없는 몸짓이었다. 자못 놀라워하는 전사는 당황한 표정으로 칼에 대응했다.

창. 창. 창.

부딪히는 경쾌한 칼날 소리가 아름답게 들렸다. 나는 칼을 휘두르는 행위에 희열을 느꼈다. 전사와 나는 서로 칼을 겨루었다.

수직으로 세워진 칼에 힘으로 맞섰다. 이마에 땀이 맺힐 정도였다. 전사의 칼이 나를 밀어냈다. 내 몸은 꽉 움켜쥔 칼과 함께 휘청거렸다. 나는 짐짓 아무렇지 않게 제자리를 찾았다. 날카로운 칼끝은 전사를 주시했다. 칼은 전사가 미처 자신을 막을 새도 없이 바로 허리를 향하는 척, 날렵하게 전사의 오른쪽 가슴을 찔렀다. 쓰러진 전사의 가슴에서 핏방울이 솟구쳐 칼날에 튀었다. 가슴을 저미는 피 냄새가 났다.

나는 전사의 얼굴을 침통하게 바라보았다. 내가 상상하지도 못했던, 어떤 흔적도 찾을 수 없었던 언니의 남자였다. 나는 그 남자에 대한 멍에를 지우지 못했다. 남자는 괴로워하며 힘겹게 허리를 굽히면서 겨우 일어났다. 그리고 바로 내게 뒷모습을 보였다. 언니의 남자는 도망치듯 정신없이 달려갔다. 자신의 남자에게로 달려가는 남자의 모습을 오래도록 바라보았다. 남자는 쉬지 않고 절룩거리며 뛰어갔다. 나는 그 모습을 오래도록 바라보았다. 한없이 가련하고 애처로운 그것은 고통과 무관하지 않았다. 가슴 깊이 울려 퍼지는 징소리처럼.

나는 절대 물러서지 않는 무사의 정신을 보여 주고 싶었다. 하지만 고통은 언제나 가슴을 시리게 만들었다. 하염없이 눈물이 솟구쳤다. 더 이상 흘릴 눈물이 없다고 생각했는데 아직 남아 있었다. 어쩌면 다행스러운 일이었다. 나는 두 전사에게 휘둘렀던 칼을 보았다. 냉철하고 대담했던 칼에 핏방울이 눈물처럼 떨어지고 있었다. 나는 그 칼이 온전할 수 없을 거라 생각했다. 스스로의 굴레를 벗어나지 못할 것을 알았다. 두 전사의 영혼을 찌른 칼은 가만히 몸서리쳤다.

나는 손에서 떨어질 줄 모르는 칼을 높게 쳐들었다. 그리고 지그시 두 눈을 감았다. 단칼이 내 가슴을 깊숙이 찔렀다. 나는 무릎을 꿇으며 힘없이 쓰러졌다. 뜨거운 핏줄기가 그의 붓끝처럼 내 몸을 따라 흘러내렸다. 피의 온기가 나를 감싸고 있었다.

칼날 같은 눈부신 빛이 나를 비추었다. 나는 눈가에 주름이 생길 정도로 눈을 꾹 감았다. 관객들의 웅성거리는 소리가 아득하게 들려왔다.

서비스
서비스

"자, 그럼 다음에도 서비스, 서비스!"

—애니메이션 〈신세기 에반게리온〉 중에서

도쿄에 온 지 삼 일째였다. 일정 중 가장 기대한 날이자 차량 통행이 금지된 일요일이었다. 휴일을 맞은 아키하바라 역은 인파로 거대한 흐름을 이루었다. 찰랑찰랑 부딪칠 인파지만 그들은 부딪치거나 밀치는 법이 없었다. 서로에게 피해를 주지 않는다는 문화적 속성이기도 했다. 저마다의 표정에는 가련하고도 뻔뻔스러운 기운이 감돌았다. 사람들의 손에 들린 쇼핑백에는 어느 애니메이션의 캐릭터가 방긋거렸다. 애니메이션의 캐릭터들은 그들의 거리를 종횡무진 누비고 있었다. 그들의 거리란, 더는 코끼리표 밥솥이나 소니 워크맨으로 명성이 높은 세계 최고의 전자상가가 아니다. 엔지니어의 놀이터에서 애니메이션, 만화, 게임의 거리로 변모한 오타쿠의 성지, 아키하바라다. 아키하바라 역 앞에서 북적거리던 사람들은 여러 갈래로 흩어지고 있었다. 거리는 히라가나와 가타카나로 조합된 간판들로 어지러웠다. 간혹 한글이 눈에 띄기도 했다. 전광판마다 애니메이션 광고가 이어졌다. 빌딩 벽면과 현수막, 입간판 등 곳곳마다 어김없이 등장하는 만화 속 캐릭터들은 웃음을 아끼는 법이 없었다.

"실감이 나지 않아."

준세가 선글라스를 벗으며 말했다.

"정말, 내가 보던 만화책 속으로 들어온 것 같아."

머리를 밝은 갈색으로 염색한 민재가 준세와 시선을 마주했다. 준세의 눈동자가 귀에 한 블랙 피어싱만큼이나 빛났다.

"맞아! 여긴 보물섬이야."

준세의 목소리에 민재의 마음이 둥둥거렸다.

"보물섬, 본 적 있어?"

준세가 민재의 방 벽면을 가득 채운 건담 프라모델을 보며 물었다.

"그 두꺼운 만화책?"

민재는 어디선가 본 기억이 있었지만 가깝거나 세세한 기억은 아니었다.

"정확히 말하자면, 만화 잡지야."

준세가 눈에 힘을 주며 말했다. 민재가 입을 비죽 내밀며 고개를 끄덕여 보였다.

"어릴 적, 부모님이 맞벌이여서 학원을 전전했는데 그중 하나가 미술학원이었어. 그림을 그리는 것보다 재밌는 책을 발견한 곳이지. 그게 바로 보물섬이야. 책꽂이에서 뒹구는 보물섬을 읽는 게 낙이었어. 나와 비슷한 애가 기태였지. 보물섬에 대한 얘기를 하면서 우리는 친해졌어. 보물섬은 어떤 고난 속에서도 포기하지 않고 지켜내야 할 세계였거든. 물론, 세계의 영웅은 건담과 마징가제트였지."

준세는 세계의 영웅 때문에 엄마와 싸웠던 숱한 나날을 떠올리며 말했다.

"맞아. 난 영웅이 필요했어. 절실했지. 기태가 아니었다면 만화 속 건담을 직접 만들겠다는 생각은 못했을 거야. 내게도 가능한 세상이 있다는 사실을 알게 해준 것도 기태였어."

민재의 눈빛이 아련했다. 민재에게 건담은 자신과 할머니를 지켜 주는 존재였다. 이혼 후, 각자 살림을 꾸린 부모가 싫었던 민재는 할머니를 찾아갔다. 민재는 할머니와 단둘이 사는 동안 제 몸이 하나라는 사실이 참으로 억울했던 지난날을 상기했다.

"혼자 건담을 만드는 동안은 아무것도 생각나지 않아서 정말 좋아. 때때로 위로를 받는 기분이 들 정도니까."

민재의 낮은 목소리에 일순간 공기가 가라앉는 듯했다. 준세는 일 년 전에 할머니를 여읜 민재를 측은하게 보았다.

"네가 만든 건담은 그냥 로봇으로만 보이지 않아."

준세의 말에 민재가 나직하게 말했다.

"그럼, 당연하지. 건담이 아니라 그 무엇을 해결해 주는 영웅이
니까."

둘은 호방하게 웃었다. 그러다가 뭔가 생각난 듯 준세가 움찔
했다. 준세는 민재의 어깨를 잡고 힘을 주었다.

"있잖아. 우리 기태 보러 갈까?"

거리의 전광판에는 애니메이션 광고가 무한 반복되고 있었다.
광장 곳곳에서 공연이 이뤄지고 있었다.

"저기로 가 보자."

준세가 민재의 소매를 잡아당겼다. 그들의 걸음은 구경꾼들이
많은 곳으로 향했다. 낮은 함성과 카메라 셔터 소리가 그들을
이끌었다. 준세는 '스미마셍'을 계속 중얼거리며 구경꾼들의 틈
을 비집고 들어갔다. 민재는 준세를 놓치지 않고 따라갔다.

"어, 춘리다!"

민재의 얼굴이 환해졌다. 스트리트파이터2에 나오는 중국인
여투사 '춘리'는 싸움 대신 노래를 부르고 춤을 추었다. 엉덩이
까지 찢어진 춘리의 미니 드레스는 관객들의 그곳에 피를 몰리
게 했다. 춘리의 발차기 춤에 함성이 치솟듯 터져 나왔다.

"잘나가나 봐. 호응이 장난 아닌데?"

민재는 눈앞의 춘리 모습에 눈을 떼지 않았다.

"하루살이 스타를 자처하는 애들은 많아."

준세도 춘리에게서 눈을 떼지 않고 말했다. 하루살이라니….

민재가 준세를 힐끗 쳐다보며 미간을 찌푸렸다. 노래 한 곡이 끝나자 춘리는 허리를 90도로 구부리며 인사를 했다. 자신의 노래와 춤에 관심과 호응을 보여 준 그들에 대한 감사 표시였고. 연신 꾸벅하는 인사에 부담을 느낀 민재가 고개를 틀었다. 준세가 자리를 뜨자는 눈짓을 보냈다.

"그런데 자신을 보여 주려고 공연을 하면서 정작 자신은 캐릭터 속에 숨어 있는 것 같지 않아?"

민재가 준세를 보며 물었다.

"숨은 걸로 보여? 난 나름의 방식으로 캐릭터를 표현한 것 같은데…."

"기존의 캐릭터를 모방하는 방법 말고도 표현할 수 있잖아."

민재는 춘리의 퍼포먼스보다 캐릭터의 외양에 집중하던 오타쿠의 시선을 떠올렸다. 준세는 고개를 저으며 이맛살을 찌푸렸다.

"생각해 봐. 저렇게 마이크와 스피커만 달랑 들고 나와서 공연하는 애들이, 보통 옷차림을 하거나 익숙지 않은 복장을 하고 있었다면 누가 거들떠나 보겠어? 우리가 과연 저곳을 비집고 들어갔을까?"

"왜? 노래를 진짜 잘하거나 춤을 잘 추면…."

준세는 답답하다는 듯이 민재의 말을 잘랐다.

"야, 여긴 아키하바라야. 이곳에서 누구의 시선을 한 번이라도 잡고 싶으면 만화나 게임 속 캐릭터를 패러디해야 하는 거라구.

여기서 스타가 되고 싶으면 말이지. 그동안 열심히 갈고 닦은 솜씨는 이차적인 문제라고. 저들은 노래와 춤을 보여 주고 싶고, 오타쿠는 자신이 좋아하는 캐릭터가 실제 모습으로 나타나 공연하는 모습을 보고 싶은 거지. 암묵적으로 서로의 욕구를 충족하는 거야. 뭐랄까, 저들 간의 함구적 계약인 셈이지.”

민재는 만화나 게임 속 캐릭터를 패러디한 저들의 모습을 꽉 움켜쥐듯 바라보았다.

“저기 봐 봐.”

준세의 손짓은 반대편에서 걸어오는 ‘독수리 오형제’를 가리키고 있었다. 흰 깃털을 매고 짙은 화장으로 만화 속 독수리 오형제의 캐릭터를 코스프레한 사람들이었다. 변신의 마무리는 ‘지구를 구하라’라고 적힌 플래카드를 펼쳐 보이는 것이었다. 그들은 독수리 오형제의 모습으로 자신을 표현하고 있었다.

“저들은 익명의 모습으로 자아를 찾고 있는 거야. 만화나 영화, 게임 속의 캐릭터로 변신하면서 자신의 모습을 찾고 있는 거지.”

“그렇다면, 과연 만화 속 세상에서 진짜 모습을 찾을 수 있을까?”

“글쎄. 저기 타쿠 형님한테 물어볼까?”

준세가 턱짓으로 두 시 방향을 가리켰다. 민재가 고개를 돌렸다. 카페였다. 카페 테라스에서 양복을 말쑥하게 빼입은 오타쿠가 만화 속 미소녀의 전신 인형을 끌어안고 있었다.

"진짜, 저런 사람이 다 있구나."

민재의 목소리가 달팽이처럼 기어들어 갔다.

"데이트하고 있는 모습이 부럽지 않아?"

준세가 킥킥거리며 말했다.

"그런데 인형을 끌어안고 있는 저 표정 말야. 진짜 사랑에 빠진 것 같아 보여. 저 인형을 잃어버리기라도 하면 어떻게 될까?"

발을 헛디뎌 구멍에 빠진 것 같은 민재의 표정은 쉽게 풀리지 않았다.

"똑같은 인형을 구하겠지."

"아니, 어쩌면 인형을 사랑했던 자신까지 잃을 것 같다는 생각이 들어."

"오, 비극적인데⋯."

준세가 안타까운 표정으로 고개를 가로저었다.

"무엇이 저들로 하여금 인형 여친을 갖게 했을까."

민재의 나지막한 읊조림이 바람을 타고 지나갔다.

"여자와 관계가 불가능한 물건의 부작용 때문은 아닐까?"

"아니, 반대로 여자에게 탈이 난 경우인지도 몰라. 어쩌면 백 명이 넘는 기록적인 연애로 정신적 박탈감이 든 거지. 여자의 관심을 받기 위해서 코털 한 올까지 신경 써야 하는 우리에게는 절대 있을 수 없는 일이지만. 여하튼 여자에게 질려 버렸거나 상처받는 게 두려워서 인형을 택했을 수도 있어."

민재의 말을 들으면서 준세는 문득 현아가 떠올랐다. 쿨한 척 좀 하지 마. 어떻게 하면 그렇게 자기 보호본능이 뛰어날 수 있어? 하며 샐죽이던 현아. 준세는 그 기억의 끝자락에서 우두커니 서 있었다.

"그래, 이해관계가 얽혀 풀리지 않는 현실의 교제보다는 만화 속 주인공을 그저 좋아만 하는 편이 나을 수 있겠다. '환상 속의 그대'라는 게 문제지만."

준세는 넋두리하듯 말했다. 민재는 준세와 현아의 이별을 떠올리며 준세의 눈치를 보았다.

"아, 정말 이곳에 있으니까 악몽 같은 현실 속 고민을 만화 영웅들이 다 해결해 줄 것 같지 않아?"

민재는 소리를 높여 짐짓 명랑한 척했다.

"그 영웅들을 방패 삼아 우리가 현실세계를 버텨 내는지도 모르지."

심드렁하게 뱉은 준세의 숨결이 뜨거웠다.

"기태가 우에노 공원 연못으로 오라는데?"

준세가 바지 주머니에서 휴대전화를 꺼내 확인했다.

"그냥 이쪽으로 오지, 공원은 무슨…. 도쿄대생 티 내는 것도 아니고. 우선, 뭐 좀 마시자. 목마르다."

민재는 괜히 투덜거리며 입을 달싹였다.

편의점보다 가까운 곳에 있는 것이 자판기였다. 한 블록에 자판기가 다섯 개씩 붙어 있었다. 음료수 자판기를 비롯해 담배, 맥주, 라면 등 자판기 종류도 다양했다. 민재와 준세는 음료수 자판기 앞에 섰다. 음료는 모두 똑같은 가격으로 만화 캐릭터들이 그려져 있었다. 음료를 선택하는 데 있어 갈등되는 것은 마시고 싶은 음료의 종류가 아닌 만화 속 미소녀의 얼굴이었다. 민재가 동전을 꺼내더니 망설임 없이 버튼을 눌렀다. 민재는 갈증이 심했는지 음료가 나오자 곧장 들이켰다.

"어때? 미소녀의 맛이 느껴지냐?"

준세가 민재의 목울대를 보며 물었다. 민재는 사레가 걸린 듯 캑캑거렸다. 준세는 히죽거리며 민재의 음료를 빼앗아 들이켰다.

"뭐야! 우롱차 맛밖에 안 나는데? 사기야! 완전."

"사기는 무슨. 그게 사실인 거지. 애초부터 그 음료는 미소녀가 아니라 우롱차였거든."

민재는 눈살을 찌푸리며 말했다. 준세는 아니꼽다는 듯이 입을 비쭉거리며 민재에게 달려들었다. 민재는 준세를 피해 도망가다가 새로운 자판기를 발견했다.

"야! 오뎅이야, 오뎅 자판기도 있어!"

준세는 살짝 놀란 표정으로 자판기 앞에 섰다. 오뎅 캔에도 귀여운 만화 캐릭터들이 그려져 있었다. 크기는 음료 캔과 비슷한 것과 참치통조림처럼 납작한 것이 있었다.

"완전 자판기 천국이네. 여기 살면 단골 음식점이 아니라 단골 자판기가 생기겠어. 언젠가는 자판기랑 음성 대화도 가능하겠는데?"

민재는 호기심 가득한 눈으로 자판기에서 오뎅 캔을 꺼내는 준세를 보았다. 준세는 캔을 따고 내용물을 확인했다. 오뎅, 곤약, 메추리알, 면발이 들어 있었다. 준세는 입안으로 오뎅을 집어 넣었다.

"음, 냄새는 좀 구리지만 맛은 그럭저럭 괜찮은데? 너도 먹어 봐."

준세가 곤약을 하나 집어서 민재 입에 넣어 주었다. 민재는 천천히 씹으면서 맛이 괜찮은지 고개를 끄덕거렸다. 그들은 우롱차 캔과 오뎅 캔을 손에 들고 거리를 걷기 시작했다. 유럽풍의 복장을 한 메이드가 전단을 들고 그들에게 다가왔다.

"다녀오셨어요, 주인님!"

카페의 문을 열고 들어서자 메이드가 크게 외쳤다. 준세와 민재의 얼굴에는 당황한 기색이 역력했으나 애써 태연한 척하고 있었다. 메이드 카페에는 클래식 선율이 흘렀고 홀에는 손님들이 대부분 자리를 차지하고 있었다. 흰색 미니 원피스에 검은 레이스가 달린 중세 유럽풍 메이드 복장을 한 여자애들이 종종걸음으로 오갔다. 왼쪽 가슴에는 이름표를 하나씩 달고 있었다.

"모리, 리에, 미츠키, 유코, 히토미."

민재는 메이드의 이름표를 읽고 있었다. 허벅지에 메이드용 가터벨트를 착용한 메이드가 다가오자 준세는 쭈뼛거렸다. 메이드는 13번이 적힌 대기표와 메뉴판을 주며 활짝 웃었다. 준세는 메뉴판을 들고 도통 모르겠다는 듯이 고개를 저었다. 메뉴판은 일어 초보인 민재의 손에 넘어갔다. 카페 한가운데에는 머리에 핑크색 리본형 카추샤 머리띠를 쓴 메이드와 남자 두 명이 '모에 모에모에'라고 중얼거리며 사진을 찍고 있었다. 민재는 메뉴판을 꼼꼼히 살펴보았다.

"일 인당 한 시간에 2천 엔. 여기서 폴라로이드 카메라로 찍어 주는 거 외에는 사진 촬영 금지래. 자, 골라 봐. 게임하기, 밥 먹기, 차 마시기, 노래 부르기, 귀 청소, 발 마사지. 넌 뭐 하고 싶어?"

"난 그냥 홀에서 시원한 음료나 마시면서 메이드 구경할까 싶은데."

"그래? 난 귀 청소나 해 볼까? 그럼 각자의 시간을 가져 보자고."

준세는 민재의 선택에 조금 의아스런 표정을 지었다. 민재는 메뉴판을 덮고 대기실 한쪽에 있는 잡지를 한 권 가져왔다. 민재가 잡지를 넘기는 동안 준세는 주위를 보았다. 대기실 사람들은 귀에 이어폰을 꽂고 있거나 만화책을 보거나 텔레비전 브라운관을 뚫어지게 응시하거나 벽에 머리를 기대어 눈을 감고 있었다. 모두가 홀로 떨어져 고립된 섬같이 보였다. 대기자 수가 조금씩 줄어들었다. 메이드가 13번을 불렀다. 민재가 번호표를 보이고 선택한 메뉴를 말했다. 민재가 8번 테이블로 가라고 하자, 준세는 말 잘 듣는 아이처럼 고개를 끄덕였다.

“모에모에 큐우.”

메이드가 테이블에 앉은 사람들을 향해 귀여운 목소리로 외쳤다. 해맑은 미소와 손으로 하트를 날리는 모습에 준세는 온몸이 오그라드는 몸짓을 해 보였다. 민재의 입술 사이로 헛웃음이 흘러나왔다.

민재는 복도를 걸어서 208호 앞에 섰다. 조심스레 장지문을 두드렸다. 인기척이 없어 살며시 방문을 열었다. 아무도 없었다. 오렌지빛 방석이 놓인 방에는 네 개의 다다미가 정갈하게 깔려 있었다. 전등 스위치 옆에 거울이 걸려 있고 세 단짜리 책장에는 몇 권의 책이 장식품같이 꽂혀 있었다. 서쪽으로 난 창문에는 파란색 커튼이 밤바다처럼 가라앉아 있었다. 다다미를 밟을 때마다 발걸음 소리가 났다. 민재는 재킷을 벗었다. 조용히 방문이 열렸다. 화려한 꽃문양의 다홍색 기모노를 입은 여자가 허리를 숙여 인사했다.

“주인님, 코코미예요.”

코코미는 비음이 섞인 목소리로 말하면서 눈웃음을 지었다. 민재는 어색한 미소로 화답했다. 방문을 닫은 코코미는 전등 스위치 옆에 달린 전자 타이머를 작동했다. 코코미는 입가에 옅은 미소를 머금은 채 민재에게 다가갔다. 민재 앞에 무릎을 꿇고 앉은 코코미가 귀 청소에 대해 말했다. 하지만 민재는 제 귀가 떨어져 나간 것처럼 코코미의 말이 들리지 않았다. 민재는 코코미의 얼굴에 신경을 집중하고 있었다. 반듯하게 묶은 검은 머리카락, 깊고 검은 눈, 붉고 도톰한 입술, 주근깨 없는 하얀 얼굴은 가부키 배우처럼 짙은 화장을 했지만 앳된 구석이 엿보였다. 설명을 끝낸 코코미가 가까이 오라는 손짓을 했다. 민재는 고개를 끄덕였다.

민재는 코코미의 허벅지를 베고 누웠다. 편안한 자세였지만 긴장한 탓에 몸이 뻣뻣했다. 코코미는 민재의 귀를 만지면서 천천히 머리를 쓸어 넘겼다. 민재의 귓바퀴에 솜털이 돋아났다. 코코미가 귓속으로 귀이개를 넣었다. 민재는 눈을 감았다. 귀이개가 귓속으로 조금씩 들어갔다. 대나무로 만든 귀이개의 움직임이 리드미컬하게 반복되었다. 코코미는 귓속이 다치지 않도록 조심스럽게 속도를 조절했다. 귀이개가 귓속으로 들어갈 때, 귀벽에 닿을 때, 귓속에서 귀지를 파낼 때마다 간간이 낮은 신음이 흘러나왔다. 민재의 감은 눈과 반쯤 벌어진 입은 오르가슴을 느끼고 나서 사정 직전에 이른 표정과 비슷했다. 좋은 것도 아니고 싫은 것도 아닌 어정쩡한 표정은 우습기도 했다.

코코미는 귀 주위의 각질과 불순물을 제거하고 가제 손수건으로 귓바퀴를 깨끗이 닦았다. 그리고 귀 마사지가 이어졌다. 귓바퀴에서 귓불로 이어지는 코코미의 손길은 부드럽고 매끄러웠다. 코코미는 민재의 귀에 부드럽게 입바람을 날리며 마무리를 했다. 민재는 어깨를 잔뜩 움츠리며 몸을 사렸다. 코코미의 얼굴에 마른 웃음이 번졌다.

"귓속은 어때요?"

민재는 격자무늬의 하얀 장지문을 쳐다보며 일어로 떠듬거
렸다.

"어둡고 깊은 통로 같아요."

"통로라….."

"오직 한 사람만 갈 수 있을 정도로 좁은 통로예요. 암흑같이
어두운 통로는 끝이 보이지 않아요."

민재의 귓속을 향한 코코미의 시선이 몽롱해 보였다.

"끝이 보이지 않는 그곳을 홀로 가야만 하다니….."

민재도 천천히 말을 이었다. 코코미가 민재의 머리를 쓰다듬
었다.

"어쩌면 혼자 가는 게 덜 외로울지도 몰라요."

코코미는 고백하듯 속삭였다. 민재는 몸을 일으키고 앉아 코
코미의 눈을 가만히 응시했다. 코코미는 민재의 시선을 피하지
않았다.

"나도 그 통로를 보고 싶어요."

코코미는 친절한 미소로 허락했다. 민재는 단단한 허벅지를
코코미에게 내주었다. 솜털에 쌓인 귓구멍은 좁았으며 어둡고
깊어 보였다. 할머니는 내 귓속을 보며 어땠을까? 민재는 문득
생각했다. 마음이 울적해지면 수십 마리의 개미가 귓속을 떼 지
어 가는 것같이 귀가 가려울 때가 있었다. 불안한 엄마와 무관
심한 아빠, 혹은 무관심한 엄마와 불안한 아빠가 서로의 잘못을
떠넘기는 싸움을 지속하다가 별거에 돌입한 시기였다. 민재는

귀가 가려워서 못 참겠다고 할머니에게 자주 칭얼거렸다.

"할머니, 귀가 가려워."

민재는 울상을 지으며 할머니에게 안겨 들었다. 할머니는 거칠지만 따뜻한 손으로 민재를 쓰다듬었다.

"잘생긴 우리 강아지 귀를 누가 긁는고? 할미가 찾아 줄 테니 여기 누워 봐라."

민재는 기다렸다는 듯이 할머니의 허벅지를 베고 누웠다. 근육이 없는 할머니의 허벅지가 말랑말랑했다. 그 말랑함에는 여느 베개에서도 느낄 수 없는 편안함이 있었다. 할머니는 귀지가 없고 반질반질한 민재의 귀를 면봉으로 닦아 주곤 했다. 할머니의 손길에 가려움은 사라지고 쌔근거리는 숨결이 찾아들곤 했다. 민재는 할머니의 귓속을 한 번도 보지 못했다는 사실을 깨달았다. 민재의 원망 섞인 울음부터 이기적인 아빠와 엄마의 일방적인 하소연, 오지랖 넓은 이웃의 참견까지 들어야만 했던 귀였다. 이제는 기억조차 나지 않는 할머니의 귀를 떠올리는 것만으로도 민재는 코끝이 찡해졌다.

코코미의 귀는 고르지 못한 민재의 숨결에 집중했다. 코코미는 천천히 일어나 민재에게 둥근 어깨를 내주었다. 서로의 숨결이 맞닿자 조여 매고 있던 호흡의 끈이 풀려 버렸다. 민재는 코코미를 덥석 껴안았다. 코코미는 당황했지만 거부하지 않고 민재에게 안겼다. 민재는 천천히 포옹을 풀며 미안하다고 말했다. 그러자 코코미가 민재의 입술에 살짝 입을 맞추었다. 부드럽고 따뜻한 기운이 전해졌다. 민재는 넋을 빼앗긴 채 멍하니 코코미를 바라보았다. 수줍은 듯 고개를 숙이며 미소를 짓는 코코미에게 민재는 입술을 가져갔다. 코코미가 살며시 눈을 감았다. 그들은 귓속의 통로처럼 좁고도 깊은 시간을 함께 보냈다.

카페 출구로 이어지는 복도 끝에서 준세와 민재가 만났다.

"어땠어? 재밌었어?"

민재가 먼저 말문을 열었다.

"나? 샤방 미소와 하트 뿅뿅을 너무 많이 받아서 제정신 아냐. 넌?"

준세가 궁금하다는 듯이 쳐다보았다.

"난…, 어둡고 깊은 통로를 지나고 왔어."

민재가 미묘한 웃음을 내비쳤다.

"뭐? 통로? 정신은 네가 차려야겠네. 귀 파고 오더니 애가 이상해졌어. 무슨 일 있었어?"

준세는 민재를 힐끗거리며 실없다는 표정을 지었다. 민재는 말없이 웃으며 준세의 등을 토닥였다.

메이드가 출입문을 열어 주었다. 다녀오세요, 주인님, 하고 외치는 소리가 등 뒤로 멀어졌다. 하늘에 잔뜩 낀 구름이 무겁게 퍼져 있었다.

"바로 우에노 공원으로 갈까? 가서 구경하다 보면 약속시간이 되겠는데."

민재는 대답 대신 고개를 끄덕였다.

애니메이션 음악, 가게를 홍보하는 내레이터의 음성, 스피커에서 터지는 유행가, 사람들의 웅성거림이 거리에 퍼지자 형광 빛깔의 간판들이 들썩거렸다. 수많은 소리에 민재와 준세는 입을 열지 못했다. 인파로 흥청거리는 거리의 끝자락에는 노란 트레이닝복 재킷을 걸치고 블랙 미니스커트를 입은 빨간 머리 여자가 'Free Hug'(프리 허그)라고 적힌 팻말을 들고 서 있었다. 하지만 아무도 프리 허그를 받아 주는 사람이 없어서 마치 벌 받는 자세처럼 보였다.

"저기 빨간 머리 여자애 얼굴이 우울해 보여. 누군가 안고 위로해 줘야 할 것 같아."

준세는 빨간 머리를 향해 파이팅을 외치듯 양손을 들었다.

"더 외로운 사람이 덜 외로운 사람을 안아 준다고 하잖아."

민재는 허공의 누군가를 따라가듯 시선을 두었다. 사람들이 외면하는 빨간 머리를 뒤로하고 그들은 우에노 공원으로 향했다.

민재와 준세는 공원 안내도 앞에 섰다.

"동물원, 미술관, 박물관, 신사, 어디로 갈까? 이렇게 넓어서야…. 나 같은 길치는 미아 되기 십상이겠다."

준세가 머리를 긁적거리며 말했다.

"저긴가 봐. 기태가 말한 연못. 시노바즈노이케(不忍池)."

민재가 손가락으로 가리키자 준세는 표지판을 보며 물었다.

"무슨 뜻이야?"

"숨지 않는 연못."

민재의 대답에 준세는 어떤 의미인지 모르겠다는 듯 고개를 갸웃거렸다. 민재는 생각에 잠긴 듯 어딘가를 주시했다. 준세는 주변을 두리번거렸다.

그들은 울창한 숲을 이룬 공원으로 들어갔다. 나무와 수풀이 우거진 길을 걸었다. 가지를 뻗은 나무들은 서로 맞닿기 직전이었다. 공원에는 관광객, 가족, 연인은 물론 홀로 산책하는 사람도 있었다. 공원 한편에서 경쾌한 실로폰 소리가 났다. 곧이어 기타 연주 소리도 들렸다. 훤칠한 키에 앞머리가 긴 남자가 발치에 자신의 음반을 내놓고 노래를 부르고 있었다. 겨자색 양복을 입은 사내는 벤치에서 해금을 연주했다. 마술을 하는 피에로와 저글링, 줄타기 등 묘기를 보여 주는 광대도 있었다. 아이들은 판다 모형 앞에서 손으로 V자를 그리며 사진을 찍었다. DSLR 카메라를 들고 다니며 어디서든 셔터 찬스를 잡는 노인들도 있었다. 길바닥에는 노숙자들이 제각기 편한 자세로 잠을 잤다. 길고양이들은 털 고르기에 여념이 없었다. 준세와 민재는 각자의 시야에 잡히는 '그들'의 모습을 보며 벙글거렸다.

도쇼 궁을 등지고 언덕길로 내려가자 연못이 나타났다. 준세는 '스고이'를 연발했다. 민재도 볼을 부풀리며 연못을 구경하느라 바빴다. 연꽃이 피어 있는 연못에는 물오리들이 한가롭게 노닐고 오리 배가 동동 떠다녔다. 민재는 연못이 주는 평온함에 눈을 떼지 못하고 있었다.

"시간이 좀 남았는데 저쪽 신사에 가 보자."

준세가 민재의 손을 이끌며 앞장을 섰다. 민재는 아쉬운 듯 고개를 돌려 연못을 바라보았다.

그들은 노점상에 발이 묶인 사람들을 지나서 신사로 가는 길목으로 접어들었다. 신사 앞에 있는 테미즈야(手水舍)에서 사람들이 손을 씻고 있었다. 신사의 향로 앞에는 기모노를 입은 할머니가 향을 피우고 있었다. 맞은편에서 민재는 그 모습을 물끄러미 바라보았다. 할머니가 두 손을 모으고 고개를 숙였다. 그러자 민재가 의아한 표정을 짓더니 눈을 크게 홉떴다. 무엇을 보았는지 민재는 할머니가 있는 곳으로 쏜살같이 뛰어갔다. 갑작스러운 민재의 행동에 놀란 준세가 민재를 불렀지만 소용없는 일이었다. 민재는 할머니를 지나 신사의 오른편으로 사라졌다. 준세는 주변을 두리번거리며 민재를 기다렸다. 자신이 모르는 일이 일어난 것에 대한 궁금증은 잠시, 혼자 지루한 시간을 보내는 처지에 짜증이 치밀었다. 얼마간의 시간이 지나고 민재가 붉게 달아오른 얼굴로 나타났다.

"야! 너!"

준세는 민재를 보자마자 짜증을 냈다.

"미안해."

민재는 풀이 죽은 목소리로 말했다.

"아니, 그렇게 갑자기 말도 없이 달려가면 어떻게 해?"

"코코미인 줄 알고."

민재의 들릴 듯 말 듯한 목소리에 준세는 귀를 기울였다.

"뭐? 코코미? 그게 누군데?"

준세의 찌그러진 미간은 쉽게 펴지지 않았다.

"아니야. 내가 잘못 본 걸 거야."

민재는 머뭇거리다가 고개를 휘저었다. 준세는 어이없다는 표정으로 민재를 쳐다보았다. 민재는 준세의 눈치 같은 건 안중에도 없었다. 풀지 못한 수학 문제를 붙잡고 있는 듯했다. 준세는 저도 모르게 한숨을 내뱉었다.

"지붕 위에 해가 떠 있네."

준세의 목소리가 가라앉았다. 지붕 꼭대기에 빛나는 해 모양의 장식물이 달려 있었다. 해가 없는 하늘은 언제 비가 쏟아질지 모를 구름을 안고 있었다. 준세와 민재는 연못의 벤치에 앉았다. 나란히 앉은 그들은 주저 없이 담배를 꺼냈다. 손가락 사이에 놓인 담배가 타는 동안 그들은 아무 말도 하지 않았다. 서로의 생각을 읽을 수 없는, 그만큼의 거리를 두고 있었다.

"기태다! 어? 여자랑 같이 오는데?"

준세가 담뱃불을 발바닥으로 비벼 끈 후 자리에서 일어섰다. 민재는 고개를 들고 다가오는 기태를 보았다. 검은 뿔테 안경을 쓴 기태는 쇼핑백을 든 여자와 함께 걸어오고 있었다. 연두색 원피스를 입은 여자였다. 민재는 여자의 얼굴을 보고 고개를 살짝

갸우뚱거렸다. 여자가 다가올수록, 여자의 얼굴이 점점 또렷해
질수록, 민재의 표정은 점점 굳어져 갔다. 화장기가 거의 느껴지
지 않는 여자는 코코미와 닮아 있었다. 너무 닮아서 민재는 좀처
럼 믿을 수 없다는 듯 입을 다물지 못했다. 준세는 하이파이브로
기태를 맞이했다. 기태는 민재의 어깨를 치며 인사를 건넸다. 민
재는 억지웃음을 지으며 미심쩍은 곁눈질로 여자를 보았다.

"인사해. 여긴 히카사야. 내 친구 민재와 준세."

기태는 히카사의 허리에 손을 두른 채 소개를 했다. 민재는 여
자의 이름을 불렀다. 소리 없는 이름이 바람 속으로 사라졌다.

"안녕!"

히카사의 한국말에 민재는 살짝 의아한 기색을 내비쳤다. 준
세의 얼굴에는 화색이 돌았다.

"히카사가 우리말을 좀 해. 한국에 대해 관심도 많고."

기태가 히카사를 지그시 내려다보았다. 민재는 히카사에게 한
발짝 다가가 악수를 청하면서 히카사의 얼굴을 쳐다보았다. 히
카사는 수줍은 미소로 응했다. 민재는 히카사의 모습을 주시했
다. 범인을 밝혀낼 단서를 찾는 탐정처럼.

"우리한테는 잠잘 시간도 없다고 징징거리더니 여친 만들 시
간은 있었냐? 나쁜 놈."

준세가 짐짓 퉁바리를 놓았지만 기태의 얼굴에는 웃음기가 가
득했다. 기태는 재빨리 가방에서 돗자리를 꺼내 깔았다. 민재는
주위를 두리번거리는 척하며 힐끗힐끗 히카사를 곁눈질했다.

"동경대생은 이렇게 노냐? 도쿄에서 가장 '핫'한 곳으로 데려가야지. 지금 풀 바닥에 앉아서 뭐하자는 거냐?"

"그러게. 소풍 나온 커플에 우리가 눈치 없이 낀 거 같은데?"

히카사의 눈치를 살피던 민재가 곁에서 준세의 말을 거들었다. 히카사는 기태를 보며 서로의 애정을 확인하는 듯한 눈빛을 보냈다.

"야, 나 아니면 너희가 언제 이런 데 와 보겠냐? 툭하면 술집이나 전전하면서. 난 여기서 가끔 점심도 먹고 저녁에 산책도 하고 맥주도 마시고 하는데."

"데이트도 하면서 말이지?"

준세가 깐죽거리자 민재는 기태와 히카사의 얼굴을 번갈아 보았다. 히카사는 별로 개의치 않는 듯 기태가 들고 있던 쇼핑백에 든 것을 하나씩 꺼내고 있었다. 도시락부터 아사히 맥주까지.

"여긴 혼자 와서 편안하게 시간을 보낼 수 있어서 좋아."

기태가 연못에 눈길을 주며 말했다.

"식사하면서 얘기해."

히카사의 한국어 발음은 영락없는 일본인이었다. 히카사가 나눠 준 도시락은 제각기 메뉴가 다른 덮밥이었다. 그들은 덴돈, 규동, 오야코돈, 뎃카돈을 먹으면서 이야기를 나눴다. 준세가 기태와 히카사의 얼굴을 번갈아보면서 두 사람이 어떻게 만났는지 물었다.

"학교 내 한국어학당에서 알바를 하고 있어. 거기서 히카사를 만나게 된 거고."

"히카사도 알바해?"

민재가 천연덕스럽게 물었다.

"난 과외를 하고 있어."

히카사는 한쪽 눈썹을 들어 올리며 망설임 없이 대답했다.

"그래?"

민재의 시선에 히카사가 천진난만한 미소로 답을 대신했다.

"야, 지루한 얘기 그만하고 술이나 마시자. 이렇게 뭉친 게 얼마만이야."

준세가 맥주를 치켜들었다. 캔 부딪치는 소리가 탁하게 퍼졌다. 목구멍을 타고 내려가는 짜릿한 맥주 맛에 민재는 입을 떼지 못하고 들이켰다. 준세가 유학 생활에 대해 묻자 기태는 이제는 괜찮다며 고개를 끄덕였다.

"물론 처음엔 집으로 돌아가고 싶어서 죽는 줄 알았지. 이곳은 철저한 개인주의 나라야. 사람들은 타인에게 친절한 반면 서로에게 무관심해. 혼자 밥 먹는 사람이 많은 것도 그래. 타인의 시간을 방해하지 않으려고 혼자 식사를 하니까 그 사람을 위해 일인용 칸막이 식당이 생기는 거지. 이곳 정서를 이해하며 적응하고 있지만 때때로 낯설어서 쭈뼛거리기도 해."

기태는 태연한 표정을 유지하려고 애쓰는 것 같았다. 하지만 약간 상기된 기태의 얼굴이 그간의 고충을 짐작케 했다.

"짜식! 우리가 없는 타국에서 혼자 힘들었구나. 그래서 여친도 사귀고, 잘했어. 그래야지."

살짝 혀가 꼬인 준세가 기태를 끌어안았다. 기태는 벌써 취했느냐며 타박했지만 준세의 포옹에 기꺼이 응해 주었다. 그들의 머리 위로 하늘이 검게 물들고 있었다.

"서로 그어 놓은 선에 바리케이드를 치고 사는 게 사는 거야? 서로에 대한 관심에서 시작되는 게 사랑이잖아. 이곳 사람들은 사랑이란 걸 하는 거야?"

민재는 사뭇 따지듯 물었다. 기태의 얼굴에 쓴웃음이 스쳤다.

"야, 오버하지 마. 아무리 바리케이드를 높게 친다고 해도 사랑은 막을 수 없는 거야. 도무지 알 수 없는 한 가지, 사람을 사랑하게 되는 일, 참 쓸쓸한 일인 것 같아."

준세의 뜬금없는 노래에 헛헛한 웃음이 공기를 떨리게 했다. 그들의 얼굴에 비친 표정들은 다른 듯 닮아 있었다.

민재가 넌지시 히카사를 보았다. 히카사의 알 수 없는 눈빛에는 애잔함이 어려 있었다.

"과연 누가 나의 쓸쓸함을 위로해 줄 수 있을까?"

준세가 자조 섞인 말로 읊조렸다. 민재는 공허한 마음을 채우려는 듯 맥주를 벌컥 들이켰다.

"천천히 마셔. 술도 약한 놈이."

기태가 민재에게 치즈 스틱을 건네며 말했다.

"여자 앞이라고 그러냐?"

준세의 비아냥거리는 말투에 민재는 눈을 희번덕거렸다. 민재는 무연히 히카사를 바라보았다. 히카사가 어떤 방어막 속에 있는 것처럼 보였다.

"인마! 그런 거 아니거든."

민재는 맨손으로 맥주 캔을 찌그러뜨리고 일어났다. 기태와 준세는 당황한 듯 서로를 쳐다보며 입을 다물었다.

민재가 어두워진 사위를 살피며 화장실로 갔다. 화장실 센서에 손을 갖다 대자 물이 내려갔다. 세면대에서 손을 씻은 민재가 거울을 보았다.

"이름이 히카사였어? 그럼 코코미는 애칭일까? 아냐, 진짜 이름이 코코미일 수도 있어. 아…, 아무것도 믿고 싶지 않아. 그저 닮은 여자였으면 좋겠어. 그래, 코코미가 아닐 거야. 내 눈이 이상한 거야. 제정신이 아닌 거야. 그런데 보면 볼수록 코코미인 걸 어떡하라고!"

민재는 누구에게도 하지 못하고 참았던 무수한 말들을 쏟아냈다. 그러나 후련하기는커녕 오히려 더 혼란스럽고 갑갑했다. 거울은 그 누구도 깰 수 없는 무거운 침묵으로 민재를 비추었다. 한숨만 푹푹 날리고 나서야 민재는 화장실을 나왔다. 바람을 타고 빗방울이 떨어지고 있었다. 히카사가 빗방울을 맞으며 화장실 쪽으로 걸어왔다. 민재는 눈을 크게 뜨고 반색을 하다가 다시 화장실로 들어갔다. 막상 히카사를 보니 무슨 말을 어떻게 해야 할지 몰라 속을 끓였다. 흥분된 마음을 가라앉히고 화장실에서 나온 민재는 근처에서 히카사가 나오기를 기다렸다. 빗방울이 점점 굵어지기 시작했다.

　잠시 후, 히카사가 화장실에서 나왔다. 민재는 어색한 웃음을 입술 끝에 피웠다. 히카사는 민재를 알아보고 입가에 옅은 미소를 띠며 가볍게 눈인사를 하고 지나갔다.

　"히카사!"

　민재는 급한 마음에 이름부터 불렀다.

　"이렇게 다시 만나게 될 줄 몰랐어."

　돌아선 히카사는 대답 없이 눈만 끔벅거렸다.

　"뭐야? 그 표정은?"

　"미안해. 무슨 말 하는지 모르겠어."

　히카사의 나직한 목소리에 민재의 얼굴이 굳어졌다.

　"모르겠다니! 어제도 아닌 바로 몇 시간 전에 만났잖아."

　민재는 애써 거친 숨을 삼켰다.

　"날 똑바로 봐. 난 네 눈빛과 숨결을 분명히 기억하는데!"

　민재는 손으로 히카사의 얼굴을 부여잡으며 눈을 뚫어지게 쳐다보았다. 민재의 손에는 파란 핏줄이 불끈 솟아 있었다. 히카사는 꼼짝하지 않고 민재를 두려운 눈으로 보았다.

　"미안해, 아니 스미마셍. 히카사, 아니 코코미. 제발 이러지 마. 그 시간에 존재했던 나를 송두리째 잃어버린 기분이 든단 말이야!"

　민재는 히카사의 얼굴에서 손을 떼고 애원하는 목소리로 말했다. 히카사의 뺨은 상기되어 있었지만 두 눈은 아무런 동요가 없었다.

"그건 네 사정이야. 미안한데, 난 네가 원하는 게 뭔지 관심 없어."

히카사는 귀찮다는 듯 말을 내뱉었다. 어떠한 심경의 변화도 히카사의 얼굴에 드러나지 않았다.

"그럼, 우리가 함께 보냈던 시간은 뭐야? 기억나지 않는 거야? 다시, 입 맞추면 기억하겠어?"

민재가 히카사의 어깨를 잡고 흔들다가 입술로 돌진할 때였다.

"야! 지금 뭐 하는 짓이야?"

두 사람을 찾으러 온 준세였다. 준세가 민재의 어깨를 잡고 주먹을 날렸다. 민재는 입술이 터진 채 젖은 바닥에 쓰러졌다.

"미쳤어? 어떻게 친구 여자한테…. 넌 완전 개자식이야!"

준세는 민재를 뒤로하고 히카사와 함께 연못으로 갔다. 히카사가 걷다가 뒤를 돌아보았다. 민재는 바닥에 누워 총알 같은 빗방울을 온몸으로 맞고 있었다.

민재는 이른 아침부터 일어나 짐을 쌌다. 준세의 침대 머리맡에는 다리 벌린 미소녀 피규어가 놀란 표정을 짓고 있었다. 준세는 침대에 누워 민재의 모습을 멍하니 보다가 일어나 앉았다.

"정말, 꼭 가서 확인 사살을 해야겠냐? 이 미친놈아!"

"응. 금방 갔다 올게."

민재는 트렁크를 끌고 문 앞에 갖다 놓았다.

"세 시간 뒤에 공항으로 가야 한다고!"

"알아. 시간 안에 갈 테니 짐 좀 부탁해."

민재는 숙소를 나왔다. 거리는 출근하는 사람들의 발길로 혼잡했다. 민재는 전철역을 향해 부산하게 발걸음을 재촉했다.

아키하바라에 도착하자 민재는 어제 걸었던 길을 되짚었다. 오전의 아키하바라는 한가롭고 조용했다. 민재는 거리를 유심히 둘러보았다. 민재의 손목시계는 10시 14분을 지났다. 사무실 밀집지역에 있는 음식점 앞에는 사람들이 줄을 서 있었다. 아침도 점심도 아닌 시간에 사람들이 손에 그릇과 젓가락을 들고 서서 제각기 밥을 먹고 있었다. 식당가를 지나 게이머즈 건물 앞에 다다랐다. 민재는 한 모퉁이에서 프리 허그 팻말을 보았다. 빨간 미니스커트에 탱크톱을 입은 여자가 팻말을 들고 있었다. 어제의 빨간 머리는 노란 머리로 바뀌어 있었다. 민재는 뒤통수라도 세게 맞은 듯 멍한 표정을 지었다.

"코코미, 아니 히카사!"

민재는 낮은 소리로 이름을 불렀다.

여자는 팻말을 들고 방방 뛰고 있었다. 프리 허그를 청하는 사람이 아무도 없었다. 민재는 달팽이 같은 걸음으로 여자에게 다가갔다. 여자가 팻말을 내리는 찰나, 민재는 여자를 끌어당겨 품에 안았다.

"어제 내가 널 이렇게 안고 입을 맞췄잖아. 기억 안 나? 왜 날 모르는 척해?"

민재의 말에 여자는 답이 없었다.

"너, 이름이 뭐지?"

민재는 싸늘한 표정으로 나직하게 물었다.

"아키나."

아키나의 낭랑한 목소리에 민재는 절망이라도 한 듯 눈을 감았다. 귓속으로 들어간 바람이 민재의 머릿속에서 소용돌이 쳤다.

"거짓말 마. 넌 아키나가 아니잖아!"

민재는 고개를 휘저으며 격앙된 어조로 말했다.

"내 이름은 아키나야."

민재가 안고 있던 손을 풀고 한 발자국 뒤로 물러났다. 아키나의 눈자위는 약간 충혈되어 있었다.

"코코미, 히카사, 아키나. 도대체 왜 그래?"

민재가 눈을 치켜뜨며 언성을 높였다. 사람들은 그들의 모습을 보고 무심히 지나쳤다. 원망스런 목소리에 아키나가 방어태세를 취하는 듯하더니 민재를 다시 안았다.

"…쓸쓸하니까."

민재의 귓속에 대고 아키나가 속삭였다.

민재는 아키나가 한 말을 그대로 읊조렸다. 아키나는 천연스럽게 웃으며 손으로 민재의 등 뒤를 가리켰다. 남자 두 명이 프리 허그를 하려고 기다리고 있었다. 민재는 아키나를 물끄러미 쳐다보다가 돌아섰다. 발목에 모래주머니를 단 것처럼 걸음이 무거웠다. 민재의 얼굴에는 헝클어진 머리카락만큼이나 복잡한 심경이 드러났다. 한산한 거리는 익명의 그림자들로 무성했다. 민재는 걸음을 멈추고 하늘을 올려다보았다. 구름이 짙게 드리워진 하늘은 세상을 회색빛으로 뒤덮었다. 민재는 태양을 삼킨 듯한 어두운 얼굴로 뒤돌아보았다. 아키나는 긴 치마를 입은 남자와 포옹하는 중이었다. 시커먼 아스팔트 위에서 민재는 우두커니 그 모습을 지켜보고 있었다.

"아키나!"

민재는 어디론가 표류하는 낯선 이름을 불렀다.

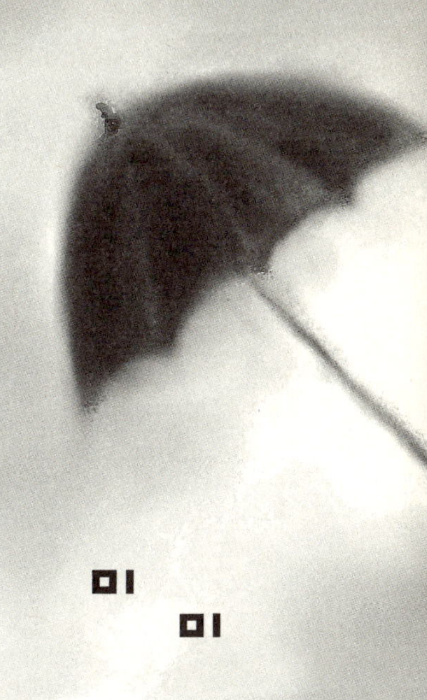

—한 번 해서는 고객님이 바라는 정도의 효과가 나타나지 않
아요. 네 번 정도 해야 웬만한 게 다 제거되니까 돈과 시간을 조
금 더 투자하시면 마음 편히 비키니를 입으실 수 있을 거예요.
그리고 다들 많이 아프냐고 물으시는데 그냥 따끔거리는 정도
라고 생각하시면 돼요. 아름다움을 위한 고통을 최대한 줄여 드
리려고 마취연고나 얼음찜질을 해 드리니까 걱정하실 필요 없으
시고요. 좋은 결과로 보답해 드릴게요. 그럼, 결제는 어떻게 해
드릴까요?

원장의 얼굴은 상냥한 웃음을 담고 있다. 도대체 원장은 하루
에 몇 명과 마주 앉아 이런 말을 반복하는 걸까. 창밖 대기실에
서 북적거리는 사람들을 쳐다보며 너는 생각한다. 원장의 눈을
본다. 길게 뻗은 풍성한 속눈썹과 뚜렷하게 보이는 아이라인은
어디서 했어요? 원장에게 물어보고 싶지만 너는 입을 열지 않는

다. 검색창에 '반영구화장'을 치면 궁금증을 해결할 수 있고, '카더라' 정보도 있다. 이곳도 시내 중심가에서 최신 기계로 시술을 잘하고 서비스가 좋더라 하는 카더라 통신으로 알게 된 곳이다. 물론 '그렇다고 하더라' 하는 정보는 신뢰성이 떨어지긴 하지만 '카더라'만큼 귀가 솔깃해지는 말도 없다. 같은 비용이라면 더 좋은 곳을 찾는 것이 인지상정이다. 그래서 너는 이곳에 전화예약을 하고 보름이라는 시간을 기다릴 수 있었다.

비용은 선지급제다. 원장은 우선 삼 회분을 결제하고 경과를 봐서 다시 예약할 것을 권한다. 너는 고개를 끄덕이며 그렇게 하기로 한다. 그리고 지갑에서 카드를 꺼낸다. 원장은 두 손으로 카드를 받아든다. 찌직거리는 기계음과 동시에 휴대전화가 진동한다.

「오늘 약속 잊지 않았지? 있다 봐!」

S의 문자다. 너는 휴대전화의 전원을 끈 손으로 휘갈기듯 사인을 한다.

―들어오세요.

은하철도 999의 메텔을 닮은 여자다. 여자의 머리는 긴 노랑머리가 아니라 짙은 밤색의 단발머리다. 어깨에서 찰랑거리는 머릿결은 거칠고 뻣뻣해 보인다. 너는 여자의 안내를 받으며 시술실로 들어간다. 흰 가운을 입은 여자의 왼쪽 가슴주머니에 이름이 걸려 있다. 비딱하게 걸린 이름은 미미이다. 너는 기억한다. 어릴 적 보물 목록 1호였던 마론 인형 중 하나이다. 바비, 쥬쥬, 제니와 함께 가지고 놀던 미미의 머리털은 금발이었다. 완벽한 몸매에 예쁘고 아름다운 마론 인형의 머리털은 왜 그렇게 자주 엉켰을까. 안타깝게도 인형에겐 네가 하는 트리트먼트나 헤드 스파로 모발관리를 해 주지 못한다.

—역시 털이 문제야.

너는 조그맣게 중얼거린다. 여자는 무슨 일이 있느냐는 듯 쳐다본다. 너는 고개를 저으며 S의 푸석한 앞머리를 떠올린다. S는 앞머리를 매일 고데기로 말아 머릿결이 많이 손상된 상태다. 여자가 가운과 일회용 속옷을 너에게 준다. 너는 탈의실로 들어간다. 옷을 갈아입기 전에 너는 긴 생머리를 질끈 묶는다.

여자는 피곤한 듯 손으로 뒷목을 주무르고 있다. 가운 소매 속에서 뻗어 나온 하얀 팔은 한 올의 솜털조차 없이 깨끗하다. 스타킹을 신지 않은 맨다리도 마찬가지다. 여자는 싱긋 웃으면서 너를 맞이한다. 입술만 웃는 얼굴이다. 여자의 웃음에 어떠한 감정도 느낄 수가 없다. 너는 H의 웃는 얼굴을 떠올린다. H는 물끄러미 너를 바라보다가 슬며시 웃는다. 꽃봉오리가 터지기 직전처럼 설렘이 가득한 웃음이다.

하반신에 일회용 속옷만 입은 너는 크게 심호흡을 한다.

—괜찮으세요?

여자의 말에 너는 한 번 더 심호흡을 한다.

—긴장하지 마시고 누우세요.

너는 쑥스러운 듯 고개를 돌린다. 긴장은 무슨. 하긴 너는 긴장하는 척을 한다. 그래야 여자가 너를 조심스럽게 다뤄 준다는 것을 알기 때문이다. 굳이 너의 심호흡에 대해 변명을 하자면 시술을 끝내고 만나게 될 S 때문이다. S에게 어떻게 얘기를 꺼내야 할지 너의 머릿속은 복잡하다.

너는 천천히 침대에 누워 지그시 눈을 감는다. 여자는 의자에 앉아 비키니 라인의 사진을 찍는다. 물론, 털은 면도나 왁싱을 하지 않은 상태이다. 라인 밖에 있는 털을 채취해 굵기를 측정한 후 시술강도를 조절한다. 보이지 않는 곳까지 제모가 용이하도록 다리를 기역으로 구부려 놓는다. 비키니 라인을 면도한 후에 마취연고를 시술 부위에 바르고 랩을 씌운다. 그렇게 30분을 대기하라고 말하는 여자는 레이저 제모관리사다. 너는 민망함 따위 느끼지 않는다. 오히려 민망한 건 H를 비롯한 다른 사람들에게 제모하지 않은 털을 보이는 것이다. 여자는 너의 종아리를 이리저리 살펴보며 말한다.

—다리 제모를 하셨네요?

—네?

너는 여자의 말을 못 들은 척한다.

—아니, 다리 제모가 잘되었다고요.

—그런가요.

너는 뿌듯한 표정을 지으며 말한다. 너는 제모를 한 부위를 모두 보여 주고 싶다. 하지만 그러지 않아도 여자는 다 알 것이다.

다리를 했다는 건 다른 부위까지 할 수도 있다는 전제를 두고
있다. 너는 다리는 물론 팔과 겨드랑이, 코밑까지 제모한 상태
다. 그래서 제모에 있어서 긴장하거나 두렵지는 않다. 단지 아플
뿐이다.

　—아, 아앗.
　너의 입에서 작은 비명이 터진다. 너는 아프다. 딱딱딱. 레이저
가 쏠 때마다 따끔한 고통을 안긴다. 참아야 한다. 미(美)는 인내
다. 아름다움을 위한 고통에는 인내가 필수적이다. 그래야만 살
아갈 수 있다. 아름답고 예쁘지 않으면 사는 게 괴롭다. 언제부
터 시작되었는지 알 수 없는 아름다움에 대한 경외심은 단 한순
간도 멈춰진 적이 없다. 예쁘면 다 착하다. 아름다움은 재능이자
권력이다. 이런 말을 왜 하겠는가. 세상은 아름다움에 대해 지독
하게 관대하다. 억울하면 성공보다는 아름다워져야 하는 게 바
로 세상의 이치다.
　가장 좋은 조건은 색상이다. 멜라닌 색소가 풍부할수록, 짙을
수록 반응을 잘한다. 흰 피부에 짙고 굵은 털일수록 효과적인
결과를 가져온다. 통증은 개인의 민감도에 따라 다르다. 하지만
걱정할 필요는 없다. 마취연고나 냉각요법이 통증을 완화해 줄
것이다. 대부분 적응을 잘한다. 아름다움을 위한 것이니까. 그러
니까 백배, 아니 천배의 통증이라도 참아야 한다.
　—아!

그러나 너는 입을 다물지 못한다.

—조금만 참으세요. 다 끝나 가요.

보호안경을 쓴 여자는 새카맣게 돋아난 털들로 수북했던 너의 비키니 라인에 레이저를 계속 쏘고 있다.

—넵, 아, 앗.

너의 참을성은 한계에 이르고 있다. 침대에 누워 있는 너의 찌푸린 얼굴이 오그라든 발가락처럼 좀체 펴지질 않는다. 너의 감은 눈에서 눈물이 삐죽 솟는다.

누구나 아픔을 느낀다. 하지만 참을성의 정도에 따라 아픔은 다르게 느껴진다. 안타깝게도 너는 통증에 약한 편이다. 그래서 너는 많이 아프다. 남들보다 털이 많은 너는 통증을 잘 참지 못한다. 그럼에도 너는 잘 견뎌 왔다. 겨드랑이와 팔, 다리, 코밑에 제모를 다 했으니까.

너의 제모는 이 년에 걸쳐서 무리 없이 진행되었고 만족할 만한 결과를 얻었다. 네가 대학을 휴학하고 일을 한 곳은 클리닉 센터였다. 너는 어시스턴트로 일을 하면서 돈도 벌고 제모도 했다. 물론 손님보다 직원에게 더 많은 할인을 해 주겠지, 라는 타산도 있었다. 일거양득, 꿩 먹고 알 먹고, 도랑 치고 가재 잡고, 임도 보고 뽕도 따자는 것이었다.

하지만 너는 그 일을 그만두었다. 제모가 끝났으므로 그 일을 계속할 이유가 없었다. 너는 다시 학교에 복학했고 피트니스 클럽에서 러닝머신 위를 달렸다. 그렇게 탄탄한 몸매를 위해 달리다 우연히 만나게 되었다. 다리가 움직일 때마다 아령을 들어 올릴 때마다 실룩거리는 근육을 가진 H를. 너는 섹시한 화이트 탑과 핑크 팬츠를 입었다. 가슴골이 나오는 탑 라인은 너의 가슴을 더욱 아름답게 했다. 매일 가슴 운동을 빼먹지 않는 너의 가슴은 효리 못지않게 풍만하고 섹시하다. 너는 H의 시선과 마주치기도 했다. 그때마다 너는 러닝머신 위를 달리고 있거나 목선이 보이게끔 머리를 틀어 올려 물을 마시고 있었다.

그날도 너는 평소와 다름없이 열심히 달렸다. 허벅지 근육이 살짝 당겼지만 참을 만했다. 그런데 갑자기 허벅지의 근육에 경련이 일어났다. 외마디 비명과 함께 너는 러닝머신에서 떨어졌다. 네가 허벅지를 잡고 쓰러지자 H가 달려왔다. H는 마취한 것처럼 얼얼한 너의 다리를 주물러 주었다. 경련이 멈추자 너는 H의 손을 밀치며 괜찮다고 했다. 그러자 H가 말했다.

—네가 마음에 들어.

잘 생기고 운동을 잘하는 남자가 이상형이었던 너는 H의 고백을 거절할 이유가 없었다. 너는 다음 날부터 H와 사귀기로 했다. H가 S의 남자인 줄도 모르고.

—앗.

고통스러운 너는 문득 여자의 이름을 떠올린다. 미미. 마음속으로 불러 본다. 미미. 소리 없이 불러 본다. 미미. 다시 소리 없이 불러 본다. 미미. 신기한 주문이다. 따끔거리는 아픔을 느낄 수 없다. 어쩌면 익숙해져 버린 아픔에 고통도 무뎌졌는지 모를 일이다. 미에 대한 너의 기준은 털이 없는 깨끗하고 매끈한 피부이다. 이 때문에 고통스러웠던 날들을 너는 잊지 못한다.

열두 살 때의 너를 기억한다. 너는 방과 후 특별활동으로 수영부에 들어갔다. 수영을 하면 키가 큰다는 엄마의 설득으로 어쩔수 없이 너는 수영장을 다녔다. 다행히 너는 수영을 잘했고 재미를 붙였다. 수영강사는 자유형이 끝나자 배영 강습을 시작했다. 너는 물 위에 누워 뜨는 연습을 했다. 차렷 자세에서 턱을 가슴쪽으로 당기고 숨을 충분히 들이쉬었다. 배와 다리가 물 밖으로 반쯤 나왔다. 발등이 물 밖으로 나오지 않게 발을 차올렸다. 너의 몸은 물속에 가라앉지 않았다. 너는 팔을 뒤로 뻗어 헤엄쳐 나갔다. 그 모습을 본 강사가 네게 친구들이 보는 앞에서 배영 시범을 보이라고 했다. 너는 어깨를 으쓱거리며 물속으로 들어갔다. 배영 발차기를 하고 왼팔을 부드럽게 뒤로 넘기는 순간 친구들이 일제히 웃기 시작했다. 그 후로 친구들은 너를 '털복숭이'라고 불렀다.

상처, 아니 흉터였다. 수두 자국처럼 평생 없어지지 않는 흉터가 마음에 생겼다. 친구들은 너를 놀림감과 경계의 대상으로밖에 생각하지 않았다. 너에게 친구들은 나쁜 년, 못된 놈밖에 없었다. 하지만 S만은 예외였다. 얼굴이 못생긴 S는 항상 네 곁에서 위안이 되어 주었다. 그때 너는 네가 나쁜 년이 될 줄 미처 몰랐다. 너를 놀린 적도 없고 네게 둘도 없는 S에게 말이다. 친구이기 때문에 용서하고 이해해야 한다, 라고 말한 누군가를 너는 찾고 있다. 너는 누군가가 그 말을 S에게 해 주길 원한다.

너는 매일 집에서 털들을 관찰했다. 팔과 다리 그리고 2차 성징에 따라 자라나는 겨드랑이와 음모까지. 너는 어떻게 하면 털을 제거할 수 있을까를 고민했다. 오직 그 고민만이 네가 살아 있다는 것을 느끼게 했다.

우선 가위로 다리털을 잘랐다. 하지만 자르면 자를수록 이상하게 털이 더 징그러워졌다. 너는 할 수 없이 족집게를 집어 들었다. 제일 깔끔한 방법이라고 생각했다. 털을 하나씩 뽑을 때마다 피부는 점점 벌겋게 튀어나오고 눈물은 쉴 새 없이 흘렀다. 눈이 팅팅 부어서 결국 털을 다 뽑을 수가 없었다. 너는 아빠의 면도기를 사용하기로 했다. 쉐이빙 폼을 바르고 면도를 한 당일은 너무나 만족스러웠다. 하지만 하루이틀이 지나면 깔깔하게 닿는 느낌은 역시나 불쾌했다.

너는 계속 면도를 했다. 그러자 피부가 건조해지면서 하얗게 각질이 일어났다. 모기에 물린 것처럼 울긋불긋 부어오르는 현상이 피부에 나타났다. 더 심각한 문제는 털을 제거할수록 털이 더 많이 난다는 것이었다. 너는 덜컥 겁이 났다. 그래서 빨간 돼지 저금통을 기꺼이 털어 약국으로 달려갔다. 털 없애는 약 좀 주세요. 약사에게 말했다. 그런데 어리다는 말도 안 되는 이유로 제모제를 주지 않았다. 너는 약국에서 번번이 쫓겨나듯 했다. 엄마에게 심각하게 고민을 털어놓으며 도와 달라 하기도 했다. 엄

마는 공부가 하기 싫으니 별짓을 다 한다며 너의 고민을 뭉개
버렸다.

　제일 견디기 어려운 건 여름날의 체육 시간이었다. 너는 잘 생
긴 얼굴에 만능 스포츠맨인 체육 선생님을 좋아했다. 이상형 앞
에서 너는 반바지와 반소매의 체육복을 입은 모습을 보여야 했
다. 너는 몸서리를 치며 아프다는 핑계로 수업 시간을 몇 번 빠
지기도 했다. 하지만 매번 그럴 수 없는 노릇이었다. 체육 수업
이 든 날 아침이면 털과의 전쟁이었다. 작고 시커먼 털을 제거
하느라 곤욕을 치렀다. 그러지 못한 날은 긴소매에 긴바지를 입
고 나갔다. 개도 안 걸린다는 여름 감기를 핑계로 부러 콜록거
리기도 했다. 당찮은 연기에 너는 신경을 곤두세울 수밖에 없었
다. 그러면서 친구들의 희고 깨끗한 손과 다리를 훔쳐보며 부러
워했다.

　나처럼 몸에 털이 많은 여자도 있을까? 왜 내 몸에만 시커먼
털이 많은 것일까? 고통 없이 털을 다 없애 버리는 방법은 없을
까? 매일 털을 밀며 살아야 하나? 사람들의 시선 때문에 목욕탕
도 못 가는 저주받은 몸으로 어떻게 살아가야 하나? 수술하면
비용은 얼마나 할까? 이런 고민은 사춘기를 맞이하자 더 심각해
졌다. 고민을 하면 할수록 너의 배는 자꾸만 고팠다. 그래서 끼
니 거르는 법은 있을 수 없었다. 끼니와 끼니 사이에 도넛과 초
콜릿도 먹지 않을 수 없었다. 그러자 너의 몸은 순식간에 비대해
졌다. 역도부에서 스카우트 제의를 받을 정도였다. 너는 코치의

제안에 대답도 않고 실없이 웃기만 했다. 털끝에 땀이 맺히는 진풍경을 목격한 순간처럼.

참지 못할 눈물이 고일수록 너는 삶의 의욕을 잃어 갔다. 너는 털이 많은 이유를 부모 탓으로 돌리지도 못했다. 너의 부모들은 털이 많지 않았기 때문이다. 증조부가 털이 많았다는 아빠의 말에 너는 얼굴도 모르는 증조부를 원망했다. 소용없는 짓인 줄 알면서 그렇게라도 하지 않으면 너는 견딜 수가 없었다.

털이 많은 몸을 웅크린 채 너는 음지만을 찾아다녔다. 혼자만의 생활에 익숙해지자 너는 음지의 여인으로 불렸다. 그래서 S처럼 연애를 하지 못했다. 좋아하는 남자애가 없었던 건 아니다. 비대한 몸에 털복숭이였던 너는 남자에게 고백할 자신이 없었다. 하지만 S는 자신감이 날로 충만해져 갔다. 여름방학에는 쌍꺼풀을, 겨울방학에는 콧대를 세운 덕분이었다. S는 성형외과 원장인 외삼촌을 가장 존경한다고 했다.

열여덟 생일을 하루 앞둔 어느 봄날, 너는 서점에서 여성 잡지에 실린 광고를 보았다.

"아름다운 당신을 원하십니까? 제모, 스킨케어, 체형관리. 원하시는 모든 것을 해 드립니다!"

이런 곳이 있었다니! 5년 동안 너를 힘들게 했던 털을 없애 주고 체형관리까지 해 준다는 광고를 너는 뚫어져라 바라보았다. 그러자 눈물이 잡지에 떨어졌다. 볼이 뜨거워지도록 하염없이 흘러내렸다. 눈물은 쉽게 멈추지 않았다. 주위의 시선에 아랑곳하지 않고 너는 잡지를 부여잡고 계속 울었다.

너는 마음에 드는 제모 광고가 실린 잡지를 사들이기 시작했다. 음지의 얼굴에 웃음이 피어났다. 잡지 속의 풍요로운 제모 광고들을 보기만 해도 포만감이 느껴졌다. 여러 종류의 제모 광고들을 보면서 너는 대학보다 그곳이 더 가고 싶었다. 너는 광고지를 보고 대학에 가려면 등록금이 필요한 것처럼 그곳에 가려면 얼마의 돈이 필요한지 전화를 걸었다.

─거기서 일하려면 어떻게 해야 하죠?

머릿속으로 생각했던 것과는 전혀 다른 질문이 나왔다. 스스로 놀란 나머지 너는 잠시 숨을 쉬지 못했다. 너조차 알아채지 못한 궁금증이 본능처럼 튀어나온 것이다. 전화 속 음성이 직원을 뽑지 않는다는 말을 하는 동안 너는 제모하는 곳에 취직하기로 결심했다. 대학 입학식 날, 너는 구인광고를 낸 제모 클리닉에 이력서를 접수했다.

─자, 레이저 시술 끝났습니다.

너는 갑갑했던 보호안경을 벗는다. 통증에 지친 너는 기절한 듯 누워 있다. 여자는 너의 비키니 라인에 연고를 바르면서 다시 말한다.

─이제 제모할 부분이 없으시겠어요.

─그런가요?

너는 확신 없는 목소리로 되묻는다.

─네, 브라질리언 왁싱을 하지 않는다면요.

여자의 말에 너의 눈동자가 약간 흔들린다. 너는 그 부분에 대
해 알고 있었지만 생각해 본 부분은 아니었다. 비키니 라인이 V
형태의 겉 라인만 잡아준다면 브라질리언 왁싱은 그 안쪽 라인
의 제모이다. 올 누드라고 하면 통할까. 고객이 원한다면 이니
셜, 하트, 나비와 같은 디자인도 가능하다. 너는 머리를 쓸어 넘
기면서 말문을 연다.

─하는 사람이 있나요? 많나요?

너의 물음에 여자는 장갑을 벗으며 고개를 끄덕인다. 너는 연
고를 다 발랐다는 것을 알아채고 몸을 일으켜 앉는다.

─많지는 않지만 하러 오시는 손님이 있기는 해요. 며칠 전에
어떤 손님은 쇼걸처럼 섹시하다는 일자 모양을 하기도 했죠. 관
심 있으세요?

너는 입꼬리를 살짝 올리며 H를 생각한다. 곧 H의 생일이 다
가온다. 너는 H에게 줄 서프라이즈한 선물을 준비해야 한다. H
가 좋아할까. H에 대한 너의 마음을 가득 담아 표현하기로 한다.

─저기, 하트 안에 이니셜은 어떨까요?

너의 갑작스런 결정에 여자는 살짝 당황해한다.

왁싱제가 너의 그곳을 적신다. 너의 몸에 힘이 들어가 있다.

─힘 빼세요!

여자는 건조한 목소리로 말한다. 너는 천천히 숨을 내쉬며 긴
장을 늦춘다. 너의 난감한 주문에 여자의 신경은 꽤 곤두서 있

다. 왁스가 굳자 여자는 빠르게 거즈를 떼어 낸다.

　—아악.

　비명과 함께 너는 눈물을 흘린다. 하트의 좌우 대칭과 그 안의
이니셜 작업을 하는 여자의 손놀림은 조심스럽고도 섬세하다.
열세 번의 족집게질이 끝나자 H를 위한 선물이 완성된다. 고통
스러운 사십여 분을 보낸 너의 얼굴은 눈물로 화장이 얼룩져 있
다. 여자는 목을 좌우로 굽히면서 너를 바라보며 묻는다.

　—그런데 그렇게 아파하면서 제모를 해야 할까요? 비용도 만
만치 않은데….

　너는 휴지로 얼룩진 얼굴을 닦다가 여자를 빤히 쳐다본다. 제
모를 하는 것이 직업인 여자가 그런 말을 하다니…. 너는 여자가
의뭉스럽기만 하다. 사람들이 제모하는 이유를 모르겠다는 것일
까. 여자의 발칙한 물음에 너는 애써 태연하게 답한다.

　—털이 혐오스러우니까요.

　—털이 혐오스러우신가요?

　여자는 눈을 끔벅 감았다 뜬다.

　—전…, 그래요.

　너는 여자의 눈을 보며 고개를 갸웃거린다.

　—털은 내 몸의 일부잖아요. 전 그 소중함을 잘 알고 있어요.

　너는 어이없다는 표정을 짓는다. 여자의 말에 의하면 너는 몸
의 일부를 소중하게 여기지 않아서 털을 다 제거한 꼴이 된다.
생각할수록 기분 상하는 말이다. 여자는 태연하게 차트에 기록

을 하고 있다. 너는 여자를 흘깃 쳐다보고 천장으로 시선을 던지며 말한다.

—그럼, 제모를 안 해요? 때와 장소에 따른 기본 에티켓이잖아요.

—…….

무소식은 희소식, 무대답은 긍정이라는 카더라 법칙에 따라 너는 탄력적으로 대응한다.

—그쪽은 제모를 안 했는데 그렇게 깨끗한가요? 신기하네요.

너는 여자의 팔과 다리를 훑어보며 사뭇 놀란다.

—신기하다고요? 그럴 수도 있겠네요. 그런데 털을 없애면 삶이 달라지나요?

여자는 또 눈을 끔벅 감았다 뜬다. 너는 여자의 얼굴을 멀뚱하게 바라본다. 그리고 천천히 입을 떼며 말한다.

—글쎄요, 삶을 달라지게 하는 자신감이 생기겠죠.

너는 미소를 띠며 달라진 점에 대해 생각한다. 인생의 길이 음지에서 양지로 바뀌면서 언제 어디서든지 짧은 옷을 입게 되었고, 무엇보다 누구에게도 뒤지지 않는 자신감이 생겼다. 친구의 남자와 연인이 될 만큼.

H가 S의 남자라는 사실을 알게 된 건 나흘 전이다. S는 남자친구가 예전 같지 않아 힘들다는 고민을 너에게 털어놓았다. 보톡스를 맞은 도톰한 입술이 움직였다.

—아, 정말 답답해 미치겠어. 전화를 안 받아. 문자도 씹고…….

연락이 되지 않아. 피가 마른다는 느낌이 어떤 건지 절실히 체험하는 중이야. 프로젝트 때문에 바쁘다고 만나 주지도 않아. 차라리 나더러 헤어지자고 하든지. 아니, 내가 먼저 헤어지자고 할까봐…. 아, 그런데 문제는 내가 오빠와 헤어지기 싫다는 거야.

S는 제 머리를 쥐어뜯으며 말했다. 시간이 지나면 H도 그럴까 하는 걱정을 너는 잠시 해 보았다.

—그게 가장 어려운 문제네….

너의 말에 S는 흐느꼈다. 이제껏 사귀었던 남자 중에서 인간성과 조건을 골고루 갖춘 퍼펙트 가이라던 S의 말을 너는 기억하고 있었다.

—그래서 내가 더 미치겠어. 정말 놓치기 싫은데 어떻게 해야 할지 모르겠어.

S가 남자 때문에 미치겠다고 하는 건 이번이 처음이 아니었다. 하지만 새로운 남자를 찾겠다던 여느 때의 모습과는 달랐다.

—날 바라보던 그 눈빛이 그리워.

S는 쌍꺼풀에 앞트임 수술까지 한 큰 눈으로 그 눈빛을 애써 떠올리는 듯했다. 너는 S의 말을 들으면서 H의 눈빛을 떠올렸다.

—많이 좋아하는구나!

S에게 하는 너의 말은 너 자신에게도 해당하는 말이었다.

—그래서 이런 내가 짜증나고 싫어.

오른손으로 가슴을 치는 S는 오만상을 찌푸렸다.

—도대체 널 이렇게 힘들게 하는 놈이 누구야? 어떻게 생긴 놈이길래 꼴값을 떠는지 궁금한데?

S가 사귀는 남자를 너는 본 적이 없다.

—그러고 보니 네게 보여 준 적이 없네. 오빠가 사진 찍는 거랑 내 친구들 만나는 걸 안 좋아해서 나도 딱 한 장 갖고 있어.

S는 휴대전화에 찍힌 사진을 찾아 보여 주었다. 너는 사진 속의 얼굴을 보는 순간 옴짝달싹하지 못했다. 말문이 막히고 기가 막힌 상황을 모면해야 했다.

—이렇게 생긴 놈이 꼭 말썽을 부린다니까! 잠시만, 화장실 좀 다녀올게.

너는 S에게 휴대전화를 돌려주며 자리에서 일어났다. 화장실에 도착하자마자 너는 H에게 전화했다.

—S가 누구야? S가 누군지 아냐고!

당장 만나서 설명하겠다는 H의 말에 너는 눈앞이 캄캄했다. H가 S의 남자라는 사실을 도저히 받아들일 수가 없었다.

너와 S가 친구 사이라는 것을 알게 된 H는 너만큼이나 놀라며 당황했다. H는 S와 정리할 시간을 갖던 중이었다고 토로했다. 너는 H에게 S와 헤어지는 이유를 물었다. H는 공장에서 만들어 낸 인형 같은 여자는 싫다고 했다. H로 말미암아 너는 아름다움에 대해 생각하게 되었다. 아름다움은 아름다움을 보는 자의 가치판단이라는 것을. 너와 H는 한참 동안 아무 말 없이 서로를 응시했다.

—그만 만나. 피차 이미지만 안 좋아지겠어.

H가 너에게 말했다.

—….

너는 단박에 H의 말에 동의하지 못했다.

—그만 만나고 싶지 않아. 난 네가 마음에 들어.

너는 처음으로 사귄 H와 이대로 헤어지고 싶지 않았다. 너는 애절한 시선으로 H를 보았다. 연인이 된 지 불과 한 달 남짓밖에 안 된 사이였다. H는 애틋한 눈빛으로 너를 바라보았다. 한참 뒤, H는 S와 정리하겠다고 말하고 너를 품에 안았다. 너는 H의 품속에서 S와의 관계도 지속할 수 있을 거라고 생각했다. S에게 좀 더 잘해 주고 신경도 많이 써 줄 거라고 스스로에게 다짐했다. 그러면서 둘만의 여름휴가를 보내자는 H의 말에 너는 고개를 끄덕였다.

—저기, 이 일을 왜 하는지 물어봐도 돼요?

너는 레이저 제모관리사인 여자에게 묻는다.

—세상 여자들의 털을 깨끗하게 없애 주려고요. 사실 털을 없애는 게 더 쉽거든요. 붙이는 것보다.

여자는 신입사원의 포부처럼 또박또박 당차게 말한다. 여자의 의기양양한 모습에 너는 어리둥절해한다. 야릇한 기분에 휩싸이려는 찰나 여자가 말한다.

—있잖아요. 꽃샘추위가 찾아온 날, 털 많은 여우와 털 없는

여우가 만났거든요. 털 많은 여우가 털 없는 여우에게 무슨 여우가 왜 이렇게 털이 없느냐고 놀렸어요. 그래서 털 없는 여우가 뭐라고 한 줄 알아요?

너는 궁금해하며 고개를 젓는다.

―이년아, 추워서 뒤집어 입었다. 왜!

웃음을 머금고 있던 너의 얼굴에 웃음이 터져 나왔다. 여자의 실감 나는 표정 연기에 너는 엄지를 치켜세운다. 여자는 차트를 겨드랑이에 끼우며 나갈 채비를 한다.

―수고하셨어요. 옷 갈아입고 나가시면 돼요. 그럼, 다음에 뵐게요.

웃음을 띤 너의 얼굴이 인사를 대신 한다. 너는 천천히 일어나며 묘한 여자라고 생각한다. 탈의실에서 옷을 갈아입으면서 너는 비키니 라인을 살펴본다. 면도를 하고 난 상태와 같다. 아무 일도 없었다는 듯이 아무렇지도 않다. 너는 그 거뭇거뭇한 상태가 정상이라는 것을 알고 있다. 며칠이 지나 털이 빠지고 깨끗해질 비키니 라인을 너는 상상한다. H의 생일날, 네가 준비한 선물을 보여 주는 장면까지….

제모 전용 클리닉에서 나온 너는 휴대전화부터 살린다. 휴대전화는 몸부림치듯 진동하며 문자 메시지 도착을 알린다. 꼬박꼬박 수신되는 광고문자 다음으로 H의 메시지가 있다.

「자기야~ 내 폰 쿨쿨 자도록 내버려 둘 거야? 연락해.」

아기같이 칭얼대는 H의 표정을 떠올리며 너는 웃는다.

「S 만나러 가는 길이야. 미션을 생각하니 조금 떨려.」

답장하는 동안 너의 얼굴에 웃음기가 사라진다.

너는 오늘 미션을 수행해야 한다. H가 너에게 준 미션은 '그날'이 언제냐는 것이다. H의 헤어지자는 말에 S는 그날이 지난 다음이라고 했단다. 너는 S의 그날을 알아내야 한다.

곧이어 S의 문자 메시지도 왔다.

「어쩌다 보니 일찍 도착! 심심하니까 빨리 와!」

너는 S에게 바로 답장을 보낸다.

「어쩌다가? 10분 뒤에 도착할 것 같아.」

S와의 약속은 H의 미션을 받기 전에 정해진 것이다. 가발 가게에 같이 가자는 S의 부탁을 너는 거절할 수 없었다. S가 손상된 앞머리로 고민할 때 가발은 어떨까 하고 제안한 것이 너였기 때문이다. 그래서 가발가게에 함께 가지 않을 수 없는 상황이다. 너는 어떤 모양의 앞머리 가발이 S에게 어울리는지 봐 줘야 한다.

너는 발끝을 보며 걷는다. 구두의 앞코가 동그랗고 반질반질하다. 너는 문득, 추워서 뒤집어 입었다는 털 없는 여우가 떠올라 피식 웃음이 났다. 빨강 신호등 앞에서 발걸음을 멈춘다. 고개를 들어 하늘을 바라본다. 늦은 오후의 오렌지빛 햇살이 건물과 건물 사이를 물들인다. 남아 있는 열정을 깨우는 시간이다. 너는 햇빛이 눈부셔서 미간을 찡그리고 눈을 가늘게 뜬다. 사람들은 횡단보도를 사이에 두고 마주 서 있다. 제자리에서 달리는 사람도 있다. 백화점 옆 건물의 삼 층에 통유리 벽으로 된 피트니스 클럽이다. 몇몇 사람들이 러닝머신 위를 달린다. 아름다움을 위해 그들은 오늘도 달리고 있다. 초록불이 켜지자 마주 서 있던 사람들의 사이가 가까워졌다가 다시 점점 멀어져 갔다. 사람들이 어디로 향해 가는지 알 수 없다. 다만, 그곳이 어디든 나름의 과정을 겪어야 하는 것은 불문율이다.

너의 발걸음이 빨라진다. 가까운 지하철 계단으로 내려간다. 그 길은 S와의 약속장소로 가는 길이 아니다. 너는 지하철 화장실로 향한다. 속력은 낼 수 있어도 참고 억누를 수가 없는 것이 생리 현상이다. 언제부터인가 흡연구역이 되어 버린 지하철 여자 화장실은 사람들로 붐비고 있다. 화장을 고치는 사람, 화장실에서 담배를 피우는 사람, 화장실에서 볼일을 보는 사람 중 너는 마지막 경우다. 그래서 화장실 문을 박차고 들어간다. 볼일을 보는 동안 너는 눈앞에 붙어 있는 광고 문구를 쳐다본다.

"무모증으로 고민하십니까? 여성 희소식! 무모증 가발! 자가 모발이식!!"

저 가발은 어디다 붙이나? 패션 가발처럼 핀으로 고정하나? 하이모가 자연스럽다던데? 이덕화? 너도 모르게 웃음이 터져 나온다. 조금 뒤 너의 얼굴에서 웃음이 사라진다. 얼굴은 점차 굳어져서 무표정하다. 여자의 말이 떠올랐기 때문이다. '사실 털을 없애는 게 더 쉽거든요. 붙이는 것보다.'

S는 저녁을 먹는 내내 패션 가발 얘기다. 너는 S의 얘기를 건성으로 듣고 대충 호응한다. 밥도 먹는 둥 마는 둥하면서 잘 먹지도 않는다. 너는 S의 얼굴과 잘 마주하지 않는다. 너의 시선은 허공을 방황한다. 무겁고 찜찜한 기분을 너는 쉽게 털어 버릴 수가 없다.

—너, 무슨 일 있니?

S가 묻는 말에 너는 대꾸하지 않는다. 너의 눈앞에서 S가 손을 흔든다. 너는 머쓱해서 웃는다. S가 고개를 갸우뚱하게 기울이며 너를 본다. S의 시선이 불편한 너는 약간 상기된 얼굴로 서둘러 화제를 돌린다.

—참, 너 남친이랑 어떻게 됐어?

잊고 있었다는 듯 너는 시치미를 떼며 말한다. S는 물을 마신다.

—글쎄…, 그날이 지나면 알게 되겠지.

'그날'이라는 말을 S가 먼저 꺼낸다. 너의 작전명이 '손 안 대고 코 풀기' 아니 '손 안 대고 갈비 뜯기'였나?

—그날이라니?

너는 궁금한 속내를 숨기며 S의 다음 말을 기다린다.

—오빠 생일이 얼마 안 남았거든.

S의 말에 너는 불쑥 화가 치솟는다. 미션 수행 완료의 기쁨 따위 없다.

—생일날 무슨 계획 있어?

너는 H의 생일 선물을 떠올리며 말한다. 얼굴에 희미한 미소가 번진다.

—그건 비밀이야.

S는 냅킨으로 입을 닦는다. 그 비밀에 대한 상상들이 너를 끊임없이 괴롭힌다.

—헤어지는 마당에 무슨 생일까지 챙기려고 그래? 바보같이.

너는 짜증을 내며 말을 뱉어 버린다.

—나, 바보 아니거든!

S의 매서운 눈빛에 너는 양심에 가책을 느낀 듯 움찔한다. S의 눈빛은 네가 무슨 짓을 하고 있는지 다 알고 있는 것처럼 보인다.

—알았어. 말이 잘못 나왔어. 미안. 너, 바보 아니야. 아니라고. 우리 나가자. 가발 사러 가야지.

너는 눈초리를 치켜뜬 S를 애써 달랜다. 날카로운 발톱을 치켜세운 고양이 같던 S는 다행히도 금세 온순해진다.

가발가게로 가는 길은 활기차다. 현란한 네온사인과 화려한 쇼윈도를 즐기는 사람들이 시내의 밤거리를 달구고 있다. 양쪽에 늘어선 쇼윈도에 사람들이 수없이 스쳐 지나간다. 쇼윈도의 마네킹은 사람들의 시선에 아랑곳하지 않는다. 도도하기 그지없다. 누구나 마네킹의 완벽한 몸매와 마네킹이 걸치고 있는 상품들을 원한다. 너와 S는 쇼윈도에 시선을 주고 거두기를 반복하다가 가발 가게로 들어간다.

가발은 통 가발과 부분 가발로 나뉘어 전시되어 있다. 너는 부분 가발의 종류들을 본다. 앞머리부터 웨이브, 생머리, 샤기 등 종류도 많다. 가발을 찾는 손님들은 교복을 입은 학생부터 아줌마까지 다양하다. S가 앞머리 가발 앞에 서자 여직원이 다가온다.

─약간 휘어져 있는 앞머리가 좋아요. 일자 앞머리 가발은 착용하면 살짝 뜨거든요.

S가 가발 사용이 처음이라고 하자 직원은 상세히 설명한다. 약간 휘어져 있는 게 마음에 들지 않으면 고데기로 조금 펴 주면 되고, 넓적한 빗처럼 생긴 핀을 보여 주면서 착용 시 불편하거나 빠지는 일은 거의 없다고 직원이 말한다. 너는 S에게 어울릴 만한 앞머리 가발을 고른다. S는 거울 앞에서 이것저것 착용해 보다가 제일 처음에 착용했던 가발을 사기로 한다. S가 계산을 하는 동안 너는 통 가발을 착용해 보는 사람들을 구경한다.

─사과 같은 내 얼굴, 예쁘기도 하지요, 눈도 반짝, 코도 반짝, 입도 반짝반짝.

너는 작게 흥얼거리는 노랫소리를 듣는다. 너의 시선이 노랫소리를 쫓기 시작한다. 마침내 너는 거울 앞에서 노래를 부르는 여자를 발견한다. 긴 노랑머리 가발을 쓴 여자는 영락없는 메텔이다. 클리닉에서 너에게 레이저를 쏘았던 바로 그 여자다. 네가 알은체를 하려고 하자 호리호리한 몸에 달걀형 얼굴의 노랑머리의 여자가 가발을 벗는다. 여자는 머리숱이 거의 없고 곱슬한 갈색 머리칼이 듬성듬성 나 있다. 너의 얼굴이 화끈거리면서 일그러진다. 목격자처럼 여자를 지켜보던 너는 놀란 나머지 뒤돌아선다.

너는 길 잃은 아이처럼 두리번거린다. S가 너를 보며 손짓한다. 너는 부분 가발 앞에 서 있는 S에게 간다.

—너도 한번 해 봐.

S가 긴 곱슬머리 부분 가발을 너에게 꽂으려고 하자 너는 질색하며 소리친다.

—아, 싫어! 싫다고!

너는 가발을 쥔 S의 손을 뿌리치며 도망치듯 가게를 빠져나온다.

시내의 밤거리는 낮보다 더 밝다. 너는 얼빠진 얼굴로 어두운 하늘을 올려다본다. 달도 별도 없이 까맣다. 너의 머리 위로 바람이 분다.

S가 너의 눈치를 보면서 가발 관리법에 대해 주절거린다.

—가발 빗는 빗이 따로 있다는 거 알았어? 난 몰랐거든. 그 빗으로 머리털이 안 엉키게 잘 빗어 줘야지 털이 안 빠진다나? 이삼 일에 한 번 린스로 빨아 주고 머리털도 잘 말려 줘야 하고. 어떻게 된 게 인조 머리털이 천연 머리털보다 더 신경 쓰이는지 모르겠어.

너는 S의 말이 도통 귀에 들리지 않는다. 너의 눈은 공상과 망상 사이를 노려보고 있다. 바람이 너의 긴 머리칼을 흩날린다.

너의 입술을 간질이던 머리털이 입안으로 들어간다. 혀에 달라붙은 머리털이 너를 괴롭게 한다. 너는 개구리가 울음보를 늘리듯 볼살을 부풀리고 있다. 엄지와 검지가 입안을 헤집는다. 아무리 머리털을 잡아당겨도 빠져나오지 않는다. 손가락에 침이 가득 묻어난다. 너는 눈살을 찌푸린다. 입안에서 한 올 두 올 머리털의 수가 자꾸만 늘어난다. 너의 울음보가 곧 터질 것 같다. 머리털이 한 줌으로 뭉쳐진 것 같다. 혀를 감싸던 머리털이 목구멍을 막는다. 헛구역질이 나오려고 한다. 자꾸만 나오는 헛구역질을 너는 억지로 참고 있다.

S가 아무 말이 없는 너를 본다. S의 검지가 너의 부풀린 볼살을 툭 건드린다. 갑자기 너는 S의 팔짱을 뿌리치고 앞으로 뛰어간다.

―왜 그래?

놀란 S가 너의 뒤를 따라 뛴다.

너는 전봇대 옆 하수구에 쪼그려 앉는다. 거리의 하수구에 대고 헛구역질을 한다. 왝왝거리던 너는 손가락을 다시 입에 넣는다. 아무리 해도 입속의 머리털이 빠지지 않는다. 뒤따라온 S가 너의 등을 두들긴다. 손바닥으로 두드리다가 어느새 주먹을 쥐고 너의 등을 내리친다. S가 내리치는 주먹의 힘이 점점 강해진다. 등에 불덩이라도 떨어진 것처럼 뜨겁고 아프다.

―아파. 아파. 아프다고!

너는 참지 못하고 울부짖듯이 외친다. 그러나 너의 말을 알아

듣지 못했는지 S는 계속 등을 세게 내리친다. 하수구 안에 한 움큼 뭉쳐진 머리털이 보인다. 너는 또다시 헛구역질을 한다. 왝왝. S에게 등을 두들기지 말라고 아무리 손사래를 쳐도 소용없다. S는 아랑곳하지 않고 계속 너의 등을 두들긴다. 퍽, 퍽, 퍽, 퍽. 등을 두들기는 소리와 함께 여자가 부르던 노랫소리가 너의 귓가에 맴돈다. 사과 같은 내 얼굴 예쁘기도 하지요 눈도 반짝 코도 반짝 입도 반짝반짝.

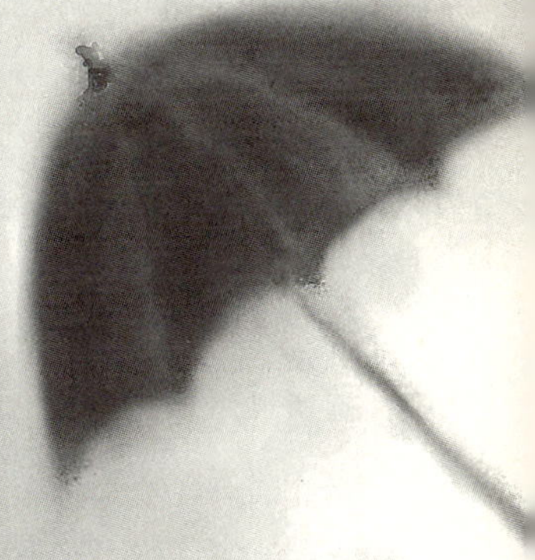

새

새

새

그러나 알 수가 없다. 내가 멈춰 있는 이유를.

  늦은 오후, K가 집으로 들어온다. J가 죽은 지 오 일 만이다. 거무스름한 피부에 덥수룩하게 수염이 자란 K의 얼굴은 파리하다. 바짝 마른 몸에 후줄근한 검은 양복을 걸친 K는 유골단지를 안고 있다. 공허하고 스산한 K의 눈은 환멸에 빠져 버린 듯하다. 그간의 안부 같은 건 묻지 않는다. 억누르는 말이 가득하다. 알아도 모르는 척, 봐도 못 본 척. 서로 외면하는 데에만 몰두한다. 서로 아프지 않으려고 외면한다. 상처가 머무르는 곳에서 무거운 침묵이 흐르고 있다.
  K는 J의 유골단지를 카메라 옆에 조심스레 놓는다. 유골단지를 보는 두 눈 혹은 네 눈이 있다. 깊고 검은 눈은 슬픔을 보듬고 있다.
  J의 얼굴이 기억나질 않아.

K가 중얼거리며 컴퓨터를 켠다. 바탕화면에 놓여 있는 '극장 밖 공장' 폴더를 더블클릭한다. 재생이 가능한 K의 습작들이 파일로 줄지어 있다. 화살표가 머물러 있는 파일 제목은 고난도 촉각 놀이다. 파일이 열린다. 컴퓨터 화면 속에서 J와 나는 마주 보고 앉아 있다. 서로 양손을 잡는다. 두 손을 박자에 맞춰 위아래로 흔든다. J가 굵은 목소리로 노래를 부르기 시작한다. 음이 단조롭고 가사가 촌스럽기 짝이 없는 노래를 나도 흥얼거리고 있다. 손동작도 같이 한다. J와 내 얼굴은 웃음을 쏟아낸다.

즐겁니? 난 너 때문에 우는데 넌 웃고 있니?

K는 화면 속 J의 얼굴을 만지작거리며 물음을 던진다. 돌아오지 않는 대답을 기다리던 K는 고개를 뒤로 돌려 나를 쳐다본다. 컴퓨터 화면을 보던 눈이 서로 마주 본다. 나는 방구석에서 이불을 둘둘 말고 누워 있다. 굶주린 배를 움켜쥔 채.

L, 나와도 해 보자. J는 나랑 한 번도 하지 않았거든.

K의 입에서 술 냄새가 어렴풋이 난다. 왜 J는 K와 제일 좋아하는 놀이를 하지 않았을까. 나는 이런 생각을 하며 손톱만 물어뜯는다. K는 카메라를 향해 돌진한다. 카메라가 켜진다.

K가 나와 마주 보고 앉는다. K가 내 손을 잡는다. 마네킹처럼 차가운 K의 손이 가냘픈 내 손을 흔든다. K와 나는 고난도 촉각 놀이를 시작한다. 온몸이 흔들리듯 기억이 움직인다.

기억이 놀이 속으로 이동한다.

내 손뼉을 치고 K의 손뼉을 친다. 손뼉 치기를 네 번 반복한다.

K를 처음 본 건, 안개가 시야를 흐리게 하는 어느 아침이었다. 집에서 나오던 K는 재채기를 하다가 감긴 눈을 뜨면서 나를 발견했다. 대문 앞에 쓰레기처럼 버려진 나는 아마도 울음소리로 K를 유인한 것 같다. K는 조심스레 나를 들여다보았다. 나는 비닐봉투 안에 들어 있었다. 나는 누운 채로 K를 바라보았다. K는 외마디 비명도 지르지 못하고 뒤로 나자빠졌다. 그리고 다시 집으로 뛰어 들어갔다.

담요에 칭칭 감겨 있던 나는 소녀의 몸속에서 빠져나왔다. 소녀는 내가 밖으로 나오자마자 가위로 탯줄을 잘랐다. 나는 아픔을 느끼지 못했다. 소녀가 나를 거꾸로 들어서 엉덩이를 때렸다. 그러자 입안과 폐에 들어있던 양수와 이물질을 토해 냈다. 드디어 나는 숨을 쉬게 되었다. 기뻐서 울음을 터트렸다.

소녀가 내 눈에 들어 있던 양수를 말끔하게 닦아 주었다. 몸에 묻은 태지와 혈흔을 씻어 주었다. 탯줄도 소독해 주었다. 그러나 소녀는 나를 제대로 쳐다보지 않았다. 아니 쳐다볼 여유가 없었다. 소녀는 입에 물고 있었던 수건으로 방바닥에 흘린 양수와 난막 찌꺼기와 피를 닦기 바빴다. 수건 하나, 둘, 셋, 넷…. 소녀는 숫자를 세면서 수건들을 쓰레기봉투에 담았다. 덩그러니 놓여 있던 탯줄과 태반도 쑤셔 넣었다.

소녀는 피곤하다는 듯이 주저앉았다. 한동안 벽에 머리를 기대어 눈을 감고 있었다. 소녀가 거슴츠레 눈을 떴다. 비몽사몽 상태의 실눈으로 수건에 싸여 있는 나를 향해 시선을 던졌다. 소녀는 내게로 점점 가까이 다가왔다. 신기하다는 표정으로 나를 샅샅이 훑어보았다. 나는 소녀의 눈에 밟힌 듯한 시선을 견딜 수가 없었다.

소녀의 손이 내 볼에 닿으려는 순간, 나는 목청껏 울기 시작했다. 소녀는 어쩔 줄 몰라 하더니 손으로 귀를 막았다. 그래도 안절부절못하더니 결국 내 입을 막았다. 나는 숨을 쉬기가 무척이나 힘들었다. 손아귀의 힘은 소녀의 것이 아니었다. 마치 힘의 신 비아스를 불러들인 것 같았다. 나는 발버둥을 치면서 울었다. 그럴수록 소녀의 손아귀 힘은 점점 강해졌다. 이대로 있다가는 바로 죽을 것 같았다. 그때 나는 울음을 그쳤다. 몸이 지치기도 했지만 내가 살 수 있는 방법은 울음을 멈추는 길밖에 없다고 생각했다. 역시나 내 생각은 기대를 저버리지 않았다. 내 입에서 떨어져 나간 그녀의 손은 파르르 떨고 있었다. 소녀는 두 손으로 얼굴을 가렸다. 채 가리지 못한 틈새로 울음소리가 새어나왔다. 나는 소녀의 어깨를 다독거려 줄 만한 기분이 아니었다. 애써 눈을 감고 잠을 청하려고 했다. 하지만 소녀는 나를 가만히 내버려두지 않았다.

소녀의 손은 더욱 바빠졌다. 작은 방을 구석구석 뒤지더니 무릎담요 세 장과 비닐봉투를 가져왔다. 소녀는 화장품 가게에서 사은품으로 받은 무릎담요로 나를 칭칭 감았다. 선홍색 복숭아가 그려진 무릎담요는 폭신하고 따뜻했다. 비닐봉투에 무릎담요 두 장을 켜켜이 접어 깔았다. 소녀는 비닐봉투 안으로 살포시 나를 집어넣었다. 나를 담은 비닐봉투의 손잡이는 묶지 않았다. 소녀는 왼손에 큰 가방을, 오른손에 비닐봉투를 들고 방을 나왔다. 문을 잠그는 소녀는 어디로 가는 걸까. 불 꺼진 검은 방은 새벽녘의 푸른 어스름과 섞이고 있었다.

아침 해가 뜨기 전의 고요한 정적은 소녀의 숨소리와 같았다. 듣기 싫은 발자국 소리가 내 귓가를 끊임없이 맴돌고 있었다. 그 감각조차 감지되지 않는 내 눈과 입은 꿰맨 듯이 떠지지도 벌려지지도 않았다.

어슴푸레한 빛을 쏟아내는 가로등이 길을 비추었다. 가로등만큼 소녀에게 도움을 주는 것은 없었다. 주황색 불빛 아래로 지나가는 소녀의 그림자가 나와 동행했다. 가로등 불빛이 점점 희미해져 갔다.

바람이 소녀의 발자국들을 어디론가 쓸고 갔다. 소녀는 주위 따위에 신경 쓸 여유가 없다는 양 발걸음을 재촉했다. 소녀의 손은 발걸음 속도에 맞추어 흔들렸다. 내가 들어 있는 비닐봉투가 바이킹처럼 움직였다. 공중에서 밀어 올리고 중력에 의해 내려오는 가속도에 나는 머리가 어지러웠고 간이 콩알만 해졌다. 가로등 불빛을 삼킨 듯 거칠어져 가는 숨소리가 들려왔다. 꺼진 가로등 불빛 아래 소녀는 골목길로 들어가는 귀퉁이에서 걸음을 멈추었다. 바이킹처럼 움직이던 나도 멈추었다.

막다른 골목이었다. 소녀가 그 자리에 서 있는 것 자체가 내겐 공포였다. 소녀는 아침 해가 더디게 뜨는 골목길로 들어섰다. 당장 누구라도 금방 대문을 열고 나올 것 같은 두려움과 불안 속에서 소녀는 골목길을 두리번거리더니 녹색 대문 앞에 착 달라붙었다. 소녀는 내가 들어 있는 비닐봉투를 내려놓았다. 살아남았다는 안도감을 느끼는 것도 잠시, 소녀는 나를 두고 고스란히 골목길을 빠져나갔다.

가지 마. 날 버리지 마.

소녀에게 하지 못한 말은 울음소리가 되어 새벽하늘로 퍼져나갔다. 처절한 절규와 비명으로 소녀를 붙잡고 싶었지만 차가운 바닥에 누워 있는 내 몸은 굳어 버린 지 오래였다. 나를 버릴 수밖에 없는 구질구질한 사정 따위는 생략해도 좋았다. 단지 뒤도 돌아보지 않는 소녀의 뒤통수를 물어뜯어 주지 못한 것이 끝내 아쉬울 뿐이었다. 청명한 새벽 공기에 희뿌옇게 흩어지는 먼지 같은 빛이 눈부셨다. 나는 질끈 눈을 감았다. 초라한 꼴로 버려진 내겐 목숨이 붙어 있는 것 자체가 미래였다. 삐거덕거리며 열리는 대문 소리가 여명의 종소리처럼 들려왔다.

울고 가는 저 기러기—

양손이 번갈아가며 나오지도 않는 눈물을 애써 닦는다. 왼손은 오른 팔꿈치를 받치고 오른손 엄지는 허공을 두 번 찌른다.

다시, 조심스레 봉투 안의 나를 들여다보는 얼굴은 K가 아니었다. 하루가 시작되는 아침 햇살 아래에 그들의 그림자는 하나였다.

J, 아기가 맞지?

K는 J의 귀에 소곤거리는 목소리로 말했다. J는 내게 시선을 고정시킨 채 천천히 고개를 끄덕였다. 그들은 나를 보며 쪼그리고 앉았다. 한동안 말을 하지 않았다. 나를 어루만지는 듯한 그들의 시선에 나는 어찌할 줄을 몰랐다. 고즈넉한 침묵 속에서 나는 그들을 동시에 좋아하게 되었다. 그들은 보일 듯 말 듯한 미소를 입가에 머물고 있었다. 나를 둘러싼 그들의 시선 끝에 나는 씩 웃어 주었다. 그러자 J의 눈이 휘둥그레지고 K의 입이 벌어졌다.

J가 K에게 말했다.

우리 이 아기와 함께 살까?

K는 진한 눈썹을 샐쭉하게 추켜올리며 대답하지 않았다. J는 계속 말을 이었다.

우리, 아이 키워 보기로 했잖아!

그건, 꿈이었지.

조금 잠긴 듯한 목소리로 K는 고개를 갸웃거렸다.

바로 그 꿈을 이루려는 거야.

두 손을 모은 J의 눈망울이 반짝였다.

우리가 갓난아기를 키울 수 있다고 생각해?

K의 얼굴에서 심각한 표정이 역력했다.

글쎄…. 하지만 분명한 건 모른 척 이대로 아기를 내버려 둘 수 없다는 거야.

아무래도 무리야. 우리가 함께 산 지 삼 개월도 채 안 됐어. 그리고 아기를 키울 준비도 되지 않았어. 아직은 우리 사랑에 더 충실해야 한다는 생각이 들어. 당장은 보호시설에 맡기고, 나중에 다시 데려오는 건 어떨까?

K가 J의 어깨에 손을 얹으며 타이르듯 낮은 목소리로 말했다.

그건 번거로운 일이야. 형! 무엇보다 이 아기, 우리가 아니면 안 될 것 같아. 우리가 이렇게 함께 살고 있는 것처럼.

차가운 바닥에 누워 있던 나를 J가 품 안에 안았다. J의 체온에 꽁꽁 얼어있던 내 몸이 서서히 녹아들고 있었다.

알았어.

K는 체념한 듯이 고개를 끄덕이며 대답했다. J는 발그레 물든 K의 얼굴을 가벼운 입맞춤으로 달래 주었다. 그 순간 뜻하지 않은 울음이 나의 언어가 되어 터져 나왔다. 아랫배가 시원해지면서 다리 사이에 찌릿한 느낌이 전해왔다.

울지 마, 아가. 너의 이름을 불러 줘야 할 텐데.

J가 우는 나를 토닥여 주며 말했다.

앗, 애 쉬했어!

담요가 축축해진 것을 느낀 J가 난처한 듯 웃었다. K는 옆에서 미간을 찌푸리고 있었다.

L이 어때? 아기 이름으로.

글쎄. 괜찮은 것 같기도 하고.

당장 L을 어떻게 할까?

J는 살짝 흥분한 상태였다.

이리 줘 봐.

J가 나를 K에게 떠안겼다. K는 호기심이 가득한 표정을 지었다.

내겐 오늘이 이미 미래였다.

매일 밤, 어김없이 목욕을 해야 했다. 몸에 물을 채우는 시간은 그리 길지 않았다. J의 손목 안쪽이 목욕물 온도를 측정했다. 젖은 가제 수건으로 내 눈과 코, 귀 그리고 얼굴을 닦았다. K가 손으로 내 귀를 접었다. J는 부드러운 손길로 머리를 감겼다. K는 내 몸을 천천히 물 속에 담갔다. J가 따뜻한 목욕물을 내 몸에 끼얹어 주면서 목과 겨드랑이, 가슴과 다리를 닦아 주었다. K가 내 몸을 뒤로 돌렸다. J는 등과 엉덩이, 다리 뒤쪽을 닦았다. 그리고 온몸을 헹구고 물기를 빠르게 말렸다. K가 내 몸에 베이비파우더를 얇게 발랐다. 이렇게 J와 K가 내 몸을 씻겨 준 건 여섯 살까지였다. 일곱 살이 된 뒤로 J와 K 그리고 나는 함께 목욕을 했다. 그때 그들의 몸과 내 몸이 다르다는 것을 알았다. 서로 같은 몸이 사랑한다는 사실도. 하지만 나에게 달라지는 건 없었다.

여전히 평온한 나날들이었다.

내게 다정한 J와 K는 아낌없이 사랑했다. 서로 감싸 안고 서로 무엇을 원하는지를 알아서 서로를 핥아 주었다. 손이 살갗을 타고 발목에서부터 올라갔다. 매끈한 살결을 따라 한없이 쓰다듬었다. 코는 달큰한 몸 내음을 맡았다. 손끝부터 아릿하게 저려 오는 감촉에 심장이 뛰고 있었다. 좁고 탄탄한 근육질의 엉덩이가 부풀었다. 달뜬 허벅지는 젖어 갔다. 엉덩이 사이가 미묘하게 열렸다. 엉덩이의 유혹에 다리 사이가 넓게 벌어졌다. 서로의 기대에 한 치의 어긋남이 없었다. 졸졸 흐르는 태초의 감각들이 서로의 몸을 넘나들었다. 몸의 대화는 신음에 섞여 정확하게 알아들을 수 없었다. 그들의 몸은 점점 더 미궁 속으로 빠져들어 갔다. 그들의 몸이 그들의 몸이 되지 않을 때까지. 아랑곳없는 그들의 몸짓에 내 몸은 열망했다. 다시 소녀의 아늑한 아랫배로 들어가 소녀와 사랑을 나누고 싶다고. 잠을 자도 자고 있는 게 아닌 나날이었다.

학교는 꿈을 꾸는 곳이다. 누구나 그렇듯 꿈을 꾸려면 잠을 자야 한다. 나는 집에서 못 잔 잠을 학교에서 잤다. 왜 집에서 잠을 못 자냐고 물으면, 나를 혼자 버려두지 않을 누군가를 꿈꾸기 때문이라 답할 수밖에. 아직 이 말을 할 기회가 없었다. 사람들은 그저 내가 잠만보라서 잠을 많이 잔다고 생각했을 것이다. 잠을 자면 자궁 속 양수에 둥실 떠 있는 듯한 즐거움이 느껴졌다.

우리 선생 계신 곳에—

오른손은 왼쪽 가슴에, 왼손은 오른쪽 가슴에 얹은 후 고개를 좌우로 흔든다.

나는 따분한 수업시간에 적응하지 못했다. 선생님은 살며시 나를 불러 그 이유를 친절하게 설명해 주었다.

그건 네가 꿈을 하도 많이 퍼먹어서 그런 거야. 이년아.

수업시간에 자다가 걸려 선생님한테 얻어터지면서 들은 이 말을 나는 믿지 않았다. J가 내게 했던 말이 생각났기 때문이었다.

꿈을 많이 먹으면 꿈을 낳을 수 있어.

J가 만든 파 없는 떡볶이를 먹으면서 나는 고개를 끄덕였다. 나는 무엇을 낳아야 할 것인가를 생각했다. 생각을 제공하는 자는 고민이 필요하다고 했다. 고민은 순식간에 밀려들어 왔다. 나는 한꺼번에 많은 고민을 떠안게 되었다. 고민에 고민을 거듭하던 나는 꿈꾸기 위해 또 잠을 잤다.

가끔 잠에서 깨어나면 수업 중일 때도 있었다. 비록 40분 동안 깨어 있지는 않았지만 잠시라도 수업에 참여할 수 있다는 자체가 다행이었다. 대학에서 동양철학과 사상을 공부했다고 자랑하던 선생님이 말했다.

동북아시아에서 기러기는 가을에 시베리아에서 왔다가 봄에 북쪽으로 날아가는 새이다. 옛 사람들에게 북쪽은 저승을 의미한다. 추울 때 와서 따뜻해지기 전에 서둘러 북쪽으로 가는 기러기는 생과 사를 전해 주는 새이다. 그러니까 이 노래에서 선생은 저승에 가고 있거나 있는 자이다. 엽서는 저승에 있는 부모, 형제, 자매에게 소식을 전해 달라는 이야기이다. 아무것도 모르고 부르는 것 자체가 슬픈 노래란 말이다. 어릴 적에 불렀던 전래동요 뭐가 있지? 그래, 「똑똑똑 누구십니까」, 「여우야 여우야」, 「두껍아 두껍아」, 「아침 바람」, 「숨바꼭질 할 사람」, 「꼬마야 꼬마야」, 「무궁화 꽃이 피었습니다」, 「우리 집에 왜 왔니」 등이 있지. 그중 「두껍아 두껍아」를 제외하고는 우리나라 고유의 전래동요나 놀이가 아니다. 가사는 다르지만 선율이나 음계가 요나누키 장음계로 일본의 와라베우타, 그러니까 놀이를 동반하는 동요에서 온 것이 대부분이다. 알겠냐? 이 바보들아!

여태까지 이 노래들을 우리나라 전래동요로 배웠다면서 바보들은 우리나라 교육이 심각하다고 욕을 했다. 열 살 난 바보들이.

조용, 조용히 못해!

나는 선생님 말에 조용히 책상에 엎드렸다. 아무리 생각해 봐도 저승에 내 소식을 전해 줄 사람은 없었다. 혹시 내 안부를 궁금해하는 사람이 있을까. 왠지 서글퍼졌다. 나는 고난도 촉각 놀이를 하지 않겠다고 결심했다. 나와 J가 고난도 촉각놀이를 하는 모습을 촬영하던 K가 떠올랐다. 소리 없는 웃음만 짓던 K의 얼굴은 슬퍼 보였다.

바이, L.

소년 같은 얼굴의 K는 아침마다 내 볼을 꼬집어 흔들었다. 나는 미묘한 웃음을 머금는 K의 얼굴을 응시했다. K는 현관에서 렌즈와 플래시를 챙겼는지 확인했다. J는 결혼식장에 가는 K를 배웅했다.

바이, K.

바이, J.

J와 K는 미소를 지으며 짧은 키스를 나누었다.

바이바이바이. 귓전에 맴돌며 나를 항상 두렵게 하던 말은 점차 똑같은 일상의 반복처럼 무뎌져 가고 있었다.

K는 결혼식 촬영을 하러 갔다. 메인 포토그래퍼를 요리조리 피해 가며 결혼식을 촬영하는 K는 서브 포토그래퍼이다. K의 카메라는 따분한 결혼식장 안에서 펼쳐지는 관계들과 언어를 쫓아다녔다. K는 그들의 신혼여행에 동행하기도 했다. 그래서 나와 J와 함께하는 시간이 점점 줄어들어 갔다.

K가 영화를 낳았으면 좋겠어.

언니 같은 얼굴의 J가 말했다.

K의 몸에서 J의 냄새가 나질 않아.

나는 차마 말을 낳지 못하고 생각만 낳았다. 자꾸만 터져 나오려는 말이 자꾸만 목을 조르고 있었다.

J는 가장 맛있는 음식을 낳고 싶어 했다. K를 위해 그리고 나만을 위한 음식을 만들었다. K가 집을 비우는 날이면 J는 끊임없이 음식을 만들었다. K를 위한 음식들은 자꾸만 버려졌다. 나는 J가 버린 음식들을 목구멍이 미어터져라 집어넣어 삼켰다. J가

만든 음식은 내 입맛에 꼭 맞았다. 그래서 J가 만든 음식 외에는 먹지 않게 되었다. 나는 J가 만든 음식을 먹어야만 자라났다. J가 만들지 않은 음식은 독약같이 여겨졌다. 그래서 아무리 배가 고파도 다른 음식은 먹지 않았다. 굶었다.

나는 음식을 만드는 J를 방해하고 싶지 않았다. 하지만 생각처럼 되지 않았다. 배가 자주 고파 왔고 재미없는 시간을 보내기가 여간 힘든 게 아니었다. 어쩔 수 없이 나는 J의 손길과 관심을 빌려야만 했다. 아직 어린 나는 그럴 수밖에 없었다. J는 친절했다. 내게 고난도 촉각 놀이 방법을 가르쳐 줄 정도로.

재미있지? 엄마가 나한테 가르쳐 준 놀이야.

J는 내 등을 쓰다듬으며 말했다. 그리고 엄마 생각이 난다며 말해 주었다.

가자, 병원! 고치러! 고치면 돼.

엄마는 J가 같은 몸을 사랑하는 병에 걸렸다며 오열했다.

그래도 엄마 새긴데…, 엄마는 날 사랑하지 않는 거야?

J가 울먹거리면서 말했다.

내 새긴데 어떻게 사랑을 안 하겠니!

그 뒤로 J의 엄마는 실어증에 걸린 것처럼 말을 하지 않았다. 자신이 투명인간처럼 여겨진 J는 집을 버리고 나왔다고 했다. 짐작할 수 없는 J의 엄마 생각에 나는 온몸으로 J의 눈물을 맞아 줄 수밖에 없었다. J의 눈물샘에는 엄마도 살고, K도 살고, 나도 살았다. 그런데 내 눈물샘엔 아무도 살지 않았다.

양손 검지로 엽서를 그린다. 왼손바닥에 오른손 검지를 비빈다.

잠은 여지없이 나를 찾아왔다. 그럴 때마다 나는 피시방으로 달려가고 싶었다. 컴퓨터 모니터 앞에만 앉으면 내 눈은 또랑또랑해졌기 때문이다. 나는 컴퓨터 모니터가 아닌 누군가가 내 잠을 깨워 주길 바랐다. 하지만 아무도 내게 그렇게 해 주지 않았다.

깨웠어. 점심시간이라 깨웠는데 네가 안 일어났어. 그래서 죽은 줄 알았어.

이렇게 말하는 M까지.

아무 생각이 나지 않았다. 우두커니 M을 바라보는 순간, 속에서 느낌이 작동했다. 나는 버림받았다. 어쩌다 마주한 이 느낌은 뇌리를 강타하고도 사라지지 않았다. 머릿속에서도, 가슴속에서도, 징징 맴돌았다. 나는 버림받았다. 까맣고 슬픈 마음이 하염없이 빛났다. 별처럼 빛을 쏟아낼 곳이 없음에도 불구하고.

사람들은 M을 두고 어딘가 미친년 같다고 했다. 그러나 나는 꿈에서 깨어 있는 시간을 M과 함께 보냈다. 사람들은 나를 어딘가 이상한 년 같다고 했다. 그러나 M은 비어 있던 내 옆자리를 채워 주었다. 나는 그렇게 사랑에 빠졌다. 나를 보는 M의 눈동자에 입을 맞추고 담배를 끼우는 오른손에 깍지를 끼고 스크래

치를 한 눈썹을 매만져 주고 피어싱을 한 탐스러운 귓불을 간질이고, 매끄러운 뺨과 부스스한 긴 머리를 쓰다듬어 주고, 노래를 흥얼거리는 입술을 입술로 흥을 돋구어 주었다. 사람들의 삿대질과 눈총을 받아 가며 M과 사랑했다.

사랑이라는 건 착각이었다. M은 차지도 않고 바로 나를 버렸다. 절애하는 나를, 절규하는 나를…. 절망하는 나는 외딴 세계를 부유하는 유랑별처럼 외로웠다. 상실감에 시달리자 잠이 얕아지고 자주 깨었다. 학교는 더 이상 꿈을 꾸는 곳이 아니었다.

지루한 학교 수업을 마치고 횡단보도 앞에 섰다. 나는 박차고 나갈 수 있는 초록불 신호를 기다렸다.

어제 튀었다고 지랄해서 청소를 한 줄 더 했어. 시발. 재수 없게.

숙제 열라 많아. 두 장이나 해 오라고 지랄이야. 아, 설무리를 어떻게 조져 버리지.

설무리? 배설물? 담탱?

귀에 총 박았냐. 붕신, 삽질은.

L, 깔따구 저기 간다.

개념 없는 놈들이 M의 행로를 친절하게 알려 주었다. 나는 음질이 좋은 엠피쓰리 플레이어를 귀에 꽂았다. 입을 앙다문 채 표정 없는 얼굴로 횡단보도를 건넜다. M은 무리들과 아파트 지하 주차장으로 사라지고 있었다. 네가 두부 모서리 대가리 박고 뒤져 버려. 애니메이션 〈원피스〉의 노래 가사가 유난히도 정확하게 들렸다. 나는 집으로 가는 길을 그냥 걸어갔다.

거대한 거리는 차들로 북적였다. 차들이 늘어서 있는 거리 위로 시커먼 먹장구름이 하늘을 덮어 버렸다. 파란 하늘이 보이지 않았다. 수많은 전깃줄이 하늘을 그어서 금이 간 듯 보였다. 하늘이 곧 깨어질 것만 같았다.

학교를 그만둬야겠다고 생각한 건 빗방울이 볼에 떨어졌을 때였다. J와 K는 반대하지 않을 것이다. 누구보다도 버림받은 느낌을 잘 아는 그들이었다. 나는 주머니에서 휴대전화를 꺼내들었다. J에게 전화를 해도 받지 않을 것이다. J는 나를 위한 요리가 아닌 요리 대회를 위한 요리를 하고 있을 터였다. 한 번도 상을 탄 적이 없는 J의 꿈이 요리대회에서 실현되었으면 했다. 아마도.

이번에도 떨어지면 죽어 버릴 거야.

요리대회에 나갈 때마다 입버릇처럼 하는 J의 말에 나는 씩 웃었다. K는 못마땅한 듯 나를 보며 미간을 찌푸렸다. 나는 짐짓 무표정하게 웃음을 거두었다.

한참을 걸었다. 사람들의 무심한 시선들이 나를 스쳐 지나갔다. 나는 길가에 버려진 느낌으로 서성였다. 집으로 가는 길이 멀게만 느껴졌다. 내가 가는 넓은 길은 내가 아는 좁은 길을 감추었다. 현실에 대한 두려움과 진실을 포장한 길 중에 골목길은 없었다.

서로의 어깨가 닿을 듯 말 듯 아슬아슬하게 비켜가야 하는 길과 맞닥뜨리자 가슴속에서 희열이 꿈틀거렸다. 담벼락 아래에

별꽃과 우산풀, 색색의 꽃들이 어우러져 있었다. 오밀조밀하게 붙어 있는 집들 사이로 걸어갔다. 어느 집에서 풍겨 나오는 음식 냄새, 화장실의 암모니아 냄새, 쓰레기봉투에서 나오는 퀴퀴한 냄새가 나를 맞아 주었다. 하지만 그 누구보다 집으로 온 나를 반갑게 맞아 주는 건 J였다. 언제나 그랬듯이.

J!

녹색 대문을 열자마자 J를 불렀지만 대답은 돌아오지 않았다. 들려오는 건 전화벨 소리뿐이었다. K였다.

J가, J가… 병원… 영….

K가 흐느끼며 말하는 소리를 제대로 알아채기가 힘들었다. 심장 박동 소리가 점점 크게 들려왔다. 한동안 멍멍했던 귀를 털고 나는 H병원 영안실로 달려갔다. 살아 있는 사람들 소리만 나는 병원에 J는 없었다. 영안실 입구에서 K는 넋을 잃고 나를 바라보았다. K의 벌건 눈에는 빨간 눈물이 가득 고여 있었다.

J의 엄마에게 연락해.

J에게 엄마는 없어.

그럼, J가 내게 했던 엄마 이야기는.

그건 내가 J에게 해 준 말이야.

K는 그 뒤로 내게 말을 하지 않았다. 나 홀로 있는 집에 들어오지도 않았다.

양손을 실 감듯이 돌린다. 바위를 낸 내가 이긴다. 내가 K의 목덜미에 임의의 손가락을 찍는다. K는 감각만으로 어느 손가락인지 알아맞혀야 한다.

약지.

K가 내 약지 손가락을 잡는다.

바보야. 틀렸어.

나는 말을 하는데 웅얼웅얼하는 소리만 나온다. 나는 고개를 흔든다.

검지. 새끼. 약지. 엄지. 중지.

손가락 이름이 K의 무딘 감각으로 인해 다 불린다. 육손인 나는 함박웃음을 지으며 즐거워한다. K가 자리에서 일어난다.

어디 가?

맞출 때까지 할 거야.

나는 K를 잡고 늘어진다. K는 나를 내팽개치며 부엌으로 향한다.

K가 소주를 마신다. 더 이상 놀이를 하지 않는다. 물처럼 소주를 마시는 K의 배가 볼록하다. 며칠째 물만 먹고 살았던 나는 J가 만든 파 없는 떡볶이가 먹고 싶다. 내 배는 곯고 또 곯고 있다. 나는 K가 마시던 소주를 마신다. 첫잔을 들이켰다. 마치 물파스를 삼킨 것 같다. 내가 오만상을 찌푸리고 있는 동안 K는 유골단지에 시선을 고정시킨다. 코끝을 간질거리게 하는 눈빛이

다. 소주 맛이 점점 물맛으로 변해 간다. 소주는 영양가가 없다. 나는 뒤를 돌아보는 것이 싫고 앞을 내다보지도 못한다.

눈으로 볼 수 있으면 잘 봐. 그리고 관찰해. 중요한 건 여기가 정상이 아니라는 거야. 살짝 건드리기만 해도 꺼져 버릴 것 같아. 만져 볼래? 어때? 좋아?

아니. 좋지 않아.

웅얼웅얼. K는 내 말을 제대로 알아듣지 못한다. 그야말로 곤혹스럽다. 부슬부슬한 살비듬이 K의 몸에 긴밀하게 부착되어 있다. 오랫동안 씻지 않은 몸은 바스러질 정도로 건조하다. 비릿한 살비듬 냄새가 사무치는 K의 그곳을 건드리는 데에는 용기가 필요하다.

내 심장은 그래. L.

K는 몸을 구기며 힘없이 말한다. 나는 손에 묻은 살비듬을 털어 낸다. 허연 살비듬이 바닥에 떨어진다. 무언가가 K의 살을 갉아먹고 찌꺼기만 버려 놓은 듯하다. 곧 K의 삶도 갉아먹을 것 같다.

창밖은 어둠으로 가득 차 있다. 밤이 오면 어김없이 목욕을 해야 한다. 나는 욕실로 들어가서 가스온수기를 틀어 놓고 욕조에 따뜻한 물을 받는다. K가 욕조에 몸을 담근다. 나는 열려진 욕실 창문을 꽉 닫는다. 가스가 자주 샌다는 사실을 잊은 채. K는 욕실에 들어간 지 한 시간이 지나도 나오지 않는다.

K!

K는 욕실 바닥에 쓰러져 있다. 몸에 물방울이 송골송골하게 맺혀 있다. 내가 젖은 몸을 닦아 주는 동안 K는 눈을 뜨지 못한다. K에게 옷을 입히려는데 번뜩 생각난다. K의 눈길을 모았던 J의 유골단지. 나는 유골단지를 가져와서 조심스레 뚜껑을 연다. 그리고 K의 몸에 J의 유골가루를 꼼꼼하게 바른다. 어릴 적 K가 내게 베이비파우더를 발라준 것처럼. 톡톡톡.

K의 몸은 하얗게 굳어 가고 있다. 나는 무덤 같은 K의 몸에 가지 못한다. 내 몸은 실로 멀쩡하다. 그런데 내 몸은 멈춰 있다. 자기감정에 솔직하고 사람들에 둘러싸여 있어도 스스로를 고독하다고 치부해 버리는 K를 보고 있는 동안, 나는 마비증세를 앓는다. 지독한 공기의 흐름 속에서 나를 지켜보고 있는 시선을 느낀다. 목덜미에 더운 기운이 급습하면서 손바닥에 식은땀이 배여 든다. 불이 켜져 있는 K의 카메라 눈과 마주친다. 나는 손톱을 물어뜯으면서 카메라를 향해 돌진한다. 카메라가 꺼진다.

K에게도 잠만보가 찾아왔는지 계속 잠을 자고 있다. 무슨 꿈을 꾸는지 궁금하다. 오염된 공기를 끊임없이 마셨던 K의 배는 볼록하다. 뱃속에 들어 있는 복잡한 소화기관들이 하나둘씩 일을 멈추었다. 일부 부실한 소화기관들이 주도한 파업에 소음만 확산되고 있다. 꾸룩꾸룩꾸룩꾸룩. 천장을 향해 벌린 두 팔은 날갯짓을 시작한다. 지친 기색이 없는 K의 날갯짓은 계속되고 있다. 둥둥, 내 심장에서 북치는 소리가 크게 들린다. K의 몸이 천장을 뚫고 어둠 속 어디론가 빨려 가듯 날아가 버린다.

바이. K.

　나는 밤과 밤 사이를 뚫고 집을 나선다. 막다른 골목을 빠져 나간다. 전봇대 밑에는 커다란 상자가 놓여 있다. 나는 상자 속으로 들어간다. 가로등이 꺼져 있다.

　그러나 알 수가 없다. 내가 멈춰 있는 이유를.

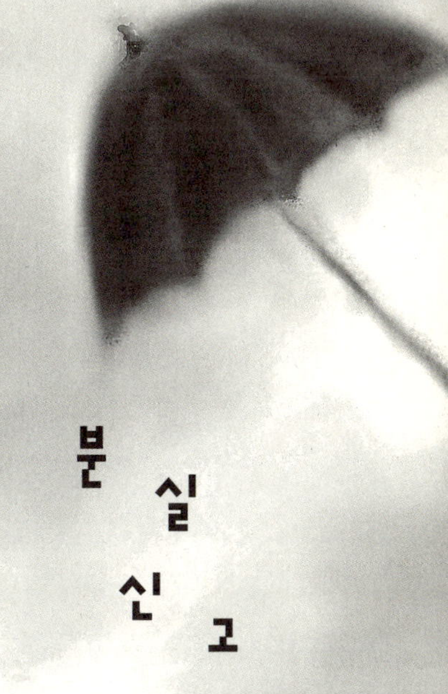
분실신고

생각지도 못한 일이 벌어졌다. 남자 화장실 팻말에 여자 팬티가 걸려 있다. 입들이 쉴 새 없이 파닥거렸다. 소문은 순식간에 파다하게 퍼졌다. 5층 남자 화장실 복도 앞에는 수군거리는 눈들이 가득했다. 하지만 한발 늦은 뒤였다. 사건을 접수한 삿갓 씨는 현장 검증을 마치고 증거물도 확보해 갔다. 몇몇 소식통이 심플한 디자인으로 품위와 섹시미를 강조하는 C브랜드의 핑크색 팬티라고 전했다. 국내 브랜드만 고집하는 여자가 아니라면 하나쯤 소장하고 있을 제품이다. 여기저기서 후줄근한 팬티가 아닌 게 다행이라며 수군거렸다. 새삼 깨달았다. 수치심보다 자존심이 본능적으로 발동한다는 것을.

팬티가 언제부터 팻말에 걸려 있었는지 아무도 알지 못했다. 분명한 건, 청소 시간 이전이다. 청소 시간에 발견되었으니까. 오후 네 시 십 분이 되면 먼지를 쓸고 닦는 그림자의 행방을 찾지 못하는 경우가 있다. 청소 시간이 되면 반장은 매의 눈으로 돌변

했다. 정해진 청소 구역을 벗어나 행방불명되는 자들이 어김없이 속출하기 때문이다.

그중 한 명이 바로 나였다. 나는 청소 구역인 생물실을 지나 뒤뜰 화단으로 나갔다. 발갛거나 노랗게 물든 잎들이 바람에 구르고 있었다. 햇빛이 찬란하게 부서지는 가을 오후, 생물실 청소 따위나 하고 싶지 않았다. 포르말린 용액에 담긴 표본들이 눈에 아른거렸다. 표본 구경은 재미있지만 청소는 즐겁지 않았다. 차라리 일몰을 보며 담배가 타는지도 모르는 채 있는 게 나았다. 하지만 사정이 여의치 않았다. 보충수업이 시작하는 종이 울리면 교실의 머릿수를 맞춰야 하기 때문이다.

배추를 심은 화단에 작은 돌멩이들이 제멋대로 흩어져 있었다. 바람이 시원하게 때론 차갑게 불었다. 나는 눈을 감고 크게 숨을 들이마셨다. 온탕에서 갑자기 냉탕으로 뛰어든 것처럼 살짝 어지럼증이 났다. 돌멩이를 주웠던 날들이 떠올랐다. 돌멩이 줍기는 교내 봉사였다. 닷새 동안 돌멩이를 주웠다. 이상하게 학교에는 돌멩이가 많았다. 매일 주워도 신발주머니에 돌멩이가 가득 찼다. 누군가 주운 돌멩이를 다시 들이붓는 게 아닌지 의심스러울 정도였다. 순수한 의미의 자원 봉사라면 봉사활동 점수를 받는다. 하지만 강제로 하는 교내 봉사는 처벌과 동급이다. 돌멩이가 신발주머니에 가득 차면 상담실로 갔다. 삿갓 씨가 짱박혀 있는 곳이다. 삿갓 씨는 생활지도부장이다. 병나발 불듯이 본명을 부를 수 없어서 아이들은 그를 삿갓 씨라고 불렀다. 교내를 헤집고 다니는 모습이 흡사 방랑자 김삿갓이었다. 물론 김삿 갓을 본 적은 없지만 말이다.

"오, 그래. 수고했다. 내일도 수고하자."

삿갓 씨가 소리 높여 말했다. 닷새 동안 똑같은 말만 뱉었다. 반복되는 말이 나를 시간 속에 가두었다. 얼음땡의 '얼음'처럼 아무것도 할 수 없었다. 몸에 멈춤 장치라도 장착된 것 같았다. 집으로 들어가지 않은 이유도 그랬다. 다시 찾아간 집 앞에서 아무것도 할 수가 없었다. 교실에서도 마찬가지였다. '꿈을 키워라'라는 교훈이 걸린 교실에서 나는 아무것도 하지 않고 가만히 앉아 있었다. 나는 멈춤 장치와 같은 곳을 벗어나기로 했다. 그때는 몰랐다. 일주일 만에 다시 교실로 돌아오게 될 줄은.

교내에 종이 울려 퍼졌다. 하지만 나는 눈을 감은 채 꼼짝하지 않았다. 바로 교실로 가면 담순이의 잔소리가 기다리고 있을 터였다. 아이들은 내가 청소를 안 했다고 담순이에게 일러바칠 게 분명했다. 누구든지 조금이라도 손해 보는 것을 싫어한다. 손해 배상을 받으려는 심리는 알겠지만 굳이 이해하고 싶지는 않다.

수업 종이 울린 지 오 분이 지났다. 교실은 그야말로 아수라장이었다. 역시나 팬티 사건이 도마 위에 올랐다. 한껏 들떠서 부풀어 오른 목소리들이 빠르게 조잘거렸다. 반장이 조용히 하라고 고함을 질렀다. 하지만 쉴 새 없이 쩍쩍거리는 참새 같은 아이들 귀에는 들리지 않았다.

"미치지 않고서야 어떻게 그런 짓을 해?"

"심심한데 잘됐지 뭐."

"노출증 아냐?"

"변태 짓이 때론 고맙기도 해."

"그 변태 녀석은 분명히 키가 크겠지?"

"작을 수도 있지. 도구를 사용해서 키를 높이면 되니까."

"팬티를 잃어버린 걸까?"

"그럼, 지금 걔는 아무것도 안 입고 있다는 거야?"

"누가? 누가?"

"스페어 팬티를 입었을 수도 있지."

"도대체 학교에서 스페어 팬티가 왜 필요한 건데?"

"뭐, 사정에 따라 필요할 수도 있는 거지."

"치마를 들춰볼 수도 없고…."

"교복에 이름 박는 것도 인권침해라던데?"

"삿갓 씨, 골머리 좀 썩겠는걸?"

출처를 알 수 없는 말과 말들이 폭죽처럼 터졌다. 아이들은 삿갓 씨가 과연 어떻게 이 사건을 처리할지 관심을 모으고 있었다. 나도 무척이나 궁금했다. 입안에서 혀가 날름거렸지만 그들과 말을 섞지 않았다. 가르마 때문에 갈라지는 앞머리를 정리하느라 바빠서가 아니다. 괜한 일에 에너지 소비를 하기 싫었다.

거울을 보다가 우연히 반장과 시선이 마주쳤다. 아이들이 제 말을 듣지 않아 짜증이 난 듯 보였다. 반장이 우유를 벌컥 들이켜더니 입가를 닦았다. 그 입술에 찍힌 까만 점을 가까이에서 본

적이 있다. 신체검사를 하던 날이었다. 반장이 미소를 띠며 슬며시 다가왔다.

"있잖아. 키 크려면 어떻게 해야 돼?"

입꼬리 한쪽이 절로 올라갔다. 내 키는 백육십칠이다. 키 크려고 남다른 액션을 취해 본 적은 없다. 숨쉬기와 걷기는 누구나 다 하니까. 끼니는 급식으로 해결한다. 내게 키 크는 비법 따윈 없다. 하지만 반장에게 그럴듯한 대답을 하기 위해서는 시간이 조금 필요했다.

"그럼, 시험을 잘 보려면 어떻게 해?"

나는 긴 다리를 꼬며 말했다. 물론 공부의 신들이 하는 따분한 대답을 원하는 게 아니었다. 반장인데 그쯤은 알 거라 생각했다. 반장은 조금 뜸을 들이더니 입을 열었다.

"난 팬티를 안 입어. 시험 치기 삼 일 전부터 시험 끝날 때까지."

반장은 속삭이듯 말했다.

"주둥이 염병할래?"

나는 미간을 찌푸렸다. 거짓이나 농담쯤으로 여겼다.

"그런 거 아냐. 엄마를 걸고 맹세해. 아무것도 안 입으면 집중이 더 잘되거든."

반장이 엄마를 내걸고 한 말이니 믿어야 했다. 하지만 나는 여전히 믿을 수 없다는 표정을 지으며 시선을 반장의 치마로 옮겼다. 투시안경이라도 낀 것처럼 바라보다 물었다.

"마법에 걸리는 날은?"

"다행히 그런 날은 아직 없었어. 됐지? 이제 알려 줘."

반장은 나를 태연하게 보았다. 굳게 다문 내 입술이 조심스레 열렸다.

"쳇! 난 우유에 밥 말아 먹어."

뜻밖에 나온 대답은 생각보다 괜찮았다. 반장이 고개를 끄덕였다. 좋은 비법임을 수긍하는 듯했다. 집에 있을 때였다. 야식이 먹고 싶어서 냉장고를 열었는데 햇반과 우유밖에 없었다. 맨밥을 먹기가 부담스러워서 우유에 말아 먹었는데 예상외로 먹을 만했다.

"느끼하지 않아?"

"고소해."

반장의 얼굴에 웃음이 피었다. 머리부터 발끝까지 백오십인 반장은 다음 날부터 식판에 우유를 붓기 시작했다. 나는 시험을 잘 보고 싶었지만 팬티는 벗지 않았다.

교실 문이 세차게 열렸다. 옆구리에 수학책을 낀 삿갓 씨 대신 영어책을 든 담순이가 들어왔다. 나는 청소를 안 한 게 켕겨서 고개를 숙였다.

"수학인데요?"

아이들은 이구동성으로 외쳤다.

"시간표 바뀌었다."

담순이의 말에 아이들의 야유가 터졌다. 쉬는 시간에 놀지 못하고 피 터지게 수학 보충과제를 한 게 억울해서였다. 하지만 내 경우는 담순이의 개소리가 싫어서였다. 담순이는 수업과 조·종례를 구별하지 못했다. 시도 때도 없이 잔소리를 하니 멍멍 소리로 들릴 수밖에. 수업 시간에는 수업만 했으면 좋겠다.

"시끄럿! 조용히 해!"

담순이는 교탁에 신경질적으로 영어책을 놓았다. 내가 수학책을 책상 서랍에 넣으려고 할 때였다.

"미스 덕!"

담순이가 나를 불렀다. 개소리가 시작된다는 신호탄이다. 백조가 되지 못한 미운 오리 새끼는 대답 대신 눈을 치켜떴다.

"지금, 상담실로 가 봐."

나는 당황스러웠다.

"왜요?"

수업 시간에 상담실로 가야 할 이유가 없었다. 담순이는 뒤돌아서 칠판에 단원명을 썼다. 담순이가 내 말을 씹었다. 담순이의 주둥이를 꿰매어도 시원찮을 것 같다. 담순이의 등짝에 씨발과 지랄을 담은 빽을 날렸다. 이유도 모른 채 다른 곳도 아닌 상담실로 가야 한다는 것은 꽤나 피곤한 일이다. 상담은 정신을, 생활지도는 육체를 힘들게 하니까. 책상에는 거울과 빗, 샤프와 수학책이 널브러져 있었다.

상담실 문을 열자 실훈이 보였다. '인성 지도의 꽃을 피운다.' 나는 고개를 돌렸다. 희소성의 가치를 지닌 꽃이 아름다운 법이다. 실훈 아래로 네 명이 멀뚱거리며 서 있었다. 그리 낯설지 않은 얼굴들을 살펴보니 다들 교내 봉사 경력이 있는 아이들이었다.

"뭐해? 빨대 옆에 서지 않고!"

삿갓 씨의 목소리는 신경질적이었다. 괜한 불똥을 맞지 않으려면 얌전히 굴어야 했다. 삿갓 씨는 팔짱을 낀 채 다리를 꼬고 앉아 다섯 명의 얼굴을 매섭게 쳐다보았다.

빨대는 흡연으로 교내 봉사를 했다. 고가다리 밑에서 담배를 빨아 대다가 삿갓 씨에게 붙잡혔다. 빨대는 절대 혼자 죽지 않는 스타일이었다. 그래서 다른 흡연자의 명단과 아지트를 삿갓 씨에게 정확하게 알려 줬다. 빨대는 삿갓 씨의 흡연 소탕작전에 협조해 준 대가로 교내 봉사 기간을 줄였다. 그 옆은 저팔계였다. 저팔계는 평소 아무 이유 없이 애들을 한 대씩 툭툭 치고 다녔다. 그날도 그저 화가 난다는 이유로 친구를 때렸다. 맞은 친구는 전치 4주 진단서를 끊었다. 저팔계는 때리다가 새끼손가락이 부러졌다. 저팔계의 무기는 바주카포가 아니라 큰 덩치이다.

저팔계의 덩치는 집안 내력이다. 언젠가 학교에 찾아온 저팔계의 엄마를 보고 알았다. 그때 우연히 복도 모퉁이에서 저팔계 모자가 하는 얘기를 들었다.

"집에 갈래. 오른손이 병신이라서 공부를 못 하겠단 말이야."

깁스 중이던 저팔계가 투정부리듯 엄마에게 말했다.

"그럼, 귀로라도 들어! 이 병신아."

저팔계 엄마가 주먹을 치켜들었다. 그러자 저팔계의 어깨가 움츠러들었다. 저팔계가 무서워하는 사람도 있다는 사실에 통쾌했다. 어머니는 여러 방면에서 정말 위대한 존재인 것 같았다. 이제 새끼손가락이 멀쩡해진 저팔계 옆에는 곱슬머리 수세미가 있었다.

"너, 손 가만히 안 있어? 정신 사납게!"

삿갓 씨의 말에 수세미는 고개를 푹 숙였다. 수세미는 저팔계 옆에서 두 손을 계속 꼼지락거리고 있었다. 갖고 싶은 게 있으면 손이 근질거린다는 수세미는 체육복을 입었다.

"전 시간, 체육이었어?"

삿갓 씨가 묻자 곧바로 수세미는 고개를 저었다.

"그런데 왜 체육복 입고 있어?"

수세미는 아무 말도 하지 않았다. 수세미의 고개가 더 내려갔다.

배가 똥실똥실하게 나온 탓에 수세미는 교복을 불편해했다. 그래서 헐렁한 체육복을 입고 있었다. 이런 상황을 수세미는 말하지 못했다. 자기 관리를 제대로 못 한 미련한 모습을 보이기 싫어서였다. 내가 대신 답해 주려고 했다. 하지만 다른 이유가 있을지도 모른다는 생각에 그냥 발끝만 바라보았다. 타이트한 교복 때문에 호흡 곤란으로 교복 도난 사건이 줄을 잇는 건 사실이었다. 살을 빼는 것보다 몸에 맞는 교복을 찾아 입는 게 더 쉬웠다. 내 교복 치마도 잃어버렸다. 수세미의 손을 의심했지만 증거가 없어서 어쩔 수 없었다. 찾을 수 있는 가능성은 제로였다. 나는 누군가의 교복 치마를 슬쩍했다. 이후로 치맛단에 이름을 굵게 박을 정도로 교복 사수에 심혈을 기울였다.

"해골, 너 자꾸 미스 덕 힐끔거릴래?"

나는 해골을 째려봤다. 해골은 딴청을 피웠다. 삿갓 씨가 말하기 전부터였다. 정확히 말하면 상담실에 들어왔을 때부터 해골의 시선을 느꼈다. 해골이 탐색의 눈빛으로 나를 힐끔힐끔 쳐다보았다. 해골과는 오래간만의 해후였다. 나는 해골의 시선을 외면했지만 신경 안테나가 자꾸 해골 쪽으로 뻗어 갔다. 의지만으로 되는 게 아니었다. 셔츠 사이로 튀어나온 목울대가 정말이지 남자다워 보였다. 실룩거리는 입술은 여전했다. 생각보다 말이 앞서서 생긴 습관이다. 무슨 말이 그렇게 하고 싶은 건지 이제 궁금하지도 않았다. 그런데 귓가에 탁하고 굵은 해골의 목소리가 윙윙거렸다.

해골이 예뻐해 주겠다고 했다. 곁에서 지켜 주겠다고 약속했다. 나를 사랑한다고 맹세했다. 그리고 나를 어루만졌다. 어색하거나 불편한 느낌은 없었다. 뜨거운 손길이 닿을 때마다 심장이 날뛰듯 기뻤다. 처음은 아니었다. 해골이 내 몸을 만진 건 레슬링을 하면서부터였다. 그 무렵, 왜 레슬링을 하게 되었는지 모르겠다. 해골과 체격 조건이 비슷하다는 이유만은 아니었다. 기억이 나지 않아서 넘어가기로 했다. 모든 일에 반드시 정확한 이유가 있는 건 아니니까. 쉬는 시간마다 해골이 나를 찾아왔다.

한판 뜨자.

해골과 나는 엎치락뒤치락 이리 뒹굴고 저리 뒹굴었다. 나는 해골의 거센 손아귀에서 놀아났다. 해골이 찾아오지 않으면 내가 갔다.

한판 뜰까.

뒤엉켜 치고받고, 소리 지르고, 도망가고, 잡아채고, 뒹구는 우리의 몸짓에 아이들이 환호했다. 아이들의 열광적인 반응에 우리는 '삘' 받은 감정을 몸짓으로 여과 없이 드러냈다. 온몸이 쑤시고 욱신거려도 참았다. 아파도 살아 있다는 것을 절실히 깨닫는 시간이었다.

그런데 어느 순간이었다. 해골의 손에서 따스함을 느꼈다. 내 몸에 닿는 해골의 온기가 좋았다. 하루에 하루가 더해 갈수록 레슬링이 베드신으로 변해 갔다. 옷 위로 해골의 손이 살결을 따라 스치는 듯했다. 온몸에 피어난 멍자국을 쓰다듬는 것 같았다. 몸에 불덩이가 떨어진 것처럼 열이 났다. 발갛게 혈색이 돌았다. 가슴이 한 뼘 더 자랐다. 나 역시 해골에게 온기를 전했다. 해골이 내 부푼 가슴을 움켜쥐었다. 나는 조금 당황했지만 따뜻한 손을 내치진 않았다. 그의 얼굴에 번지는 웃음이 내 얼굴에도 전해졌다. 절로 기분이 좋았다. 해골의 품은 누구보다도 따뜻했다. 서로 살을 부대끼며 노는 게 즐거웠다. 어두운 밤, 아찔했던 그 순간을 종종 떠올렸다. 부드럽고 따뜻한 손길을 잊기 싫었다.

우리의 모습에 아이들은 불만을 터트렸다. 뭐야. 재수없어. 짜

증나. 교실이 모텔이야. 볼썽사납다는 말들을 늘어놓았다. 하지
만 신경 쓰지 않았다. 나만 좋으면 그만이라 생각했다. 하지만
나의 기쁨은 누군가의 기쁨이 되지 않았다. 누군가가 우리를 풍
기문란으로 삿갓 씨에게 제보했다. 해골과 나는 삿갓 씨 앞에 무
릎을 꿇었다. 나는 다리에 쥐가 내리는 줄도 모르고 히죽거렸다.
해골과 종일 같이 있다는 사실만으로 웃음이 새어나왔다.

"그리 좋으냐? 너희 부모님도 참 좋아하겠다. 둘 다 내일 부모
님 데리고 와!"

나는 삿갓 씨에게 눈을 흘겼다. 삿갓 씨는 툭하면 부모 타령
이다. 좆나 짜증나는 새끼. 다행히 내 입술은 야무지게 닫혀 있
었다.

"내일 할아버지 제사라서요. 모레는 안 될까요?"

해골이 제 살길을 찾아 핑계를 댔다. 삿갓 씨의 쇠주먹이 해골
의 머리통을 날렸다. 곧이어 머리통이 부서지는 듯한 소리가 났
다. 해골은 텅 빈 머리통을 붙잡고 오만상을 지었다.

"요 새끼 봐라. 네가 그런 정신이 있는 놈이야? 내가 오늘 네
제삿날로 만들어 줄까?"

해골처럼 시간을 더 번다고 해서 달라지는 건 아무것도 없
었다.

"부모가 없는데 어떻게 데려와요?"

나의 낭창한 표정에 삿갓 씨는 인상을 굳혔다. 해골이 고개를
번쩍 들었다.

부모가 없는 건지 잃은 건지 애매하다. 고아는 아니다. 호적상 오빠가 있다. 엄마는 열네 살에 아이를 낳고는 동갑내기 아빠에게 아이를 주었다. 아빠의 엄마가 아이를 키웠다. 아이가 중학교 졸업식을 하고 돌아온 날이었다. 아빠의 엄마는 화장실 변기에서 숨을 멈추고 말았다. 아이는 아빠의 엄마를 잃어버렸다며 정신없이 찾아다녔지만 끝내 찾지 못했다. 장례를 치르고 난 뒤 아빠가 우는 아이에게 말했다.

"너도 죽고 싶지 않으면 살 궁리를 찾아봐."

제 살기에 바쁘다는 말도 덧붙였던 아빠는 배우다. 카메라 안에서 주로 맡는 배역은 행인 2, 상인 3이다. 주의 깊게 찾아보지 않으면 알 수 없다. 주연배우만 보면 보이지도 않는다. 배경으로서 주연을 받쳐 줘야 하는 엑스트라니까. 배우가 살려면 연기를 해야 한다. 내가 살려면 잃은 것을 찾아야 한다. 많은 것을 잃었다. 보이는 것과 보이지 않는 것까지. 그것을 찾아야만 나도 남들처럼 살 수 있다.

어제의 엑스트라가 오늘의 주연이 된 날이었다. 배우가 학교에 왔다. 퇴학당하는 꼴 보기 싫으면 오라고 했었다. 어디서 빌렸는지 외제차까지 끌고 왔다. 배우의 등장에 학교가 술렁였다. 미스 덕 오빠라는 소개와 인사로 시작된 배우의 연기는 감각적인 비주얼 코드로 담순이와 삿갓 씨에게 어필하는 데 성공했다. 굳이 연기하는 모습을 보지 않아도 알 수 있다. 부모를 일찍 여읜 애정결핍녀라는 점을 정상 참작해 훈방조치로 끝나서였다.

배우는 열네 살부터 미스 덕 오빠 역할을 해 왔던 터라 큰 무리
는 없었던 것 같다. 저년이 얼굴은 날 닮고 끼는 그년을 닮아서
기질이 다분하다, 이런 '똘끼'식의 발언을 하지 않은 것이 천만
다행이라 생각했다.

그날 밤이었다. 항상 어두컴컴했던 집에 불이 환하게 켜져 있
었다. 간만에 배우가 집에 왔다고 생각했다. 집에 올 사람은 배
우밖에 없었다. 집 안에 나를 맞이할 사람이 있다는 사실이 믿기
지 않아 몇 번이나 눈을 깜박였다. 맡은 배역에 최선을 다하고
있는 배우의 얼굴을 떠올렸다. 배우의 삶에 내가 걸림돌이 된다
면 이렇게 평생 오누이로 살아도 좋겠다는 생각을 했다. 집 앞에
서 마음을 다잡고 표정 관리를 했다. 왠지 김칫국부터 마시면 탈
이 날 것 같았다. 쩌억―. 일부러 큰 소리가 나게 문을 열고 들어
갔다.

"컷! 엔지, 엔지, 누구야?"

누군가가 쉿소리로 외쳤다. 그러자 배우가 큰 소리로 죄송합
니다를 연발했다. 당황한 나는 집 안을 뚫어지게 쳐다보았다.
반지하의 두 칸짜리 방에는 눈부신 조명과 카메라 그리고 남자
세 명이 우글거렸다. 화장을 떡칠한 여자는 내 이불 속에서 얼
굴만 빠끔히 내놓고 있었다. 배우가 팬티만 입은 채 잽싸게 달
려왔다. 배우는 자신이 정말 주연이 됐다고 했다. 제작비 절감
차원에서 영화를 집에서 촬영하게 되었다며 나더러 당분간 친
구 집에서 지내라고 했다. 주연배우가 내 손에 옷가방과 만 원

짜리를 몇 장 쥐어주면서 나를 문 밖으로 떠밀었다. 벌거벗은 배우가 돌아섰다. 죄송합니다를 연발하는 배우의 목소리가 등 뒤로 들렸다. 멈춤 장치가 작동했다. 영화 세트장이 되어 버린 집 앞에서 나는 아무것도 할 수 없었다. 당분간 지낼 만한 친구 집이 없었다. 나는 친구를 잃었다. 열한 시가 넘은 시간에 갈 곳이 없었다. 나는 갈 곳을 잃었다.

끝없이 이어진 길을 나는 쉬지 않고 걸었다. 바람이 뱀처럼 내 몸을 휘감았다. 발자국들로 무성한 시커먼 아스팔트에 바람이 횡하게 불었다. 발자국들이 흔적조차 남기지 않고 사라졌다. 나도 함께 흔적 없이 사라질 것 같은 공포가 밀려왔다. 창백한 가로등 불빛 사이로 배우의 얼굴이 비쳤다. 바람이 박처럼 텅 비어 버린 가슴을 파고들었다.

걸음이 멈춘 곳은 편의점이었다. 싸늘한 밤공기에 목이 마르고 배도 고팠다. 편의점에서 컵라면을 샀다. 뜨거운 물에 컵라면이 불기를 기다리고 있었다. 편의점 앞으로 택시가 정차하더니 그들이 내렸다. 그들은 가족이라는 이름으로 서로 손을 잡고 집으로 들어갔다. 그 모습을 나는 물끄러미 바라보았다. 우울한 기분에 라면을 마시듯 먹고 다시 집으로 갔다. 집에서 헐떡거리는 숨소리만 들렸다. 멈춤 장치가 작동했다. 나는 문 앞에서 한참을 서 있다가 결국 발길을 돌렸다. 방전된 배터리 같은 몸을 이끌고 간 곳은 찜질방이었다. 낯선 사람들과 보낸 밤은 어수선하고 공허했다.

매일 아침이 그러했듯 다시 학교로 향했다. 발길이 학교 표지판 앞에서 멈칫거렸다. 잠시 숨을 고르고 나서 학교를 지나쳤다. 피시방으로 갔다. 퉁퉁 불어 버린 컵라면과 삼각김밥을 먹으면서 잃어버린 것을 찾기 시작했다. 그러다 어느 인터넷 카페에서 룸메이트를 구한다는 게시물을 발견했다.

룸메이트 게시물에 올라온 주거환경은 내가 살던 집보다 훨씬 좋았다. 시내 중심가에 있는 풀옵션 원룸은 가구와 가전제품들이 모두 갖춰져 있고, 실내 인테리어가 고급스러웠다. 하지만 집주인들이 제시한 조건은 까다롭고 애매모호하며 돈을 필요로 했다. 그중 조금 특별해 보이는 조건을 발견했다. 집주인은 경제적 조건이 필요없는 방식을 제시했다. 일명 교환 방식이라 했다. 집주인이 필요한 것과 내가 필요한 것을 서로 교환하는 방식이다. 교환 방식은 내게 있어 효율적이며 필수적인 선택이었다.

나는 집을 찾고 있어요. 살던 집을 잃었거든요. 내가 필요한 건 집이에요. 당신이 사는 집이면 좋겠어요. 당신이 필요한 것을 알고 싶어요. 필요한 것을 교환해서 서로의 필요를 충족시켜 주기로 해요.

간절한 내용을 담아 메일을 보냈다. 간단한 소개와 사진도 첨부했다. 두 시간 만에 받은 답장에는 오후 다섯 시까지 1308호로 오라는 내용이 전부였다.

1308호.

처음 문 앞에 섰을 때 문이 내게 양팔을 벌려 환영하는 것 같왔다. 나는 양손으로 두 볼을 감쌌다. 집과 주인과의 만남에 약간 설레고 떨렸다. 심호흡을 크게 한 뒤에 초인종을 꾹 눌렀다. 스르륵 문이 열렸다. 집주인이 희미한 미소로 나를 맞아 주었다. 호리호리하고 면도를 하지 않은 집주인은 유령 같아 보였다. 눈빛이 흐린 집주인이 나를 거실로 안내했다. 집 안은 전체적으로 조용하고 편안한 분위기였다. 거실에는 텔레비전과 오디오, 두 개의 화분 사이로 투명한 수조가 놓여 있었다. 나는 멋쩍어서 앞머리를 만지작거리다가 수조 안의 나무토막에서 꾸무럭거리는 뭔가를 포착했다. 나는 천천히 수조 앞으로 갔다.

"앗! 뱀이다."

가까이에서 살아 있는 뱀을 보는 것이 난생처음이었다. '몸에 좋고 맛도 좋은 뱀이다'라는 노랫말이 떠올랐다. 징그럽기는커녕 얼굴에 웃음이 점점 번졌다. 뱀이 구불구불 기어서 앞으로 나아갔다. 흰색의 몸체에 일정한 간격으로 빨간 띠무늬를 두른 모습이 탐스러웠다. 문득 뿌리를 자르면 선명한 빨간색이 보이는 설탕무가 생각났다. 띠무늬대로 뱀을 자르면 속에서 빨간 물이 나올 것 같았다. 호기심 어린 내 눈을 뱀이 가만히 살피고 있었다. 엷은 갈색 눈동자가 투명하게 빛났다. 뱀이 혀를 날름거렸다.

"쭈쭈라고 불러. 먹이를 줄 때마다 쭈쭈 하고 소리를 내거든."

집주인이 부드러운 어조로 말했다. 집주인의 귀를 노려보자 집주인이 고개를 홱 돌렸다. 나는 집주인의 시선을 외면하지 않았다. 집주인의 갈색 눈이 뱀눈과 닮았다.

"여자예요? 남자예요?"

나는 뱀에 시선을 고정한 채 물었다. 집주인은 수조에서 뱀을 꺼냈다. 뱀이 집주인의 팔을 휘감았다. 집주인은 뱀의 몸통을 부드럽게 움켜쥐었다가 살며시 놓았다.

"이렇게 가만히 있으면 여자고, 요란하게 움직이면 남자야."

나는 살짝 눈을 흘겼다. 얼핏 궤변처럼 들렸다. 좀 더 이치에 맞는 기준의 암수구별법이 있을 거라 생각했다.

"아저씨. 혹시 뱀 키우는 도우미가 필요한 건 아니죠?"

집주인은 대꾸하지 않고 알 듯 모를 듯한 표정만 지었다.

"이 집에서 살게 해 줄 테니까 내일부터 학교에 가도록 해."

메일에 집이 없어서 학교에 못 간다는 내용도 썼던 것 같다.

"정말요? 그럼, 아저씨가 필요한 건 뭐예요?"

나는 살짝 웃었다. 어쨌든 내가 살 집을 찾았다는 사실이 좋았다.

"딱 하나. 집에 오는 손님에게 다정하게 대해 주면 돼. 그 정도는 할 수 있겠지?"

"…네?"

집주인이 아닌 나에게 되물은 말이기도 했다. 다정함을 그 정도쯤으로 여길 만큼 내가 정이 많은 것인지, 모든 손님에게 절대적으로 다정하게 할 수 있을지 확신하지 못했다. 다정함이 때론 상처가 된다는 것을 해골 덕분에 알고 있었다.

“물론 할 수는 있어요. 내 다정함이 언제 바닥날진 모르겠지만.”

나는 일단 집주인의 요구를 들어줘야 했다. 잃어버린 집을 찾게 해 줬으니까. 내 생각과 다른 사람도 있을 것이다. 생각의 차이는 있는 법이다.

“그리고 아저씨 싫어. 삼촌이라 불러.”

삼촌이 쭈쭈에게 새끼 쥐를 먹이며 말했다. 사업을 하는 삼촌은 30대 후반으로 이혼한 적이 있다고 했다. 그 밖에 다른 건 모른다. 서로 모르는 게 많지만 서둘러 알려고 하지 않았다.

“그러죠, 뭐. 삼촌.”

나는 선홍색 쥐를 먹어 치우는 쭈쭈를 보며 대답했다. 삼촌이라는 호칭은 그리 어렵지 않았다. 반드시 혈연관계가 아니라도 가족은 될 수 있다. 가족이란 건 별 게 아니다. 같이 살면서 보살펴 주면 가족이라 생각했다. 남보다도 못한 가족 같은 건 필요없다. 나는 삼촌과 쭈쭈를 통해 가족을 찾은 것만 같았다.

아내의 셔터맨이 꿈이라고 떠벌렸던 삿갓 씨가 우리를 빤히 쳐다보았다. 우리는 삿갓 씨가 팬티 사건의 범인으로 유력하다고 생각하거나 범인과 네트워크가 된다고 생각하는 다섯 명이었다. 폭력, 도난, 흡연, 풍기문란이 팬티 진열과 무슨 관계가 있는지 알지 못했다. 삿갓 씨가 왜 우리를 유력한 용의자로 지목했는지에 대한 근거나 이유를 굳이 따질 필요는 없었다. 각자의 알리바이만 확실하면 그만이다. 삿갓 씨는 손으로 턱을 괴고 한참을 있었다. 다섯 명은 하나같이 두 손을 모으고 고개를 숙였다. 누군가는 노비 근성이라 했지만 개의치 않았다. 심증은 있지만 물증이 없는 삿갓 씨는 골머리를 앓는 중이다. 조개처럼 굳게 닫혀 있는 삿갓 씨의 입이 일 초라도 빨리 벌어지길 기다렸다. 상담실의 적막함에 숨이 막힐 지경이었다. 삿갓 씨가 뭔가 결정을 내린 듯 말문을 열었다.

"수업 시간에 화장실 간 사람, 쉬는 시간에 5층 화장실 간 사람, 아니면 목격한 사람!"

삿갓 씨의 나직한 목소리에 아무도 입을 열지 않았다. 삿갓 씨는 이런 상황을 예상했다는 듯이 지그시 눈을 감고 고개를 끄덕였다.

"그렇지. 순순히 대답할 위인들이 아니지. 모두 각 면으로 흩어져! 남은 사람은 내 옆에 서 있고!"

나는 재빨리 정사각형의 한 면을 향해 갔다. 주춤하다가는 삿갓 씨 옆에 붙어 있을 확률이 높았다. 괜한 일로 심장박동수를 올리고 싶지 않았다. 저팔계의 덩치에 밀린 해골만 제외하고 모두 정사각형의 각 면에 배치되었다. 삿갓 씨는 책상 서랍장에서 반성문 용지와 볼펜을 꺼냈다.

"자수는 물론 제보도 좋아. 범인이라 생각하는 사람과 그 이유를 적어 내도록! 내용이 거짓이라 밝혀지면 대가가 따를 것이고, 정확한 정보를 제공하는 자에겐 포상을 줄 테니."

나는 우둘투둘한 하얀 벽을 보았다. 불편한 마음에 벽에 걸린 시계를 보았다. 다섯 시 오 분. 일곱 시에 손님이 오기로 되어 있다. 여섯 시 반까지 집으로 가야 했다. 집에 들어가면 나를 맞아주는 건 쭈쭈다. 내가 쭈쭈를 부르면 쭈쭈도 나를 불렀다. 쭈쭈가 혓바닥을 내미는 모습을 보면 알 수 있다. 쭈쭈는 자주 똬리를 틀었다. 수조 안으로 팔을 들이밀면 쭈쭈가 기다렸다는 듯이 내 팔을 타고 올라왔다. 내 살결을 타고 노는 쭈쭈를 바라보았다. 미끈한 몸피의 새빨간 무늬는 볼수록 매력적이었다.

집을 찾은 다음 날, 삼촌은 집으로 손님이 올 거라고 했다. 손님이 오기 전에 일단 거실을 깨끗하게 정리했다. 손님에게 지저분한 집을 보이는 것은 참을 수 없는 일이었다. 욕실에서 샤워를 했다. 두루마리 휴지처럼 몸이 풀리면 마음이 편안해졌다. 저녁 식사 후 디저트까지 먹으면 컨디션이 좋아졌다. 새로 산 핑크색 미니 원피스를 입고 푹신한 소파에 앉아 있으면 손님맞이 준비가 끝났다.

처음 온 손님이 생각난다. 말쑥한 양복 차림에 검은 뿔테 안경을 쓴 손님이었다. 부끄러운 듯 수줍은 표정의 손님은 나보다 키가 작았다. 나는 처음 온 손님을 거실 소파로 안내했다. 손님에게서 옅은 술 냄새가 났다.

"아, 저, 저, 무…, 물 좀, 주, 주세요."

손님은 안절부절못하고 산만했다. 나는 말 더듬는 손님과 눈을 맞추기가 어려웠다. 내가 주방에 있는 동안 손님은 텔레비전을 틀었다. 영화를 보고 있던 손님은 테이블에 물잔이 놓이자마자 벌컥 마셨다. 나는 손님 옆에 앉았다.

"영화 같이 볼까요."

다정스레 건넨 말에 손님은 사레가 들렸다. 손님은 입안에 머금었던 물을 쏟아 냈다. 나는 살짝 짜증이 났지만 참고서 마른 수건으로 닦아 줬다. 손님의 입부터 바지 앞섶까지. 손님이 얼떨결에 내 손을 잡았다. 손님의 눈가에 눈물이 어려 있었다. 어수룩하고 거친 손들이 내 몸을 더듬었다. 어느새 실타래처럼 풀린 내 몸은 손님과 어지럽게 섞였다. 손님 입술이 내 가슴에 붙었다. 내 손이 손님의 엉덩이에 붙었다. 손님 심장이 내 다리에 붙었다. 내 이마가 손님의 배꼽에 붙었다. 손님 머리가 내 다리에 붙었다. 키 작은 손님의 몸이 내 몸에 쏙 들어왔다. 그 느낌이 좋았는지 손님은 내 품에 오랫동안 안겨 있었다. 나는 손님을 어루만져 주고 머리를 쓰다듬어 주었다. 손님의 얼굴은 편안하고 고요했다. 산만했던 언행이 조금 줄어든 손님은 다음에 또 오겠다고 했다.

손 위에서 볼펜이 빙빙 돌았다. 아이들은 반성문 종이에 머리를 박고 있었다. 창 밖에는 잎이 다 떨어진 나뭇가지가 벌거벗은 것처럼 보였다. 초침 소리와 아이들의 숨소리가 귓가를 괴롭혔다. 나는 벽에 머리를 기대어 넋을 잃고 허공만 응시했다. 한물간 동태눈처럼 초점이 점점 흐려졌다. 어디선가 도어락을 누르는 소리가 들려왔다. 현관 앞으로 손님 마중을 갔다. 무덤덤한 표정의 손님은 변호사라 했다. 언젠가 나를 변호해 줄지도 모른다는 생각에 더 살갑고 다정하게 대해 주었다. 한 치 앞을 내다볼 수 없는 게 사람 일이다.

　내 손은 손님의 옷 속으로 들어가 딱딱하게 뭉친 몸을 만졌다. 부드러운 내 손길에 손님은 심취한 듯 눈을 감았다. 손님의 향기가 피어오르며 사르르 몸이 풀어졌다. 눈이 마주치자 서로에게 빨려 들어가듯 몸이 앞당겨졌다. 무심한 듯 섬세한 손님의 손길이 내 몸에 안 닿은 곳이 없었다. 소파에 누워 있는 손님의 다리가 내 등에 닿았다. 손님의 털이 나를 감싸는 듯했다. 삼촌이 사 놓은 콘돔을 썼다. 내 얼굴을 가린 머리카락을 손님이 귀 뒤로 넘겨 주었다. 나는 흐트러진 눈으로 손님을 바라보았다.

　"어린년이 밝히기는."

　나는 그냥 웃었다. 사실 밝힌다는 것이 무엇을 말하는 건지 몰랐다. 그저 삼촌이 필요한 것을 해 준 것뿐이다. 손님과 웃고, 말하고, 기대고, 살을 부대끼는 게 좋았다. 손님과 다정하게 보내는 동안에는 잃은 것을 잊을 수 있으니까. 그러니 손님이 오해하지 않았으면 좋겠다. 이런 내 생각을 아는 듯 손님이 지그시 웃었다.

　"오늘 내 생일이야."

　내 입술 위로 손님의 입술이 포개졌다. 손이 가슴을 더듬고 혀가 혀를 휘감았다.

　"축하해요. 미리 알았으면 선물이라도 준비했을 텐데."

　그저 예의상 한 말이었다. 손님은 못 들은 척, 초점 없는 눈으로 쭈쭈를 보았다.

"난 저 뱀이 싫어."

"다른 방으로 옮겨 놓을게요."

내가 일어나려고 하자 손님이 나를 소파로 떠밀었다. 그리고 내 다리를 벌렸다.

"이 틈으로 들어갈까?"

"뭐가요?"

설마 하고 생각하는 일이 벌어지지 않길 바랐다.

"뭐기는, 저 뱀 머리지."

손님의 징글맞은 웃음에 내 얼굴이 굳어졌다. 그렇지만 설마 하는 일은 일어나지 않을 거라 생각했다.

"글쎄요."

나는 쭈쭈를 향해 간절한 시선을 보냈다.

"한번 넣어 봐. 생일 선물로 해 줘. 나도 너에게 선물을 줄게."

나는 멍하니 앉아서 소리 없는 비명을 질렀다. 손님이 지갑에서 돈을 꺼내 보였다. 나는 쉽게 결정하지 못하고 머뭇거렸다. 손님이 돈을 더 꺼내며 재촉했다. 잃은 것을 찾으려면 돈이 필요하다. 손님이 돈을 서랍에 넣었다. 나는 수조에서 쭈쭈를 꺼냈다. 뱀이 양처럼 순하게 굴었다.

"내가 넣어 볼까?"

손님이 어느새 다리 사이로 들어왔다. 내 대답은 필요하지 않았다. 쭈쭈가 손님 손으로 넘어갔다. 쭈쭈가 징그러운 뱀으로 보이기 시작했다. 다리 깊숙이 얼굴을 들이민 손님이 뱀 머리를 갖다 댔다. 나는 거실 바닥에 아무렇게 놓인 팬티를 보았다.

"준비됐지?"

손님의 말에 내 표정이 어떤지 궁금했다. 웃지도 울지도 못했다. 손님이 내 작은 틈새로 뱀 머리를 집어넣었다. 나는 질끈 눈을 감고 고개를 돌렸다. 차갑고 미끈한 느낌이 들었다. 손님은 뱀 머리를 넣었다가 빼기를 반복했다. 뱀 머리가 번들거릴 때까지.

"기분이 어때?"

나는 고개를 흔들며 희미하게 웃었다. 손님은 한바탕 크게 웃었다.

"생애 최고의 선물이었어."

손님이 꽤 많은 액수를 주고 갔다. 나는 서랍 안에 든 돈을 보았다. 뱀이 똬리를 틀고 있었다. 뱀이 혀를 내밀었다. 뱀이 나를 쳐다봤다. 나는 뱀 머리를 가만히 쓰다듬었다. 그러다가 손에 뱀을 움켜쥐고 다시 틈새로 넣었다. 뱀이 자연스럽게 들어갔다. 작은 틈새 속에서 똬리라도 트는지 계속 들어갔다. 신기했다. 정신이 점점 희미해지더니 몽롱해졌다. 삼촌이 말하는 절정에 닿으면 이런 기분이 드는 건지 궁금했다. 뱀이 잠이라도 들었는지 나오지 않았다. 덜컥 겁이 났다. 뱀이 땅 속 제 집마냥 겨울잠에 빠진 것 같았다.

나는 다리 사이로 머리를 깊게 집어넣었다. 눈을 부릅뜨고 틈새를 보았지만 동굴 속같이 어둡기만 했다. 아무리 봐도 뱀 꼬리가 보이지 않았다. 나는 뱀을 잃었다. 그곳으로 손가락을 집어넣었다. 하지만 아무것도 잡히지 않았다. 문득 국어 시간에 배운구지가가 생각났다. 내 멋대로 바꿔 부르기 시작했다.

뱀아, 뱀아,
머리를 내밀어라.
만약에 내밀지 않으면
포르말린을 들이부으리라.

나는 노래를 부르면서 침대로 올라가 춤추듯 뛰었다. 그렇게하면 뱀이 밖으로 나올지도 모른다고 생각했다. 침대 스프링의리듬에 맞춰서 계속 뛰었다. 멈추려고 해도 그만 멈출 수가 없었다. 몸에서 멈춤 장치가 빠져나갔다. 나는 멈춤 장치를 잃었다. 뒷골이 당겼다. 잃어버린 것을 찾았다고 생각했는데 죄다 도둑맞은 기분이다. 어쩌면 찾은 게 없었는지도 모르겠다. 찾으려고만 했지 잃지 않으려고 노력한 건 없었다.
머리가 아팠다. 주저앉고 싶은데 그러지 못했다. 내 맘대로 못하는 몸은 이미 내 몸이 아니었다. 나를 잃어버린 느낌이 들었다. 어쩌다가 이렇게까지 되어 버렸는지 알지 못했다. 도어락을누르는 소리가 났다. 다음 손님이 집으로 들어오는 기척이 났다. 손님 마중을 나가야 하는데 나는 침대 위에서 계속 뛰었다. 거실에서 손님 목소리가 들렸다. 손님은 화가 난 듯 고함을 쳤다.

"괜찮은 물건이 있다고 해서 비싼 돈 주고 찾아왔더니 뭐가 있어? 어디 있냐고!"

나, 여기 있어요. 나는 말하려고 했지만 목이 메어 소리가 나오지 않았다.

그 공허함을 뚫은 것은 삿갓 씨의 목소리였다. 천만 볼트의 번개를 맞은 것처럼 내 몸은 경직되었다.

"야, 미스 덕! 일어나서 똑바로 반성문 쓰지 못해! 누가 자라고 했어? 그런 상태로 뭘 하겠다는 거야? 그러니까 오리가 꽥꽥 지르지 못하고 끙끙 앓는 소리를 내지."

뭐가 어떻게 됐는지 정신이 어리벙벙했다. 머릿속이 아득하고 아득했다. 나는 삿갓 씨가 시야에 들어오자 꿈인가 생시인가 싶었다. 머릿속이 복잡하고 복잡했다. 멍하니 반성문 종이만 한참을 쳐다보았다. 흰 종이 위로 배우의 얼굴이 어른거렸다. 삿갓 씨가 내 주위를 서성거리더니 목을 가다듬고 말했다.

"뭣들 하냐? 낼모레가 시험인데 이런 일로 시간 낭비를 해서 되겠어? 서로를 위해 빨리 해결하자."

삿갓 씨의 말이 끝나자 하얀 벽에 누군가의 얼굴이 그려졌다. 시험과 팬티. 두 단어로 연상된 인물이지만 지극히 정확한 정보임에는 틀림없다. 나는 반장과 있었던 일과 일련의 행동들을 낱낱이 적었다. 어느새 나의 문장들이 반성문 용지를 빼곡히 채웠다.

나는 상담실을 유유히 빠져나왔다. 학교 현관 입구에 건의함이 걸려 있었다. 건의함을 지나가다 멈칫하고 섰다. 가방에서 수첩을 꺼내 한 장을 찢었다.

─잃어버린 팬티를 찾아 주세요. 팬티는 C브랜드의 핑크색입니다.

나는 고딕체로 반듯하게 썼다. 학번과 이름은 반장 것으로 적고 마침표를 찍었다. 나는 종이를 예쁘게 접어 건의함에 넣었다.

학교를 나오자 어스름한 저녁 무렵이었다. 서쪽 하늘에 떠 있는 조각달이 눈에 들어왔다. 달이 내게 윙크를 했다. 잘못 본 게 아닌가 싶어서 눈을 감았다가 다시 떴다. 달이 자리를 옮겼다. 마치 달과 '무궁화꽃이 피었습니다' 놀이라도 하는 듯했다. 달과 놀며 걷는 걸음이 탭댄스를 추듯 경쾌했다. 별빛을 삼켜 버린 현란한 불빛이 도시 곳곳을 물들였다. 나는 도어락 비밀번호를 주문처럼 중얼거리며 집으로 향했다.

숨은
그림자

누군가 날 방해하고 있어. 단언컨대 분명 신(神)은 아닐 거야. 은혜와 자비를 베푼다는 신이 내게 그럴 리가 없어. 그럼 누구냐고? 내가 누군지 알면 가만히 있겠어? 어떻게든 잡아서 나를 왜 이 지경에 빠뜨렸는지 묻지도 따지지도 않고 바로 죽여 버리지. 후훗. 이런 불온한 말을 할 줄이야. 하긴 웬만한 범죄는 범죄로 보이지도 않아. 그동안 사이코패스적인 행위와 엽기적 살인들로 쌓은 내공 덕택이지. 개인에 따라 내공의 차이는 다소 있겠지만, 아무튼.

누군가 내 일이 안 되도록 조종한다는 생각, 누군가 나를 시기하고 질투해서 해코지한다는 생각이 들었어. 누구라도 이런 생각을 해 본 적이 있을 거야. 하는 일이 마음대로 안 될 때, 하고 싶은 일이 뜻대로 풀리지 않을 때, 여러 가지 상황으로 목표가 달성되지 않을 때, 무언가에 애쓰면 애쓸수록 목이 죄여 올 때, 자신의 권리가 침해당했다고 느낄 때, 한마디로 뭘 해도 안 될

때지.

　그럴 수도 있지. 인생이란 그런 거야. 사는 게 다 그렇지. 다들 이런 식으로 얼버무려 버리지. 인생이, 사는 게 어떻게 다 그럴 수 있는지. 정말 아무 생각 없이 무책임하게 내뱉는 농담과 다름없는 말이야. 하기야 잘 알지도 못하면서 다 잘될 거라는 억장 무너지는 말보다 농담이 낫지. 농담으로 여유를 가지면 문제가 해결될지도 모르잖아. 그렇지만 난 농담할 기분 아니야.

　누군가의 방해 때문에 발생한 게 고통이야. 난 지독한 고통과 함께 살고 있어. 얼마나 괴롭고 힘든지 매일 밤 잠도 못 이루고 있어. 편히 잠들 수 있게 해 달라고 바랐지만 소용없는 일이었어. 날 방해하는 자가 누군지, 왜 내가 누군가의 방해로 고통을 받아야 하는지에 대한 생각을 떨쳐 버릴 수가 없어. 누군가에 대해 생각을 하면 할수록, 미궁 속으로 빠져들수록 자존감을 잃어 가고 있어. 누군가로 인해 내 존재감을 상실해 버린 느낌은 흡사 지옥의 맛이야.

　이건 지극히 정상적인 상황이야. 아니, 비정상적인 상황이야. 아니, 정상적인 상황이 아니야. 아니, 비정상적인 상황이 아니야. 아니, 정상적인 상황이 아니면 좋겠어. 이런 내가 조금 예민하고 다분히 감정적으로 보일 수도 있겠지. 하지만 난 어느 때보다도 침착하고 진지하지. 내가 누군가로 인해 얼마나 고통받으며 살고 있는지 얘기하고 싶어. 세상에서 가장 거만한 자세로 담배연기를 쭈욱 빨아서 시원하게 내뿜듯이 말할 거야. 그럼, 누군가에 대해 알게 될지도 모르잖아.

　베란다에 햇볕이 가득 내리쬐던 날이었어. 창밖을 올려다보니 하늘이 바다와 같았어. 갈매기같이 생긴 새 한 마리가 눈앞으로 날아왔어. 나는 쥐약 먹은 병아리처럼 눈을 감았어. 짜디짠 냄새가 코를 찌르는 듯하더니 하늘에서 바닷물이 떨어졌어. 바닷물이 내 이마를 타고 흘렀어. 바닷물은 순식간에 말라 버렸어. 눅눅한 소금 알갱이가 얼굴에 달라붙은 느낌이었어. 바람이 내 뺨을 치듯 홱 불었어. 면도칼로 그은 듯이 쓰리고 아팠어. 뺨이 달아올랐어. 머리 위로 해가 떠 있었어. 나는 미간을 찌푸렸어. 파랗기만 한 하늘을 쳐다보니 마치 시간이 멈춰 버린 것 같았어. 아마도 그 시간 즈음일 거야. 뱃속에서 왜 끊임없이 이상한 소리가 나는지, 다른 동물에게도 지문이 있는지, 성난 벌떼가 쫓아오면 어떻게 해야 하는지, 물고기는 어떻게 짠 바닷물에서도 잘사는지, 나무는 어떻게 물 위에 뜨는지, 바람을 쐬면 왜 추운지 등 불가사의한 일들에 대해 생각했어. 그런데 갑자기 어느 순간 이런 생각이 들었어.

　누군가 날 방해하고 있어.

　이건 한순간 번쩍하는 벼락 같은 깨달음이었어. 깨달음에 대해 설명하기는 그리 쉽지 않은 일이야. 누군가의 존재에 대해 깨닫는다는 것도 쉽지 않은 일이야. 어려운 일을 했음에도 난 굉장히 불쾌하기 짝이 없었어. 그 누구도 아닌 나를 방해하는 자가 있다는 사실을 알아 버렸잖아. 짜증 나고 신경질 나고 화가 나서 결국 증오심마저 들었어. 증오심이 나를 파멸로 이끄는 덫처럼 느껴졌어. 내 속에 도사리는 증오가 무슨 짓을 할지 두렵고 떨렸어. 나는 조언자를 찾아야 했어. 내 위태로운 감정을 털어놓고 방해자에 대해 의논하고 싶었어. 그런데 아무도 내 깨달음을 믿어 주지 않을 거라는 생각을 했어.

어쩌면 집에서만 지내서 그런지도 모르겠어. 난 마치 캥거루 주머니 속에서 사는 것과 같았어. 캥거루 주머니는 무척 어둡긴 하지만 안전한 곳이야. 캥거루가 껑충 뛰듯 시간도 그만큼 훌쩍 지나 버렸어. 캥거루가 한 두어 번 뛰었던 것 같은데 교정에서 학사모를 쓰고 사진을 찍은 지 벌써 7년이나 지났어. 그동안 난 내가 한 일이라고 딱히 내세울 만한 게 없었어. 물론 하는 일도 있었고 하고 싶은 일도 있었지만 잘되지 않았어. 짐작했겠지만 난 하는 일마다 안 풀려서 극도로 침울한 날들을 보냈어. 이유도 없이 점점 성말라지고 성격은 내성적이고 폐쇄적으로 변해 갔지.

그러자 사람들을 만나는 게 싫어졌어. 번지르르한 입으로 하는 말들은 자랑이나 변명 혹은 고민뿐이었어. 텔레비전 속의 사람들도 마찬가지였어. 입안에 갇힌 혀의 움직임조차 가증스럽게 느껴졌지. 그에 비해 난 자랑할 만한 것이 없고 떠벌릴 만큼의 사소한 고민도 없었어. 간혹 대화가 이뤄지기도 했어. 면과 면 사이의 면 막음처럼 이해할 수 없는 단어들로 짧게 이어지다가 끊어지긴 했지만 말이야.

그래서 집에서 지내는 날들이 정말 편했어. 부모님과 같이 살았지만 대부분 시간을 혼자 보냈어. 아버지는 한 달에 두어 번 보고 엄마는 오전에 외출했다가 저녁 늦게 들어오는 일정의 연속이었어. 다행히 좁은 방구석에 갇혀 있다는 생각이 들지 않을 정도로 집은 넓었어. 지루하다 싶으면 언제든지 다른 방으로 옮겨가서 분위기를 전환할 수 있었지. 아버지 덕분이야. 아버지는 하는 일이 잘되는지 이번에 차를 세단으로 바꿨다고 했어. 아직 안 타 봐서 승차감에 대해서는 할 말이 없어.

집으로 외부인이 찾아오는 경우는 거의 없었어. 가끔 오빠네가 놀러 왔어. 태어난 지 석 달 된 럭키를 데리고 왔어. 럭키는 태명이야. 이름이 정해지지 않았어. 오빠는 럭키가 자라는 모습을 엄마에게 주기적으로 보여 주었어. 럭키가 오는 날만큼은 엄마는 매일 하던 외출을 하지 않았어. 엄마는 온종일 럭키를 품에 안고 쓸고 물고 빨았어. 럭키는 정말 예뻤어. 엄마는 럭키를 금쪽같은 내 새끼라 불렀어. 정작 당신 새끼인 나에겐 금쪽같다고 한 적이 없었지. 나도 엄마 새끼가 맞는지 의심스러워서 불현듯 물어보았어. 엄마는 명쾌한 대답 대신 내게 질문을 던졌어. 넌 나이를 고스톱으로 따 먹었어? 나는 아무 말도 하지 못했어.

지난 생일날 아침에 스물아홉 번째 미역국을 억지로 먹었어. 나이를 억지로 먹을수록 할 수 있는 일과 하고 싶은 일이 사라져 갔어. 점점 생각이 많아지고 용기가 없어지고 다른 사람 시선이 부담돼서 말이지. 어릴 적엔 어른이 되면 뭐든 다할 수 있을 것 같았는데 그게 아닌 거야. 나이 제한으로 이제 내 이력서를 받아 주는 곳도 없어. 지긋지긋한 이력서와 자기소개서를 더는 쓸 필요가 없게 됐지. 뭔가 시원섭섭하긴 했어.

어쨌든 금쪽같은 새끼는 내 조카야. 아직 내가 럭키의 고모라는 게 실감 나지 않지만 사실이야. 럭키는 지구 상에서 가장 사랑스러운 말을 했어. 옹알옹알옹알. 무슨 말을 하는지 알 수는 없지만 듣고 있으면 머릿속이 깨끗해지면서 기분이 좋아지는 말이야.

또 하나 기분 좋아지는 말이 있어. 바로 고(GO)야. 승부수에서 도전 정신과 배짱을 두둑하게 해 주는 말로 딱이지. 유감스러운 건 인터넷 고스톱을 치면서 패가 좋을 때만 그 말을 외친다는 거야. 고스톱은 인생 한 방이라 속삭이는 도박 중의 하나야. 그리고 고(GO)와 스톱(STOP)의 중요성을 깨닫게 하는 도박 중의 하나이기도 하지.

시간이 지루하게 흐르는 날이었어. 그날의 놀이로 마땅한 대안이 없어서 차선의 놀이로 고스톱을 선택했어. 고스톱의 기본 룰조차 모르던 내가 말이지. 물론 온라인 고스톱이야. 컴퓨터가 없으면 할 게 없잖아. 멋도 모르고 시작한 첫 판에서 난 고스톱에 홀딱 반했어. 누구든 내 패를 못 보니까 은밀하지, 한 방이라 짜릿하지, 남의 패를 상상할 수 있어서 즐겁지. 무엇보다 화투판은 날 오래 기다리게 하지 않아서 좋았어. 그래서 고스톱의 패를 받은 이상 죽을 수가 없었어. 무한의 가능성과 잠재적 가능성에 대한 기대감 때문이었지.

　모니터에 코를 박고 있는 동안 나는 새날을 맞이한 줄도 몰랐어. 클릭질도 멈출 줄 몰랐어. 백만 스물일곱 번의 대전기록을 넘어갔는데도 클릭질은 계속되었어. 정말 인간의 능력은 용량 무제한의 공시디인 모양이야. 삼 일 정도 잠을 안 자도 크게 불편하지 않았어. 잠 안 자고 투자한 시간에 비례해 얻은 머니가 꽤 많이 쌓였어. 감히 상상도 못했던 액수였지. 무박 삼 일로 고스톱 주머니에 쌓인 머니가 백억이 넘었어. 와우, 누구도 나만큼 좋아하는 사람은 없었지만 무척 뿌듯했어. 비록 게임 머니일지라도 돈을 벌었다는 것은 부인할 수 없는 사실이잖아. 내 생애 가장 즐겁고 보람있게 보낸 날들이었어. 내 삶을 그런 나날로 채우고 싶었지.

　하루에 기본으로 삼억씩은 벌었어. 나날이 보람찬 하루를 보내면 보낼수록 게임 주머니에 머니가 쌓이고 쌓였지. 하지만 만족하기엔 부족했어. 더 쌓고 싶고 더 많이 갖고 싶어졌지. 인간의 탐욕에 끝이란 없어. 늘 결핍이 뒤따르지. 탐욕에 의해 지칠 줄도 모르고 고를 외쳤어. 내 그라운드에서 무한한 부를 거머쥐고 싶었어. 그런데 갈수록 오른쪽 손목이 시큰거리고 뒷목이 뻣뻣하고 어깨가 결리고 등허리가 뻐근하고 온몸이 찌뿌드드했어. 점점 얼굴이 초췌하고 모습이 야위어 가고 정신이 해이해졌어. 컨디션이 좋지 않았지만 견뎌야 했어. 그만한 머니를 벌면 피곤이 누적되는 것은 당연지사라 생각했지.

화투장들이 탁구공처럼 튀어 다니는 꿈을 꾼 날이었어. 오랜 시간 수면을 취한 것 같은데도 피로감은 가시질 않았어. 어깨 결림과 현기증, 두통은 여전했지. 그래도 어김없이 컴퓨터를 켜고 온라인 고스톱 게임을 시작했어. 그런데 이게 웬일이야, 첫판부터 패가 대박인 거야. 크게 한 방 날려 줄 패가 틀림없었지. 마침 이때다, 싶어서 쓰리고를 외치려고 하는데 이변이 일어났어. 내가 독박을 쓴 거야. 쓰리고는 물거품이 되고 말았지. 순식간에 게임 주머니가 텅 비어 버렸어. 머릿속도 텅 비어서 멍텅구리가 된 것 같았어. 그야말로 제대로 한 방 맞은 거지.

그런데 절망감과 허탈감에 사로잡힌 내게 이상한 힘이 솟구쳤어. 머니를 다시 찾아야겠다는 생각 때문이었어. 내내 그 생각만 했어. 생각이 아니라 집착일 수도 있어. 난 컴퓨터를 켜고 마우스를 쥐었어. 모니터에 벌건 화투장이 펼쳐지자 쓴 입맛을 다시며 화투장과 사투를 시작했어. 밤낮없이 몹쓸 몸뚱이로 화투장과 피를 말리는 시간을 보냈어. 한 방의 후유증이 채 가시지 않아서인지 판이 잘 안 풀렸어. 독박을 쓴 모양인지 피곤도 두 배로 누적되어 갔어. 눈이 충혈되어 빽빽하더니 실핏줄이 터져서 벌게졌어. 벌건 눈으로 벌건 화투장에 클릭질을 하는 것보다 더한 육체노동은 없을 거야. 그렇지만 잃은 머니를 찾으려면 무조건 참고 견뎌야 했어.

화투장과 사투를 벌이는 날들이 이어졌어. 과로로 코피가 쏟아졌지. 나는 화장실로 달려가 거울 앞에 섰어. 창백한 얼굴에 눈 밑의 다크써클과 붉게 충혈된 눈, 그리고 입가에 묻어 있는 피까지 영락없이 뱀파이어 같았어. 그 모습에 공허한 웃음이 입가로 번졌지.

지난날, 내가 고를 한 것에 대해 생각했어. 그와의 사랑에 고를 외치면 인생도 고로 행복해질 줄 알았어. 그가 분명히 좋은 패일 거라 믿었기 때문에 스톱을 외치지 않았던 거야. 내 손의 패만 보고 있었지. 그의 패를 상상조차 하지 못했어. 그가 스톱을 외칠 줄은 몰랐어. 회사에서 쫓겨나고 친구를 잃고 동료를 잃고 그도 잃게 될 줄은 더더욱 몰랐던 거지. 인생도 고스톱처럼 고와 스톱을 제때 잘해야 했어. 그렇지 못했던 난 결국 고스톱 판에서 죽은 것처럼 모든 걸 다 잃고 집으로 돌아왔어.

지친 몸을 기댈 곳은 침대밖에 없었지. 나는 편안하고 안락한 침대로 들어갔어. 죽은 듯이 누워 내처 잠만 잤어. 침대가 관구였어. 집이 무덤 같았지. 몸이 자꾸만 침대 밑 땅속으로 점점 파묻히는 듯했어. 나를 끌어내리는 게 중력이 아니라 누군가의 손아귀 같았어. 난 악을 쓰며 침대를 데굴데굴 구르기도 했지만 변하는 건 아무것도 없었어. 그렇게 나는 살아도 죽은 것과 진배없이 되어 버렸어.

그래서 증거가 필요했어. 내 깨달음에 대한 신뢰를 얻기 위해선 절대적인 증거가 있어야 했어. 이유나 근거가 확실하면 깨달음을 부정하지 못할 테니까. 내가 누군가의 방해로 인해 고통받고 있다는 증거를 찾아야만 했어.

난 파편처럼 흩어진 증거를 어떻게 찾아야 할지 난감했어. 누군가가 내게 남긴 증거를 찾는다는 것은 쉽고도 어려운 일이잖아. 우물물같이 깊은숨을 천천히 들이켜는 순간, 어디선가 쉰내가 났어. 냄새의 진원지를 찾아가 보니 부엌이었어. 개수대에는 설거지가 산더미처럼 쌓여 있었지. 입이 자주 심심한 까닭에 이것저것 많이 챙겨 먹었지만 설거지를 제때 할 만큼의 여유가 없었어. 많은 생각이 머릿속을 떠나지 않고 나를 괴롭혔기 때문이야. 개수대 앞에 서자 냄새를 참을 수가 없었어. 헛구역질이 나올 정도로 괴로웠지. 입천장에 나 있는 두 개의 구멍을 입속의 혀로 막았어. 난 최대한 빠른 손놀림으로 설거지를 하고 젖은 그릇을 식기건조기에 넣었어. 마무리로 개수대를 깨끗이 닦고 락스로 배수구 냄새도 제거했어.

말갛게 설거지를 끝냈지만 여전히 난 괴로웠어. 가려움 때문이야. 시시때때로 참을 수 없는 가려움증이 찾아왔어. 특히 설거지를 하면 어김없이 손바닥이 가려웠어. 언제부터인지 기억이 나지 않아. 설거지는 매일 하는 일이라서 말이야. 설거지는 반드시 고무장갑을 끼고 했어. 그릇에 찌꺼기나 기름때가 제대로 떨어져 나갔는지 몰라도 내 손은 보호해야 하잖아. 지독한 가려움에 시달리고 있는 손바닥을 보았어. 긁어서 살갗이 벗겨진 피부는 벌겋고 우둘투둘했어. 나는 희미한 미소를 띠며 읊조렸어. 가려움은 내가 고통받고 있다는 첫 번째 증거야.

어느 날이었어. 손가락과 손바닥 사이에 물방울 같은 물집이 하나 생겼어. 시간이 조금 지나면 괜찮아질 거라고 예삿일로 여겼지. 하지만 물집은 바이러스와 같았어. 스스로 번식하고 가속도를 내면서 온몸으로 퍼져 나가는 거야. 나는 물집을 사정없이 부수기 시작했지. 터진 물집에서 진물이 나왔어. 나는 일종의 습진이라고 자체적으로 진단하고 연고를 발랐어. 하지만 연고는 효력을 발휘하지 못하고 증상은 날로 악화되어 갔어. 물집이 가라앉으면서 살갗이 벗겨졌어. 양파껍질을 벗기듯 눈물을 찔끔 흘리면서 살갗을 벗겨 내기도 했어. 누군가 강제로 시키기라도 한 것처럼 말이지.

살갗은 쩍쩍 갈라지면서 진물과 피가 나기도 했어. 살갗을 거의 다 벗겼다고 여긴 그때부터일 거야. 살갗이 벗겨진 곳이 가렵기 시작했어. 어찌나 가려운지 상처가 날 때까지 긁게 되는 거야. 뜯어진 살점이 손톱에 끼일 정도로 긁어 댔어. 따갑고 쓰라리고 아팠지. 그런데 살갗을 긁는 고통 속에서 묘한 쾌감이 느껴졌어. 멈출 수가 없었지. 이 피부질환은 아무리 좋은 병원에 가서 치료를 받고 약을 먹고 바른다고 한들 소용없었을 거야. 발병의 원인은 바로 그 누군가니까 말야. 누군가가 내 몸에 가려움증을 퍼트리고 있어. 가려움이 영원히 내 몸에서 벗어나지 않을 거라는 공포감도 함께 말이지. 남들은 겪지 않는 이런 고통을 왜 나만 겪어야 하는지 알 수 없었어.

'뾰로롱' 하는 소리가 났어. 식기가 건조되었다는 신호음이었지. 건조기에 가득 찬 그릇을 정리해야 했어. 싱크대 위의 찬장을 열었지. 나는 고개를 기우뚱한 채 찬장 안을 들여다보았어. 찬장 안에는 제멋대로 그릇들이 뒤섞여 있거나 내팽개쳐져 있었어. 나는 찬장을 싹 정리하고 싶었어. 하지만 모든 그릇을 다 씻고 건조하고 찬장 청소까지 하면 몹시 피곤할 것 같았어. 그래서 찬장의 그릇을 행주로 닦아 가며 정리하기로 했어.

찬장의 묵은 그릇을 닦으니 먼지가 꽤 묻어 나왔어. 이상했어. 그릇을 찬장 안에 넣어 두기만 했는데도 먼지가 많았어. 하긴 창고도 그렇지. 사람이 거의 드나들지 않는 창고에는 먼지가 수북이 쌓여 있잖아. 찬장에 있는 그릇을 사용하지 않으니까 먼지가 쌓인 거겠지. 그럼 집에만 있는 내 몸도 마찬가지겠지. 아마 찬장의 그릇보다 더하면 더했지 덜하진 않을 거야. 그릇을 닦은 다음엔 내 몸도 닦아야 하겠지. 그래야 보석처럼 빛나지 않아도 길가의 돌멩이 같은 꼴은 면할 수 있을 테니까 말야. 나는 돌덩이같이 무거운 마음으로 그릇을 열심히 닦았어.

대문이 열렸어. 나는 살짝 놀랐지만 아닌 척 태연하게 있었어. 엄마였어. 엄마는 뭐가 그리 바쁜지 현관에서부터 뛰어들어 왔어. 난 계속 그릇을 닦으며 찬장 정리를 했어. 엄마는 곧장 방으로 들어가더니 금세 다시 나와서 물었어. 너 지금 뭐 하고 있어? 안 보여? 더러운 그릇 닦고 있잖아. 나는 엄마와 눈을 마주치지 않고 말했어. 누가 너한테 그런 거 하랬어? 나는 괜히 짜증이 솟구쳤어. 내가 뭘 하든 말든 무슨 상관이야! 마음먹고 하는 일에 칭찬은 못해줄망정 핀잔이라니 너무하다 싶었지. 나는 개의치 않고 그릇을 닦고 또 닦았어. 엄마는 나를 지켜보고 서 있었어. 내 살림에 손대지 마라. 엄마 목소리는 여느 때보다 단호했어. 나는 억장이 무너지는 듯했어. 가족이라는 굴레 안에서 살림은 엄마만의 소유인지, 내가 사는 집에 '내' 소유의 물건은 있기나 한 건지, 내 것과 아닌 것은 누가 정하는 건지. 나는 울컥해서 방으로 들어갔어. 집이 무너져라 방문을 세차게 닫았어. 방바닥에 주저앉자마자 부엌에서 그릇 깨지는 소리가 났어. 엄마가 내지르는 비명처럼 들렸지. 난 침대 위로 올라가 이불을 뒤집어쓰고 악을 질렀어. 머리가 멍해질 즈음 엄마가 대문을 닫고 나갔어.

난 한참 동안 살갗을 벗겨 내고 있었어. 엄마가 했던 말의 의미를 곰곰이 생각하면서 말이지. '내 살림에 손대지 마라'는 아주 많은 의미를 내포하고 있었어. 각각의 의미들이 하나로 엮이자 난 집 밖으로 내쫓긴 듯한 서러움을 느꼈어. 어쩌면 엄마는 의미 없이 충동적으로 한 말일 수도 있어. 하지만 의미는 부여할수록 나름의 의미가 있는 법이지. 받아들이는 사람의 몫이니까 말야. 다만, 난 서러움에 사로잡혀서 그 의미를 말로 다 표현하지 못할 뿐이야.

나만의 집에서 혼자 살고 싶다는 생각을 했어. 내 살림이 없는 집에서 산다는 게 너무 불편하고 힘들었어. 심지어 공기도 남의 것 같아서 숨 쉬는 것조차 고통스러웠어. 나는 갑갑한 마음을 털어 내고 싶었어. 한바탕 수다라도 실컷 떨고 싶었지. 수다는 소모적이지만 즐거움을 주잖아. 셀프 수다보다 투게더 수다가

좋아. 투게더 수다는 만나서 할 수도 있고 전화나 온라인상으로
도 할 수 있어서 좋아.

난 가장 빠른 방법인 전화를 택했어. 응급구조대라도 부를 것
처럼 급히 핸드폰을 들었어. 자음별로 저장된 이름을 살피다가
문득 써니에게 시선이 멈췄어. 본명은 선희지만 촌스러워서 써
니라 저장했었지. 써니는 중학교 동기로 동사무소에서 일하는 9
급 공무원이야. 언젠가 내게 베스트 프렌드라고 자청했던 친구
지. 써니와의 통화는 시간이 갈수록 그 횟수와 시간이 줄어들었
어. 한 달에 두세 번쯤 통화를 하는 써니에게 전화를 걸었어. 통
화 연결음이 들렸어.

친구, 오랜만이야. 써니는 상담원같이 상냥하고 친절한 목소
리로 말했어. 우리 집에 놀러 왔으면 좋겠어. 나는 용건부터 말
했어. 어떡하지, 지금 일이 있어서 이동 중이야. 써니의 대답은
내가 원하는 대답이 아니었어. 나는 분명한 대답을 듣기 위해 다
시 물었어. 놀러 올 수 있어? 없어? 미리 전화라도 주지 그랬어.
지금은 길 위라서 아무래도 힘들 것 같아. 써니의 말에 난 기분
이 나빴어. 뭐야? 베스트 프렌드라 했잖아. 일이 우정보다 중요
한 거야? 난 이런 말들을 뱉지 못하고 입안에 물고 있었어. 잘 지
내지? 써니가 잠깐의 침묵을 깨고 근황을 물었어. 난 너처럼 하
는 일이 없는데도 하루를 스펙터클하게 보내고 있어. 내 말에 써
니는 조금 뜸을 들이다가 말했어. 별일 아니라고 생각했던 일들
이 별일이 되기도 하지. 아직도 집에서만 지내고 있어? 써니는

감정을 느낄 수 없는 어투로 말했어. 고통스러워서 집에만 있는 거야. 난 '아직도'라는 말에 대한 이유를 설명했어. 집에만 있으니까 고통스러운 거야. 그러자 써니는 교과서처럼 따분하게 말했어. 고립된 환경에 있으면 고통 외에 다른 것은 안 보이게 되지. 고통만 보게 되는 거야. 넌 사는 게 고통스럽지 않아? 나는 미간을 좁히며 물었어. 나도 고통스럽지. 써니의 가련한 대답이 돌아왔어. 정말 고통스러운 게 맞아? 나는 의아스럽다는 듯이 물었어. 고통스럽지 않은 사람이 어디 있어? 써니의 차가운 말에 내 가슴이 뜨거워졌어. 그런데 왜 내 말을 못 알아듣는 척하는 거야? 고통스럽다면서 내 고통을 모를 리가 없잖아. 내 가슴은 우주선의 엔진보다도 뜨거웠어. 잘 알지, 너 혼자 세상의 모든 고통을 다 겪고 있다고 생각하는데 내가 무슨 말을 하겠어. 위로 아닌 위로를 하는 데 급급했지. 근데 너만 아니라 다른 사람도 다 똑같아. 다만 너처럼 실타래 같은 고통을 끌어안고 있지 않을 뿐이야. 하루를 먹고사는 데 급급한 사람들은 고통을 고통이라 말할 수 없을 정도로 고통스러워서 고통스럽다는 것조차 망각하면서 살아가고 있어. 고통스럽지 않으면 사는 게 아닐지도 모르지. 힘들고 고통스럽기 때문에 살아 있다는 것을 느끼는 거야.

폭설처럼 쏟아지는 써니의 말에 난 얼어붙었어. 왜 아무 말이 없어? 써니의 목소리가 싸늘하게 들렸어. 무슨 말인지 모르겠어. 고통에서 벗어나야만 살아 있다는 것을 느끼는 거지. 난 허공을 바라보며 말했어. 여전히 넌 내 말을 이해하려고 하지 않아. 써니는 냉정하게 대꾸했어. 너도 마찬가지야. 내가 그러고 싶어서 그런 줄 알아? 머릿속이 너무 복잡해서 그런 거야. 누군가가 날 방해하고 있다고 말하고 싶었지만 이미 난 흥분한 상태라 말을 잇지 못했어. 힘들다는 거 알지만 네 생각에만 사로잡혀 있으면 아집에서 벗어날 수 없을 거야. 써니의 말을 듣자 난 더 이상 얘기하기가 싫어졌어. 더는 아무 말도 듣기 싫고 하기도 싫었어. 네 말대로 나 지금 힘들어서 통화를 못하겠어. 끊어. 나는 써니의 대답을 듣지 않고 바로 전화를 끊었어. 써니와의 수다는 말줄임표보다도 공허했어.

  나는 곧바로 동굴 속 같은 침대로 들어갔어. 써니와의 통화는 그리 길지 않았지만 피곤했어. 정신적인 피곤함이 육체적으로 누적되는 것 같았지. 정말이지 아무 생각 없이 자고 싶었어. 침대에 누워 있으니 사막에서 오아시스라도 발견한 기분이 들었어. 그 기분을 그대로 간직하며 잠을 자고 싶었어. 나는 가만히 천장을 보며 잠을 청했어. 하지만 잠은 쉽게 찾아들지 않았어. 침대에서 할 수 있는 일은 잠자는 것 외에도 무궁무진하게 많아. 책을 읽고 텔레비전을 보고 인터넷을 하고 노래를 부르고 이야기를 나누고 사색을 하고 고민하고 글을 쓰고 밥을 먹고 술을 마시고 다투고 섹스를 하고 휴식을 취하고 죽을 수도 있지. 난 침대에 누워서 써니를 생각했어. 써니는 입속의 혀처럼 내 마음을 유일하게 헤아려 주던 친구였어. 그런데 그전처럼 써니와 소설 같은 얘기를 나누지 못했어. 엄마처럼 얘기가 통하지 않았지. 엄마는 언제나 내 편에서 내 얘길 들어 주던 든든한 지원군이었어. 하지만 내가 직장에서 쫓겨나 집에 온 뒤부터 나와 엄마는 서로 말만 하면 말싸움이 되어 버렸어. 이제는 싸우기 싫어서 대화 자체를 하지 않아. 그래서 엄마와 나 사이는 엄청난 스피드로 벌어져 버렸지. 써니와의 관계도 엄마처럼 되어 버렸어. 오프라인상과 온라인상의 차이를 감안하더라도 이해하기 어려운 일이야. 그렇지. 이건 분명히 누군가가 날 방해하고 있다는 증거야. 친구와 소통이 아닌 불통은 내가 고통받고 있다는 두 번째 증거였어. 난 유리성에 갇혀 버린 것 같아. 그곳은 훤히 들여다보여서 사람들은 내가 갇힌 줄을 모르지. 그래서 아무도 구해 주지 않아. 스스로 탈출하지 않는 이상 유리성에서 나오지도 못하지. 삶의 시작과 끝이 자꾸만 어긋나고 있어.

써니와 통화한 다음 날 아침이었어. 엄마가 잠에 취한 나를 흔들어 깨웠어. 꿈인 줄만 알았어. 시간이 되돌아간 줄 알았어. 고등학교를 졸업한 이후로 엄마가 아침에 날 깨우는 일은 처음이었어. 엄마가 왜 저러지. 걱정되었어. 한순간에 사람이 변하면 안 좋은 징조잖아. 일어나 밥 먹어야지. 엄마의 다정한 목소리에 화들짝 놀라며 일어났어. 난 어리둥절했지만, 엄마 말에 순순히 따랐어. 엄마와 마주 앉아 밥을 먹는 것도 얼마 만인지 몰랐어. 우린 별 대화 없이 밥을 먹는 데만 충실했어. 그릇에 밥이 비워지자 엄마가 말했어. 그동안 많이 힘들었지. 엄마의 말에 목이 메였어. 써니 친구도 네 걱정을 많이 하고 있어. 네가 아픈데도 엄마가 바빠서 제대로 신경을 못 쓴 것 같아. 엄마는 진심으로 날 걱정했어. 아직 날 버리지는 않았던 거야. 난 엄마를 원망했던 지난날을 반성하고 있었어. 엄마가 같이 외출하자고 말했어. 쇼핑하고 요양병원에 있는 엄마 친구를 만나서 맛있는 점심을 먹을 계획이라고 했어. 난 외출이라는 말에 들떠서 서둘러 준비를 하기 위해 방으로 갔어. 옷장 앞에서 어떤 옷을 입을지 고민하다가 문득 떠올랐어. 엄마 친구가 있는 곳은 정신요양병원이었지. 난 욕실로 가서 속엣것을 게워 내고 이를 닦았어. 오만가지 생각이 들끓었어. 결론은 제정신으로 정신병원에 가는 것은 미친 짓이라는 거였어. 난 모자를 푹 눌러쓰고 지갑을 주머니에 넣고 방을 나왔어. 엄마는 설거지를 하고 있었어. 나는 손바닥을 긁으며 조용히 대문을 열고 집을 나섰어.

나는 엘리베이터를 탔어. 1층까지 내려가는 동안 엘리베이터 거울 속의 나를 찬찬히 살펴보았어. 푸석한 머리칼, 온갖 잡티에 물집이 잡힌 얼굴, 벌겋게 올라온 살갗, 허옇게 일어난 각질, 긁어서 생긴 흉터로 일그러진 모습이었어. 그 모습은 내가 아니라고 부정했어.

세상 밖으로 도망치듯 나온 터라 걸음을 내딛는 게 어렵지는 않았어. 사람들은 하나같이 바쁜 걸음으로 내 곁을 지나갔어. 그런데 모두가 나만 쳐다보는 것 같아 고개를 들 수가 없었어. 사람들이 전부 내 얘기를 하는 것만 같았어. 핑크색 추리닝을 입은 여자 좀 이상하지 않아? 뭐, 이런 식의 말들을 수군거리는 것 같아서 뒤통수가 근질거렸어. 자동차 경적소리가 귓전을 때렸어. 나는 정처 없이 발길 닿는 데로 걸었어. 땅만 보고 한참을 걸었지. 러닝머신 위를 걷는 것처럼 무미건조했어. 나는 갈증이 나서 잠시 걸음을 멈추고 주위를 둘러보았어. 편의점보다 가까운 곳에서 생수를 나눠 주는 사람들이 보였어. 난 서슴지 않고 그들에게 갔어. 그들에게 생수를 받아든 사람들은 모두 '강줄기 따라 걷기'라는 현수막을 붙인 관광버스에 올랐어. 생수를 받아든 나도 그들을 따라 버스를 탔어.

약간 후텁지근한 날씨 탓에 버스 안은 냉방이 잘돼서 쾌적했어. 버스에는 빈자리가 없을 정도로 많은 사람들이 타고 있었어. 나는 네 번째 좌석에 앉아서 생수를 반 이상 비웠어. 갈증이 풀리자 몸에 땀이 식으면서 시원해졌어. 누가 내 옆에 앉아서 엉덩이나 허벅지나 무릎이 닿는다면 기분이 좋을 것 같았어. 하지만 버스가 출발할 때까지 아무도 내 옆에 앉지 않았어.

버스는 강을 향해 달렸어. 나는 창밖 풍경을 보았어. 단맛과 쓴맛이 교차하는 모습을 바라보면서 몸을 맡겼어. 시간은 창밖 풍경을 삽시간에 먹어 치우고 있었어. 길 위의 차들은 도로를 집어삼키듯 무한 속도로 달렸어. 내가 타고 있는 버스가 맞은편의 덤프트럭과 부딪쳐 크게 사고라도 났으면 좋겠다는 상상을 했어. 내 존재를 정신병원보다 사망자 명단에서 확인하는 것이 그나마 낫잖아. 물론 원하는 일을 하면서 내 존재를 확인할 때도 있었지. 난 스물셋에 사회생활을 시작했어. 집과 직장이 2시간 50분이 걸려서 난 직장과 가까운 원룸에서 혼자 지냈어. 직장생활이 따분하게 느껴질 즈음, 내가 있는 팀에 새로운 팀장으로 그가 왔어. 그는 다른 팀장보다도 젊고 유능해서 인기가 좋았어. 부드러운 그의 시선은 틈틈이 나를 긴장하게 했지. 팀장이 바뀌면 팀원들의 팀웍과 사기를 높이기 위해서 의례적으로 회식을 했어. 그날, 그와 집 방향이 달랐더라면 내 삶이 어긋나지 않았을지도 모르지. 나는 마른 입술을 적시며 지그시 눈을 감았어. 아무리 기억해 내려고 애를 써도 떠오르지 않아. 그날, 어떻게 그가 내 원룸에 들어왔는지 기억나지 않아. 그와 내가 갈증이 심해서 생수를 마실 듯이 입을 벌리고 혀를 내밀었던 것 외에는 말야. 회식에서 술은 끈끈한 동료애와 함께 대화를 촉진시켜 주잖아. 그 시간이 즐거웠던 나는 오랫동안 손에서 술잔을 놓지 않았어. 술잔처럼 기억도 잡고 있어야 했는데 그러지 못했어. 그래서 내 기억이 어디론가 사라진 듯했어.

정말 천벌 받을 짓이야. 그 짓을 그냥 지켜만 보는 것도 천벌을 받을 일이라고 했어. 세상에서 제일 무서운 말인 것 같아. 사람들이 웅성거리는 소리에 눈을 떴어. 버스는 강줄기를 따라 달리고 있었어. 그런데 푸른 강이 보이지 않았어. 사막처럼 모래더미만 쌓여 있었어. 높게 쌓아올린 둑만 보였어. 버스가 둑길로 올라갔어. 분주하게 오가는 중장비의 몸놀림은 역동적이었어. 덤프트럭들이 줄지어 다니면서 흙먼지를 내고 있었어. 강 옆의 모래더미에는 빨간 깃발들이 말뚝처럼 여기저기 박혀 있었어. 바람에 빨간 깃발들이 흔들렸어. 비포장 돌길에 버스가 흔들렸어. 나도 같이 흔들렸어. 강가 쪽에는 밑동이 잘리거나 뿌리째 뽑힌 나무들이 아무렇게나 널브러져 있었어.

목적지에 도착했다는 안내자의 말에 사람들이 우르르 버스에서 내렸어. 내 눈은 창문에 들러붙어서 떨어질 줄 몰랐어. 강에 와서 푸른 강물을 볼 수 없다는 것이 고통스럽게 느껴졌어. 도대체 왜 날 이렇게 고통스럽게 하는 거야. 난 어떻게 해야 하지. 어떻게 살아야 하지. 고통의 실타래를 품에 안고 아무리 묻고 따져보아도 소용없었어. 고통의 실타래가 풀릴 기미가 보이지 않았어. 실타래의 끝을 찾는 과정에서 맞닥뜨리게 되는 건 그였어.

그가 내 원룸에 네 번째로 온 날이었어. 그가 절정에 달한 순간 내 가슴을 움켜쥐며 숨넘어가는 소리로 내게 사랑한다고 말했지. 나는 강산도 변한다는 그와의 나이 차이를 극복할 수 있으리라 믿었어. 그가 잠에서 깨어나 자신의 부업에 대해 말하고 나서도 말이야. 그가 말하는 부업은 불황에도 끄떡없다는 세일즈였어. 그는 생활용품부터 전자제품까지 각종 물건을 다 파는 네트워크 마케팅 사업을 하고 있었어. 다단계 판매나 피라미드와는 근본적으로 다르다고 했지만 같아도 상관없었어. 퇴근 후에도 다른 일을 하며 열심히 사는 그의 모습에 난 이미 그의 파트너가 되기로 한 상태였지. 나는 부업 파트너를 발판삼아 그의 아내가 되고 싶었어. 그를 향한 내 사랑과 믿음은 무조건적이었어.

나는 초·중·고등학교 동기 모임과 동호회와 계 모임에 빠지지 않고 나갔어. 당연히 부업활동을 위해서였지. 오랜만에 만난 친구들은 무척 반가웠어. 조금 어색하기도 했지. 하지만 그의 얼굴을 떠올리며 모임에 나온 목적을 잊지 않았어. 나는 적당한 유머로 분위기를 화기애애하게 만들고 세상 사는 얘기를 하다가 그 상황에 맞는 제품을 설명했어. 네가 이렇게 얘기를 잘하는지 미처 몰랐어. 친구들은 나의 새로운 모습에 의아해하며 신기한 듯이 나를 쳐다보았어. 처음엔 그들의 시선이 낯 뜨거웠지. 하지만 그를 위한 일이라 생각하니 시선도 즐기게 되었어. 회사에서 동료와 험담을 하면서도 틈틈이 제품에 대한 홍보를 잊지 않았어. 또, 새로운 파트너를 영입하려고 네트워크 마케팅 사업에 대해 설명도 했어. 입에서 단내가 나도록 말했지. 그런 나의 적극적인 세일즈로 판매량이 늘어나자 그와의 잠자리 횟수도 늘어갔어.

그런데 부업의 판매량이 주춤하더니 내림세를 타기 시작했어. 그는 괜찮다고 했지만 나와 잠자리는 하지 않았어. 그의 사랑이 식어 가는 것 같아서 불안했어. 더 많은 사람을 만나서 기계처럼 제품에 대해 설명을 했지. 하지만 판매량은 나아지질 않았어. 난 다른 방법을 찾았어. 월급에서 최소한의 생활비를 제외한 돈으로 부업의 제품들을 구매하기 시작했지. 친구들과 동료에게 제품을 선물해서 계속 그 제품을 사용하도록 강요하듯 권했어. 그렇게 판매량을 지키는 동안 사람들이 조금씩 내게서 멀어져 갔어. 주위 사람들이 내게 적대와 냉대의 시선을 보냈어. 친구들은 내 연락을 피하거나 아예 연락을 끊었어. 동료들도 내게 노골적인 질타를 퍼부었어. 난 단지 사랑하는 그를 위해 부업 활동을 열심히 했을 뿐인데 말이야. 그들에 대한 나의 반응은 갈수록 히스테리에 가까울 정도로 민감해졌지. 그러자 회사는 내게 해고를 통보했어. 난 그가 위로해 주리라 믿고 기다렸어. 하지만 그는 바쁘다는 말만 했어. 난 더 이상 기다림을 참지 못하고 그의 집을 찾아갔어.

그는 평온한 얼굴로 내게 청첩장을 내밀었어. 입술이 떨려 말을 하지 못했어. 그토록 바라던 프러포즈라고 생각하며 내용을 살펴보았어. 청첩장에는 그의 이름과 다른 여자의 이름이 있었어. 나는 초점을 잃은 채 그대로 무너지듯 내려앉아 일어나지 못했어. 그의 사타구니를 사정없이 발로 걷어차지도 못했어. 그를 죽도록 미워하지도 못했어. 미워하면 할수록 그가 그리워질까 두려워서 차라리 그를 믿고 선택한 나를 미워하기로 했어. 얼굴조차 보기 싫을 정도로 지독하게 나를 미워했어.

나는 창밖에 빼앗긴 눈길을 거두며 일어났어. 버스에서 맨 마지막으로 내렸지. 강바람 대신 모래바람이 불었어. 난 두 손으로 코와 입을 막았어. 버스에서 내린 사람들이 줄지어 걸어가고 있었어. 뒤에서 보는 그들의 모습은 마치 조문행렬 같았어. 나도 묵묵히 그들의 뒤를 따라갔어. 그런데 물을 많이 마신 탓인지 화장실이 가고 싶어졌어. 아무리 찾아도 따로 마련된 화장실은 보이지 않았어. 어쩔 수 없이 풀숲을 헤매는 수밖에 없었어. 근처에는 풀 한 포기도 없었어. 눈길을 반대편으로 돌리니 풀숲이 보였어. 일행의 반대 방향으로 모래밭 끝자락에 있었어. 나는 왔던 길을 되돌아서 종종걸음을 쳤어. 일행 중 누구도 나의 행방을 알려고 하지 않았어.

나는 무성한 풀숲을 파도 가르듯 헤치며 깊숙이 들어갔어. 나름 적당하다고 생각되는 자리에서 볼일을 보고 나니 새삼 마음에 여유가 생겼어. 한결 가벼워진 기분에 걸음도 홀가분했어. 화장실 들어갈 때 마음과 나와서의 마음이 다른 것처럼 풀숲도 달라 보였어. 길을 헤쳐 나오느라 혼쭐이 나서 장애물 같던 풀숲이 디딤돌처럼 느껴졌어. 나는 조금씩 풍경에 다가섰어. 풀숲 길을 따라 걸으니 강물이 은빛을 내고 있었어. 하늘과 강 사이에 펼쳐진 풍경은 믿기 힘들 정도로 아름다웠어. 풍경이 마치 나를 감싸 안아 주고 있는 것 같았어. 강가에 널브러진 돌멩이들은 반질거리며 윤이 났어. 주머니에 돌멩이 하나를 넣고 만지작거렸어. 왠지 마음이 편해지는 듯했어. 돌멩이가 위로해 주는 것 같았어. 나는 시간이 가는 줄도 모르고 정취에 취해 있었어.

어느새 주위가 어둑해졌어. 풀숲은 먹물을 뒤집어쓴 것처럼 새까맸어. 나는 버스가 있는 곳을 향해 걸었어. 발길에 차여 풀들이 쓰러지는 소리가 가슴을 찔렀어. 나가는 길이 맞는데도 이상하게 밖으로 나가지 못했어. 제자리를 맴도는 것 같았지. 지쳐

서 그만 자리에 주저앉았어. 이곳에서 푸른 새벽을 맞이해야겠다고 생각했지. 그러자 야구장에나 있을 법한 조명탑이 주위를 밝혔어. 주위가 환하게 밝아지자 밤새 내가 있을 자리를 찾아 나서기 시작했어.

나는 주머니 속 돌멩이를 만지작거리며 산책하듯 걸었어. 덤불과 잡초가 무성한 숲에는 벌레들이 많았지. 벌레들 소리가 유난히도 크게 울려 퍼졌어. 제 존재를 알리려고 목청껏 내지르는 것 같았어. 이에 바스락거리는 발걸음과 숨소리로 내 존재를 확인했지. 나는 쉬지 않고 걸었어. 그런데 언뜻 누군가 내 뒤를 따라온다는 느낌이 들었어. 어렴풋이 검은 형태를 본 것도 같았어. 뒷골이 서늘해지고 소름이 오소소 돋았어. 돌멩이를 쥔 손에 힘을 주었어. 그리고 아주 재빠르게 홱 돌아섰어. 엄마야! 깜짝 놀란 내가 그곳에 있었어. 정확히 말하면 거울이 있었지. 얼룩덜룩하고 금이 간 거울이었어. 사방을 둘러봤지만, 그곳에는 나밖에 없었어. 나는 놀란 가슴을 쓸어내리고 안도의 깊은 한숨을 내쉬었어.

나는 거울을 훔쳐보듯 쳐다보았어. 은밀하게 보이는 것이 내 얼굴이었어. 거울 속의 내 얼굴은 순간순간 변했어. 다양한 표정으로 변하는 얼굴은 볼 때마다 다른 얼굴이었어. 그중에 내 얼굴은 도대체 어떤 얼굴인지, 어떤 얼굴이 진정 내 얼굴인지, 나는 알지 못했어. 내가 알고 있던 얼굴이 기억나지 않았어. 거울 속의 얼굴이 낯설어 보이기만 했어.

거울 속의 얼굴을 만져 보았어. 왼손으로 볼을 만지고 오른손으로 코를 입술을 귀를 만졌어. 나의 예민한 감각은 하나도 놓치지 않고 느끼고 있었어. 거울에 비친 얼굴은 내가 아니었어. 물론 내 얼굴과 똑같이 생겼지만, 틀림없이 내가 아니었어. 내 말에 다소 혼란스러울 수도 있겠지. 하지만 아무리 나라고 해도 나라고 할 만한 것이 없잖아. 나는 돌멩이를 손에 꽉 쥐고 거울을 향해 힘껏 내던졌어. 그런데 이상하게도 거울 깨지는 소리가 나지 않았어. 순간 차가운 밤공기가 몸에 찰싹 달라붙었어. 피부에 오돌토돌 소름이 돋았어. 무서웠어. 나는 벌떡이는 심장을 감당하지 못해 뛰었어. 어둠이 내려앉은 곳을 향해 뛰어갔어.

도착한 곳은 강가였어. 잔잔한 잔물결 위로 푸른 안개가 자욱하게 피어나고 있었어. 안개는 어지럽고 아득했어. 사방이 적막에 휩싸여 있었어.

아—.

나는 가슴을 쥐어 잡고 목이 터져라 소리를 뱉었어. 머리가 핑 돌고 눈앞이 캄캄해지면서 몸을 가누지 못했어. 풀밭에 주저앉아 넋을 잃고 강을 바라보았어. 푸른 안갯속에 숨은 그림자가 보였어. 그림자를 향해 손을 내밀었어. 그림자가 손에 닿을 듯 말 듯했어. 나는 그림자와의 거리를 좁히기 위해 안갯속으로 들어갔어. 뜨거운 숨이 푸른 안개에 점점 날아가고 있었어.

사막의 물고기

202호에 사는 여자가 죽었다. 그린 연립주택 입구에서 송은 입술이 새파래져 떨고 있었다. 귓가에 사이렌이 들리자 송은 창백해진 얼굴로 주저앉아 버렸다. 지나가던 동네 사람들이 서성이고 서서 직선 같은 시선들을 주고받았다. 허름한 차림의 문어 머리 남자가 지나가는 캡모자를 쓴 여자에게 무슨 일인지 물었다. 하지만 캡모자는 아무 말도 듣지 못했다는 듯 시치미를 떼고 걸음을 재촉했다. 문어 머리는 면박이라도 받은 것처럼 머쓱한 표정을 지어 보였다. 골목으로 접어들던 구급차가 그린 연립주택 앞에 멈추었다. 순식간에 사람들이 그린 연립주택 주위로 몰려들었다. 사람들의 웅성거리는 소리가 사이렌을 뒤덮었다. 구급상자를 든 여자 대원이 구급차에서 내리자마자 송에게 달려갔다. 여자 대원은 송을 데리고 그린 연립주택 안으로 들어갔다. 마스크를 쓴 남자 대원 두 명이 들것을 들고 뒤를 따랐다. 구급차의 경광등 불빛이 동네를 깨운 지 얼마나 지났을까. 남자 대원들이 흰 천으로 덮은 시신을 들것에 싣고 나왔다. 사람들은 눈앞에 벌어진 상황을 보고 저마다 탄식을 자아냈다. 출렁거리는 소리 속에서 여자 대원이 송의 어깨를 끌어안고 나왔다. 그러자 안타까움과 측은함이 묻어나는 소리가 확성기를 댄 것처럼 크게 쏟아졌다. 소리는 좀처럼 그칠 여지가 없어 보였다. 송은 얼이 나간 상태였다. 송이 여자 대원의 부축을 받아 구급차에 올라탔다. 구급차의 운전자는 사이렌을 울리고 액셀러레이터를 밟기 시작했다.

병원 출입문에서 윤은 담배를 빼어 물었다. 허공을 스친 시선이 하늘에 묶였다. 흩어진 구름이 조금씩 모여들고 있었다. 자욱한 담배 연기와 함께 의사의 말이 피어올랐다. 전형적인 이명입니다. 정확한 원인은 밝혀지지 않았지만, 청력이 떨어지거나 소음과 스트레스에 노출되었을 때 나타나는 현상입니다. 이런 경우 신경계통의 적응 시스템이 작동해서 별문제 없이 지낼 수 있습니다. 소리를 느끼는 신경과 감정을 조절하는 신경은 서로 연결되어 있습니다. 그래서 부자연스러운 소리가 계속 들리면 감정에도 영향을 미칠 수 있습니다. 소리가 일시적으로 끊어지거나 잠시 아무것도 들리지 않는 상태는 이명 후유증 정도로 여기면 됩니다. 소음은 물론 담배와 카페인 음료는 이명을 악화시키니까 자제하는 것이 좋습니다. 윤이 담배를 깊숙이 빨고 연기를 길게 뿜었다. 그때였다. 바람 소리가 들리더니 고막을 찢을 듯한 굉음이 귓가에 몰아쳤다. 윤은 두 손으로 귀를 막고 머리를 숙였다. 일시에 소리는 멈추었지만 찌그러진 얼굴은 쉽게 풀리지 않았다. 윤은 목에 걸린 헤드폰을 단단히 쓰고 병원을 나섰다. 해거름 거리는 사람들의 그림자들로 가득했다. 그림자는 다른 그림자를 밀어 내지 못한 채 서로 에워싸고 있었다. 그림자 위를 걷는 윤은 피곤한 기색이 역력했다. 갈증이 나는지 마른침을 목구멍으로 넘겼다. 윤은 차도를 향해 손을 내밀었다.

구급차가 떠난 자리에 택시 한 대가 멈추었다. 헤드폰을 쓴 윤이 택시에서 내렸다. 윤의 걸음은 동네 길목의 장승처럼 오랫동안 자리를 지키고 있는 슈퍼로 향했다. 여느 대형 할인점처럼 1+1이나 할인마케팅을 하지 않아도 살아남은 동네 슈퍼였다. 동네 사람들이 슈퍼우먼이라 칭하는 주인의 마케팅 전략 때문이었다. 세렝게티 동물들의 생존 전략에 버금가는 마케팅은 다름 아닌 '하이(Hi) 전략'이다. 그것은 슈퍼 앞을 오가는 동네 사람들에게 무한 미소로 건네는 안부 인사였다. 헬로우와 하이의 차이를 분명히 아는 슈퍼우먼의 전략은 일종의 호객행위였다. 슈퍼우먼의 호객행위에 당해 낼 재간이 없는 사람들은 할인하지 않은 상품을 사고도 손해 보는 느낌을 받지 못했다. 그러나 슈퍼우먼의 하이 전략은 윤에게 미치지 않았다. 윤의 방패, 즉 윤의 두 귀를 덮고 있는 커다란 헤드폰 때문이었다. 아무 소리도 나오지 않는….

슈퍼에 들어서자 공기가 진동했다. 잔물결을 일으키는 진동이 피부에 와 닿았다. 진동은 윤에게 왠지 모를 안도감을 주었다. 쿵덕 쿵덕. 진동의 파장이 떡방아 찧는 소리로 느껴졌다. 슈퍼는 그야말로 방앗간이었다. 명절은 아니었지만 방앗간은 북새통이었다. 떡방아는 계수나무의 옥토끼가 아닌 방아깨비가 찧고 있었다. 방아깨비를 닮은 여자가 떡메를 잡은 듯 보였다. 그 주위로 방앗간을 그냥 지나칠 수 없는 참새 같은 여자들이 모여 있었다.

슈퍼우먼은 정신없는 와중에도 빠른 눈짓으로 윤을 맞이했다. 그 시선을 거두며 윤은 머리에 걸친 헤드폰을 만지작거렸다. 슈퍼우먼은 곧바로 그들의 수다에 참여했다. 윤은 동네 여자들을 지나쳐 컵라면 코너로 직행했다. 진열된 컵라면 중 늘 먹는 컵라면 앞에 섰다. 제조 일자가 빠른 제품을 고르려다가 컵라면 세 개를 떨어뜨렸다. 윤이 컵라면을 주우려고 고개를 숙이자 헤드폰이 벗겨졌다.

―하긴, 그래서 202호가 죽었는지도 모르지.

고음의 슈퍼우먼 목소리가 윤의 귓속을 파고들었다. 윤은 컵라면을 줍지 못하고 바닥만 응시했다. 시선이 바닥의 어느 지점에 고정되었다. 그러자 참새 같은 목소리들이 윤에게 달려들 듯 들려왔다.

―죽고 싶다는 말을 혹처럼 달고 살더니 결국….

―그러게 환기통으로 연탄가스가 역류할 줄 누가 알았겠어.

거기다 수면제까지 먹고 자고 있었다니.

—난방비 감당 안 된다고 연탄난로가 최선이라 한 게 엊그제 같은데.

—요즘 연탄가스로 죽는 사람이 왜 이렇게 많아? 자살도 죄다 연탄가스라니까.

—정말, 뉴스에서도 하룻밤에 죽는 사람 절반이 연탄가스 중독이라 했어요.

—혹시 202호도 자연사를 가장한 자살 아니에요?

컵라면을 줍는 윤의 손이 가볍게 떨렸다.

—설마…. 아니, 설마가 사람 잡는다고는 하지만….

—연탄불이 죽을 확률이 높다고 하잖아요. 연탄가스에 중독되는지도 모르고 죽는다 하니 말예요.

—어디서 들었는데, 처음엔 술 취한 것 같이 흐리멍덩해지다가 입술이 파래지고 팔다리가 점점 마비되면서 저세상 간다 하더라고. 산소 부족으로.

굳은 표정의 윤이 마른 세수를 했다.

—그나저나 송이는 불쌍해서 어쩌나?

—딸 혼자 남기고 간 202호는 눈이나 제대로 감으려나…. 가까운 친인척도 없는 것 같던데.

—것도 그렇지만 송이가 우리 아들이랑 같은 반이잖아요. 애들이 송이더러 아빠 없는 애라고 놀렸대나 봐요. 그래서 송이가 놀린 애 발등에 연필을 꽂으면서 한 번 더 놀리면 다음번엔 혀에

못을 박아 주겠다고 했대요. 얌전하게 생긴 애가 끔찍한 구석이 있더라고요.

윤은 컵라면 코너를 돌아 냉장 코너로 갔다.

—다행이네. 엄마 없어도 제 앞가림은 잘하고 다니겠어.

윤은 냉장고에서 소주와 물을 꺼내 들었다.

—어쨌거나 자꾸 이렇게 연탄으로 죽는 사람이 늘어나면 추운 날에 연탄 사기 어려워지는 거 아닌지 모르겠네.

윤은 계산대로 걸어갔다.

—별말을 다 하네. 영식이 엄마가 들으면 혈압 뻗쳐 뒤로 넘어가겠어.

—맞아, 연탄불이 돈줄인 사람인데. 연탄불에 김 구워서 집 장만한 사람이잖아.

—여러 사람 죽이고 살리는 것이 연탄인 줄 이제 알았네.

—아이고, 아무리 뭐라 해도 죽은 사람이 제일 불쌍하지 뭐.

윤이 헤드폰을 고쳐 쓰자 소리가 아득해져 갔다.

계산대로 가던 윤의 눈에 노가리와 육포가 들어왔다. 윤은 잠시 고민하다가 육포를 손에 쥐었다. 슈퍼우먼이 계산하는 동안 윤은 주위를 훑어보았다. 쉴 새 없이 방아 찧는 소리를 내던 입들은 얼핏 예닐곱은 되어 보였다. 저도 모르게 손등으로 입을 문질렀다. 하지만 입은 지워지지도 사라지지도 않았다. 입들의 주인은 하나같이 일일드라마를 하는 텔레비전에 집중하고 있었다. 텔레비전과 그녀들의 입 사이를 빠져나온 소리가 윤의 귀에 달라붙었다. 부메랑처럼 돌아온 소리가 윤의 귀를 들쑤시고 있었다. 소리를 떨쳐 버리기라도 하듯 윤은 헤드폰을 신경질적으로 벗어 내팽개쳤다. 검은 봉지에 물건을 담는 슈퍼우먼이 윤을 쳐다보았다. 텔레비전에서 어린아이가 우는 소리가 들렸다. 윤은 급히 헤드폰을 다시 썼다.

윤이 사는 집은 아파트를 썰어 놓은 것이나 다름없는 3층짜리 그린 연립주택이다. 지붕 하나에 자양분을 나누며 12세대가 살았다. 지은 지 20년이 지난 건물이라 대형 트럭 한 대가 지나가면 약한 지진이 난 것처럼 느껴졌다. 건물의 출입문은 항상 열려 있었다. 사람이 늙으면 거동이 힘든 것처럼 문도 매한가지다. 윤은 어두운 복도를 따라갔다. 101호, 102호, 103호, 104호를 차례로 통과했다. 4세대를 지나는 복도에는 텅 빈 화분과 잡동사니, 그리고 벌건 국물에 춘장 그릇이 동동 떠 있는 짬뽕 한 그릇이 놓여 있었다. 윤은 이사 온 날 짬뽕을 시켜 먹었다. 짐 정리를 마치고 난 뒤에 먹은 늦은 점심이다. 배가 고파서 짬뽕 곱빼기를 시켰으나 많이 먹지 못한다. 그릇을 내놓고 벽에 머리를 기대자 노곤함이 밀려온다. 눈을 감는다. 잠들지 않더라도 쉬고 싶은 것이다. 그런데 초인종이 울리고 누군가 문을 두드린다. 윤은 어리둥절해하며 일어난다. 낯선 사람의 방문에 의아해하며 문을 연다.

　―저거 좀 어떻게 하세요.

여자는 대뜸 문 앞에 내놓은 짬뽕 그릇을 가리킨다.

―그릇을 비우고 놔두든지 신문으로 덮든지, 복도에 짬뽕 냄새가 진동하잖아요!

윤은 여자의 진한 눈 화장을 쳐다보다가 시선을 피한다.

―알겠습니다. 죄송….

말 끝나기가 무섭게 여자가 돌아선다.

―지긋지긋한 짬뽕 냄새, 정말 죽을 맛이야.

여자는 짜증 섞인 말투로 내뱉고 집으로 들어간다. 윤은 세차게 닫힌 202호 문 앞에서 짬뽕 그릇을 바라보며 정말 죽을 맛이야, 라고 나직한 목소리로 말한다.

발이라도 달린 듯 짬뽕 냄새가 소리도 없이 윤을 따라왔다. 참을 수 없는 냄새에 코를 막았다. 그날 202호와 203호 사이에 있었던 짬뽕 냄새가 어느 정도로 지독했는지는 기억나지 않았다. 윤은 좁은 복도를 지나 2층으로 가는 계단을 올랐다. 계단 구석진 곳에는 먼지 뭉치들이 떠돌았다. 천장에는 거미들이 집을 지었다. 말라죽은 거미 한 마리가 제 몸에서 뽑아낸 줄이 해먹인 줄 알고 누워 있었다.

2층으로 올라온 윤은 201호를 지나 202호 문 앞에 멈춰 섰다. 굳게 닫힌 202호 문을 바라보았다. 문은 군데군데 페인트칠이 벗겨지고 녹슬어 색이 바랬다. 방범창에 씌운 비닐은 먼지로 덮여 있었다. 모든 소리를 집어삼킨 듯 사방이 고요했다. 윤은 초인종을 눌렀다. 적막을 깨며 초인종이 울렸다. 아무런 인기척이 없었다. 윤은 숨을 고르고 다시 초인종을 눌렀다. 그날도 그랬다. 두세 번 초인종을 누르고 나서야 문이 열렸다. 진한 화장을 한 여자는 헝클어진 머리에 후줄근한 모습이다.

—저기, 무슨 일인지 모르겠지만 너무 시끄럽게….

윤이 미간을 찡그리며 말한다. 가재도구를 집어던지며 내지르는 202호의 악쓰는 소리를 더는 참아낼 수 없어서 초인종을 누른 터이다.

—시끄럽다고요?

여자는 눈을 치켜뜨며 윤을 쳐다본다. 윤은 사뭇 긴장한다. 혹시 소리를 잘못 들은 건지 의심할 정도로 당황스러운 말이다. 여자의 눈 화장이 번져 눈 밑이 까맣게 보인다. 새하얀 얼굴색을 맞추기 위해 목 근처까지 파운데이션을 잔뜩 먹인 모습이다. 화장을 한 얼굴이 슬픈 광대로 보일 즈음에 여자가 말한다.

—죽고 싶어 발광하는 중이라서 그래요. 됐어요?

윤은 소리에 민감한 자신을 놀린 것 같아 화가 치밀어 오른다.

—그럼 조용히 죽으시지 왜 다른 사람을 불편하게 하면서 살아요?

여자가 윤을 원망스럽게 바라본다.

—이게 사는 걸로 보인다니, 우습네요. 난 이미 죽은 사람과 마찬가지예요. 살아 있는데 이럴 순 없는 거잖아요.

여자는 시선을 멀리 던지며 넋두리하듯 늘어놓는다.

—세상에 쉬운 일이 없어요. 죽는 것조차…. 누가 죽는 걸 도

와주면 모를까.

여자는 체념한 듯 피식 웃었다. 여자 뒤로 가재도구를 정리하던 송이 싸늘한 얼굴로 우두커니 서 있다.

헤드폰을 벗은 윤은 페인트가 군데군데 벗겨진 난간에 기대섰다. 윤의 시선이 껌처럼 허공에 달라붙었다. 한참 만에 떼어 낸 시선은 난간 아래로 갔다. 입안에 있는 침을 그러모아 힘껏 내뱉었다. 어둔 하늘에는 초승달이 희미하게 걸려 있었다.

윤이 사는 203호는 이삿짐 정리가 채 끝나지 않은 것처럼 보였다. 가재도구는 듬성듬성 난 치아처럼 배치되었고 책장에는 먼지를 빼곡히 뒤집어쓴 책들이 제멋대로 들어차 있었다. 하지만 집 안 곳곳에서는 생활에 찌든 냄새가 악취같이 배여 나왔다. 주방 한쪽에는 빈 소주병이 줄지어 있고 옆에는 빈 컵라면 용기가 쌓여 있었다.

형광등 불빛이 윤의 머리를 누르는 듯 무겁게 보였다. 헤드폰을 쓴 윤은 노트북 앞에 앉아 있었다. 자판에 올린 손가락들이 빠르게 움직였다. 윤은 헐리웃 블록버스터 영화를 보는 중이었다. 국내에서 아직 개봉하지 않은, 자막이 없는 영화였다. 윤은 헤드폰으로 들려오는 영화 속 배우들의 대사를 번역하고 있었다. 극장을 가지 않고도 편하고 값싸게 외국의 최신영화를 즐기려는 사람들의 욕구를 만족시키는 일이다. 슈퍼우먼의 처지에서 보면 누군가 물건을 훔쳐 가는 것을 보고도 속수무책으로 당할 수밖에 없는, 억장이 무너질 노릇이다.

영화의 절정이거나 중요한 장면일까. 윤은 입술을 내밀며 진지한 표정으로 영화에 집중했다. 어느 순간, 자판을 두들기던 손가락의 움직임이 사라지고 윤은 말을 하기 시작했다. 영화 속 주인공들의 대사를 누군가에게 전달하듯 말하고 있었다. 그러다가 오른손을 입술 끝에 갖다 대더니 멈칫했다. 이어폰 마이크의 위치를 확인하는 습관이었다.

—빌어먹을!

윤은 헤드폰을 벗어 던졌다. 왜곡된 기억보다 더 끔찍한 것은 몸에 밴 습관이었다. 침묵이 지배하는 공간 속에 고요한 공허가 배어 있었다. 바닥에 누운 윤의 얼굴은 검게 타 버린 재처럼 어둡고 칙칙했다. 술에 취해 실핏줄이 돋은 눈에는 우울한 안개로 자욱했다. 윤은 멀리 아련한 불빛을 쫓는 듯 어딘가를 뚫어지게 바라보았다.

국제회의장 동시통역 부스에 윤이 앉아 있다. 윤은 볼 근육을 움직여 얼굴의 긴장을 푼다. 부스 안으로 파트너가 들어오자 눈빛을 교환하며 미소를 띤다. 모니터에 코를 박고 이어폰을 낀다. 다국어로 진행되는 회의가 시작된다. 각 나라 대표자들의 발언을 이어폰으로 듣고 동시통역을 한다. 회의가 시작한 지 40여 분이 지났을 무렵, 난데없이 윤의 이어폰으로 검은 벌떼들이 날아오는 소리가 파고든다. 당황한 윤은 파트너에게 통역을 넘기고 급히 이어폰을 벗는다. 단순히 이어폰 고장이라 생각했던 소리는 여전히 귓속에서 잉잉거린다. 현기증이 날 정도로 머리가 아프다. 불분명한 소리는 점점 고주파가 되어 들려온다. 고막이 찢어질 듯 괴롭다. 소리는 떨쳐내려고 애쓸수록 끈덕지게 버티더니 일시에 사라져 버린다. 소리에 지친 윤은 회의장 모니터 앞에서 벗어나지 못한다. 파트너가 걱정스러운 눈으로 윤을 본다. 윤이 동시통역사로 입지를 굳힌 지 채 일 년도 안 돼서 생긴 일이다.

꿈을 이루기 위해 노력한 시간, 한순간에 사라진 꿈의 시간, 모든 것이 무의미해진 시간이 동굴같이 어두운 방 안에 갇힌 것 같았다. 윤은 동굴 속 바위에 몸이 낀 것처럼 꼼짝하지 않았다. 벌어진 입으로 얕은 숨만 내쉴 뿐이었다. 동굴 속을 파고들어 바다로 이어지는 길을 찾는 것처럼 느닷없이 윤은 방바닥을 마구 긁어 댔다. 하지만 결코 바다로 나갈 수 없음을 깨달은 윤은 천장을 응시했다. 천장에는 동굴의 종유석이 매달려 있다. 종유석은 윤의 가슴을 향해 자란다. 종유석에서 점적수가 떨어진다. 맑고 청아한 소리가 울려 퍼진다. 점적수는 윤의 볼을 타고 흘러 베개를 흥건히 적신다. 윤은 천장만 보며 잠이 들다 깨다 꿈인지 생시인지 구분하지 못하는 시간을 보냈다.

신경질적인 초인종 소리가 귀를 따갑게 쪼았다. 윤은 이명이라 단정하고 소리를 견뎌내고 있었다. 이어서 문을 두드리는 소리도 났다. 귀가 의심스러웠다. 들리지 않는 것을 들리는 것처럼 착각하는 증상이 부쩍 늘어나서였다. 하지만 초인종 소리는 계속 이어졌다. 윤은 주춤거리며 일어나 현관문 중앙에 붙어 있는 작은 렌즈를 들여다보았다. 문 앞에는 202호의 송이 서 있었다.

무연한 표정은 여전했지만 눈빛은 달랐다. 다르다기보다 매력적으로 변했다. 유리 파편처럼 박힌 송의 눈빛을 기억하고 있었다. 윤이 슈퍼에 가려고 대문을 열고 나오자 허연 가루가 달려들듯 날아온다. 복도에는 연탄재가 부서져 온통 연탄재 쓰레기로 뒤덮여 있다. 유난히 202호 문 앞에 연탄재가 수북하게 쌓여 있었다. 누군가 의도적으로 202호 연탄재를 부수고 간 듯하다. 연탄재로 아수라장이 된 복도를 보니 어떻게 치울지 난감하다. 빗자루와 쓰레받기조차 없어 대신 치울 수도 없는 노릇이다. 어쩔 도리 없이 윤은 202호 초인종을 누른다.

—무슨 일이….

여자는 쏟아진 연탄재 쓰레기를 보며 오만상을 찌푸린다.

—왜 가만히 있는 남의 연탄을 건드려서 이 지랄을 하고 그래요?

대뜸 소리를 지르며 화부터 내던 여자가 발에 챈 연탄재를 툭 찬다. 연탄재가 윤의 바지에 튄다. 검은 바지에 허연 연탄재가 묻는다. 윤은 이기적이고 일방적인 여자의 모습에 발끈한다.

—지랄? 당신이야말로 이게 무슨 지랄이에요? 내가 그런 게 아니라 집에서 나오니까 이렇게 돼 있어서 알려 주려고 벨을 눌

렀는데 고맙다는 말은 못할망정 이게 무슨 짓이에요!

윤은 이게 무슨 황당한 봉변인가 싶어 날 선 목소리를 높인다.

—아니, 그럼 그렇다고 빨리 말하지. 무슨 남자가 뭘 그렇게 벌컥 화를 내고 그래요? 어휴, 도대체 어느 미친놈이야? 속 뒤집히는 일이 한둘이 아니네. 정말 죽겠다, 죽겠어. 무슨 놈의 팔자가 이렇담. 이 꼴에서 벗어나려면 정말 죽든지 해야지. 어휴….

—무작정 화부터 낸 사람이 지금 누구한테 훈계요? 그리고 그놈의 죽겠다가 지겹지도 않아요? 진짜 죽고 싶으면 말로만 하지 말고 연탄가스라도 마시고 혼자 조용히 죽던지!

윤의 말투가 사뭇 거칠어지자 여자의 얼굴이 벌겋게 물든다.

—뭐라고요?

—뭐? 내가 틀린 말 했어요? 죽겠다면서요? 그래서 죽으라 했는데, 왜 잘못됐어요?

여자는 아무 말도 못하고 눈시울을 붉힌다. 윤은 여자를 차갑게 외면하고 복도 쪽으로 돌아선다. 송이 흐트러진 눈빛으로 윤을 멀거니 바라보고 있다. 윤은 당황스러운 기색을 비추다가 짐짓 무감하게 복도 끝을 향해 걸어 나간다.

윤은 급히 머리를 매만지고 문을 열었다. 송의 여원 얼굴에서 빛나는 검은 눈은 깊고 고요했다. 윤이 어색한 인사라도 건네려는 찰나였다. 대뜸 들고 있던 페트병을 송이 내밀었다. 페트병 안에는 물고기 한 마리가 담겨 있었다. 황갈색으로 납작하고 몸에 무늬가 없는 작은 잉어였다.

―칼자루 사세요.

송의 꼿꼿한 자세가 자못 오연해 보였다.

―뭐라고?

윤은 귀를 의심하며 물었다.

―원래 이름은 칼납자루라 했어요. 그런데 그냥 칼자루라 불러요.

송의 입가에 마른버짐이 피었다.

―칼자루라, 하지만 난 기를 수도 먹을 수도 없어.

윤이 고개를 저어 보였다. 그러자 송이 고개를 주억거렸다.

―칼자루가 헤드폰을 쓰지 않게 해 줄 거예요.

윤은 헛웃음을 흘렸다.

―그런데 왜 나한테 물고기를 팔려고 그래?

―보기 싫어졌어요. 물기 어린 눈도, 벙긋거리는 입도, 견딜 수가 없어요.

―그렇다 해도 난 기를 수….

윤은 말을 다 잇지 못했다. 송이 입술 끝을 바싹 당기며 매섭게 쏘아보았다.

―칼자루가 날 보며….

송은 윤의 시선을 붙잡고 말했다. 하지만 송의 목소리가 페트병의 물속에 빠진 듯 들리지 않았다. 느닷없는 일이었다. 소리가 사라지는 방식은 항상 그랬다. 저도 모르게 짧은 신음이 새어나왔다. 윤은 송의 입 모양을 주시했다. 입 모양을 보면 소리가 떠올랐다.

—….

윤의 미간이 점점 모였다. 집중하면 생기는 버릇이었다.

—아저씨!

윤은 움찔하며 당황했다.

—물 좀 주세요.

소리는 불현듯 찾아들었다.

—어, 어, 물.

윤은 얼빠진 표정을 하고 냉장고로 갔다. 송이 집 안을 둘러보더니 수납 선반 위에 물고기가 든 페트병을 올려 두었다. 송의 행동을 포착한 윤은 난감했다.

—아니, 그걸 거기에 놓으면….

윤은 멈칫하며 불안한 목소리로 말을 맺지 못했다.

—이 자리가 좋을 것 같아요.

송은 뭔가 결연한 표정으로 물을 들이켰다.

—아까도 말했지만 난….

—저게 좋을 것 같아요.

송이 윤의 말을 동강 냈다. 송의 시선은 찬장 안의 유리 수반에 닿아 있었다.

찬장에서 유리 수반을 꺼내 든 송은 개수대 앞에 섰다. 손이 바지런히 움직이자 먼지가 수북했던 유리 수반은 깨끗하고 투명한 본연의 모습을 되찾았다. 페트병에 든 물과 모래가 유리 수반에 쏟아졌다. 별안간 새집을 맞이한 물고기는 꼬리를 흔들며 헤엄쳤다. 의미가 멈춰버린 공간에서 물고기의 움직임은 윤의 시선을 깊숙이 끌어당겼다.

　—허공의 수족관이네요.

　윤은 송의 말을 곱씹으며 물고기에게서 눈을 떼지 못했다. 경쾌하게 헤엄치는 물고기의 몸짓은 즐거웠다. 비단 물고기의 몸짓만이 아니었다. 세상의 모든 몸짓은 즐거움을 불러일으켰다. 윤은 턱을 괴고 감상했다.

　—그런데 물고기는 왜 귀가 없어요?

　송이 물고기를 빤히 보며 물었다.

　—물고기도 귀가 있어. 단지 보이지 않을 뿐이지. 들을 수는 있어.

　윤은 유리 수반에 비치는 물고기를 어루만지는 듯했다.

　—거짓말! 귀는 보이지도 않는데 소리를 듣고 있다니 믿을 수 없어요.

　—내 귀를 물고기에 달아 볼까? 때때로 쓸모가 없는 귀라서 말이지.

　송은 미간을 좁히며 숨을 짧게 몰아쉬었다.

　—그럼, 물고기도 엄마가 했던 말을 들었을까요?

　윤은 송을 쳐다보았다. 왜 송이 그리도 물고기의 귀에 집착하는지 의아해하는 눈길이었다.

　—엄마는 죽기 직전까지 내가 정말 듣기 싫어하는 말을 했어

요. 그 말을 귀에 못이 박히도록 들을 때마다 불이 났던 날이 생각났어요.

송의 목소리가 저려 왔다. 물고기는 유리 수반에 주둥이를 대고 물러서지 않았다. 할 말이 있는 것처럼 주둥이를 미묘하게 움직이고 있었다. 윤은 유리 수반에 귀를 갖다 댔지만 들을 수 없었다. 유리 수반은 하나의 벽이었다. 물고기는 투명한 유리 수반 속에서 들리지 않는 말을 하고 있었다. 윤은 물고기를 응시하며 입을 열었다.

﹁—예상치 못한 순간에 알 수 없는 소리가 귀를 아프도록 때리더니 불현듯 사라졌어. 그 후로 귓속에 세찬 바람이 불어왔어. 바람이 불면 괴롭고도 외로워.

—귀에 못처럼 박힌 엄마의 말 때문에 귀가 아팠어요. 난 그 말을 귀에서 빼야만 살 수 있을 것 같았어요.

송은 목이 메는지 침을 삼키며 말했다. 윤의 시선은 유리 수반에 고정되어 있었다.

—바람은…, 푸른 숲 속의 나뭇잎을 흔드는 바람이 아니라 사춘기처럼 갈피를 종잡을 수 없는 바람이야. 바람 속에는 모래가 있어. 보이지 않을 정도로 미세한 입자의 고운 모래야. 모든 소리가 사라졌을 때, 내 귀가 귀가 아닐 때, 귀를 뺀 모든 감각이 예민할 때, 그때 알아차렸어. 귓속에 모래가 점점 쌓이고 있다는 사실을. 귀에서 아마 모래가 흘러내린다면 모래성이 쌓일지도 몰라. 파도에 곧바로 무너져 버릴 모래성 말이야.

유리 수반에 비치는 윤의 눈동자에는 초점이 없었다.

—걱정 마세요. 칼자루가 먹이를 안 먹은 지 며칠이 지났거든요. 배고파서 눈이 뒤집어지면 아무도 모르게 귓속 모래를 파먹을 테니까 문제없을 거예요.

윤은 어이없이 웃었다.

—남다른 재주가 있는 물고기네.

윤은 유리 수반을 톡톡 건드리며 말했다.

—그런 재주를 알아보다니, 역시 칼자루 주인답네요.

윤은 어쩔 수 없다는 듯 고개를 가로저었다. 부지불식간에 물고기의 주인이 되어 버렸지만 당황하지 않았다. 의도하지 않게 벌어진 상황이 운명이라면 기꺼이 받아들이겠다고 생각했다. 윤은 입술 끝에 힘을 주었다.

—물고기 친구를 내게 줘도 괜찮겠니? 혼자 적적하지 않겠어?

윤은 주머니에서 지갑을 꺼냈다.

—괜찮아요. 다른 친구가 생겼거든요. 내 귀에 박힌 못을 빼준 친구예요. 내 눈에만 보여서 아무도 모르겠지만.

송이 오만 원짜리 한 장을 손에 들고 말했다. 윤이 피식 웃었다.

—진작에 이렇게 했어야 하는 건데.

혼잣말로 중얼거리는 송의 입술이 일그러졌다.

—어디로 갈 거니?

윤이 바닥에 웅크리고 있는 가방을 보았다.

—거대한 그물에 걸리지 않는 곳으로요.

작고 낮은 목소리였다. 윤은 흐릿한 미소를 입에 머금은 송의 얼굴을 바라보았다. 송은 고개를 숙이며 인사를 했다. 그리고 어떤 여운도 남기지 않고 바로 돌아섰다. 대문이 열리자 현관에 햇빛이 들어왔다. 송이 복도 끝으로 걸어가자 햇빛이 뒤를 따라붙었다. 윤은 잘 가라는 말 대신 한참 동안 송을 배웅했다. 송이 시야에서 사라지자 윤은 하늘을 올려다보았다. 햇빛에 눈이 부셔 손차양을 하는데 갑작스레 이명이 찾아왔다. 고함치는 듯한 이명이 오랫동안 귀에 머물렀다. 윤이 원망스런 눈길로 하늘을 보았다. 구름 한 점 없는 하늘에 낮달이 말갛게 떠 있었다.

윤은 푹 꺼지듯이 이불 위에 누웠다. 언제부터 누적되었는지 알 수 없는 피곤이 윤의 몸을 끓어오르게 했다. 윤은 무거운 눈꺼풀을 감당하지 못하고 눈을 감았다. 피곤을 달래 보려고 베개에 얼굴을 파묻고 잠을 청했다. 그러나 오래도록 잠들지 못했다. 윤은 어둠의 일부가 되어갔다.

방안의 적막을 뚫고 소리가 들렸다. 아래층에서 올라오는 소리인지 위층에서 내려오는 소리인지, 소리의 근원에 대해 알지 못했다. 그러나 뼈가 박힌 듯한 소리는 계속 들려왔다. 남다른 재주를 가진 물고기가 정말 귓속 모래를 파먹었는지도 모른다는 생각에 윤은 왠지 모를 기대와 두려움을 느꼈다. 머리가 혼탁하고 눈앞이 캄캄했으며 체온이 올라갔다. 윤은 이리저리 뒤척이다가 곧게 누웠다. 그러자 출렁이는 물결처럼 소리가 귀에 와 닿았다.

—여기예요. 소리가 들리는 쪽으로 오세요.

윤은 몽유병 환자처럼 소리가 들리는 곳으로 걸어갔다. 걸음이 멈춘 곳은 허공의 수족관 앞이었다. 희끄무레한 빛이 어두운 방 안에 놓여 있는 물고기를 비추었다. 윤은 유리 수반에 붙어 입을 벙긋거리고 있는 물고기를 망연히 바라보았다. 들어주는 귀 하나 없는 물속이었다. 투명한 물속에서 어둠을 밝히듯 비늘이 반짝였다. 윤은 신기한 모습에 수족관 가까이 얼굴을 갖다 댔다. 그러자 물고기가 날아오르더니 윤의 귓바퀴에 안착했다.

—송을 찾아주세요.

정말 물고기가 귓속의 모래를 파먹은 것일까. 귓바퀴 속으로 물고기 소리가 감겨들어 왔다. 윤은 깜깜한 방에서 숨을 죽였다.

—내가 왜 그래야 하지?

윤은 사방을 둘러보며 말했다.

—소리가 들리니까요.

—…반지하 단칸방에서 모녀가 살았어요. 무더웠던 여름밤, 엄마는 식당 일로 피곤해서 깊이 잠들었어요. 밤사이 열어 놓은 창문 틈으로 지나가던 사람이 담배를 버려서 불이 났어요. 잠결에 깨어난 일곱 살 아이는 창문 아래로 솟은 불길을 잡겠다고 베개를 휘둘렀어요. 불씨를 빨리 발견한 탓에 불은 크게 번지지 않고 꺼졌어요. 뒤늦게 깨어난 엄마는 죽도록 도와주지는 못할

망정 내버려 두지도 않는다며 검게 그을린 베개로 아이를 때렸어요. 바닥에 내동댕이쳐진 베개에 얼굴을 묻으며 아이는 울었어요. 돌아누운 엄마의 등 뒤로 원망 섞인 울음을 쏟아 냈어요. 울고 울어도 아이를 달래 주는 사람은 아무도 없었어요. 아이는 엄마가 했던 말을 읊조리며 새기고 되새겼어요. 두 뺨을 적시던 눈물은 서서히 말라 갔어요. 또다시 매캐한 냄새가 방 안에 가득 찬 날, 아이는 베개로 엄마의 생사를 결정했어요. 그 베개를 찾아 송에게 전해 주세요. 해바라기 베개예요.

윤은 어둠에서 튕겨 나온 것처럼 벌떡 일어났다. 사방에는 고요가 빚어낸 정적만이 감돌았다. 정적의 깊이는 알지 못했다. 현실인지 꿈인지, 의식인지 무의식인지 헤아리지 못했다. 윤은 그 혼돈의 장에서 일그러진 경계점을 찾아야 했다. 선반 위에 있는 허공의 수족관으로 다가갔다. 윤은 물고기에게서 시선을 떼지 못했다. 물고기는 지느러미 하나 움직이지 않고 가만히 있었다. 윤은 유리 수반에 손을 집어넣었다. 그러자 물고기가 윤의 손가락 사이로 미끄러지듯 빠져나갔다. 한 손으론 역부족이었다. 손바닥에 미끈한 비늘의 질감만이 맴돌았다. 윤은 허연 비늘이 부유하는 수반 속으로 두 손을 집어넣었다. 물고기를 눈앞에서 놓치기 일쑤였다. 그러기를 반복하다 포기할 즈음, 물고기를 손아귀에 잡아 건져 올렸다. 희열도 잠시, 팔꿈치에 밀려 유리 수반이 깨져 버렸다. 놀란 윤은 손에 든 물고기를 놓쳐 버렸다. 깨진 유리 파편과 수반에서 쏟아진 물과 모래로 방바닥이 엉망이 되

었다. 흠뻑 젖은 바지 끝자락에서 눈을 희번덕하게 뜬 물고기가
팔딱였다. 윤은 물고기를 손에 담으려다가 멈칫했다. 물고기의
눈엔 유리 파편이 박혀 있었고 지느러미가 찢어져 너덜거렸다.
흩어진 모래 위에서 물고기가 입을 벌린 채 누워 있었다. 비명을
지르는 것같이 느껴졌다. 윤은 망연자실한 표정으로 멍하니 서
있었다. 물고기의 싸늘한 한기가 느껴지자 소름이 돋았다. 정적
속에서 간밤의 기억이 두서없이 떠올랐다. 비릿하고 눅눅한 냄
새가 귓바퀴를 타고 몸속으로 들어왔다.

　윤은 도망치듯 욕실로 갔다. 세차게 쏟아지는 물줄기에 머리
를 감고 샤워를 했다. 물고기 소리가 비누 거품같이 귓속에 엉겨
붙었다. 귀를 붙잡고 늘어지는 소리에 다른 소리를 잃게 될까 봐
두려웠다. 아무리 귀를 여러 번 씻어도 개운하지 않았다. 윤은
며칠 동안 면도를 하지 않아 지저분한 얼굴에 사정없이 쉐이빙
폼을 발랐다. 거울을 보며 얼굴에 면도기를 갖다 댔다. 면도하는
속도가 평소보다 빨랐다. 면도기가 목 아래에서 턱으로 올라오
고 있을 때였다. 턱이 따끔거리더니 이내 피가 났다. 윤은 힘줄이
돋은 팔로 세면대에 면도기를 던졌다. 물로 피를 씻어내자 턱이
쓰라려 왔다. 찢어진 살갗에서 나오는 선홍색 피를 보자 숨이 가
빠졌다. 윤은 어금니를 꽉 깨물더니 수납장에서 면도칼을 꺼내
귀로 가져갔다. 손아귀에 힘을 주었다. 귀에서 흐르는 피가 손바
닥과 팔을 타고 팔꿈치에서 떨어졌다. 핏방울이 세면대에 길게

흘러내렸다. 윤은 수납장에서 흰 수건을 꺼내, 귀가 있던 자리를 감싸 쥐고 몸부림쳤다. 고통에 휩싸인 얼굴로 욕실 바닥에 주저앉아 신음조차 내지 못했다. 흰 수건은 금세 피로 물들었다.

윤은 물이 흥건한 방바닥을 밟고 섰다. 비린내가 역하게 풍겼다. 윤은 감각기관이 마비라도 된 듯 표정 변화가 없었다. 자른 귀를 손에 움켜쥔 채 모래 위에 꼼짝없이 누워 있는 물고기만 뚫어지게 쳐다보았다. 물고기는 어느 사막 한가운데 누워 있는 것처럼 보였다. 물고기 귀가 안 보여요. 까마득히 먼 곳에서 들리는 소리가 귓가를 지나갔다. 윤은 조심스럽게 물고기 아가미에 잘린 귀를 얹었다. 얼굴에 웃음이 언뜻 비쳤다. 윤은 물기 어린 모래를 물고기에게 흩어 뿌렸다. 모래를 집는 손끝에 딱딱한 쇠붙이가 닿았다. 윤은 모래가 묻은 쇠붙이를 꺼내 들었다. 202호 열쇠였다. 윤은 거센 해풍 같은 물고기 소리를 오랫동안 견뎌 낼 자신이 없었다. 윤은 물고기와 열쇠를 눈앞에 두고 깊게 숨을 들이마시며 생각했다. 송을 찾아 해바라기 베개를 전해야겠다. 바지 주머니 속에 열쇠를 집어넣었다.

윤은 특수임무를 수행하는 요원처럼 민첩하게 어질러진 욕실과 방을 치웠다. 정리가 끝나자 의자에 걸쳐 놓은 야상 점퍼를 걸쳐 입고 모자를 푹 눌러썼다. 현관에서 신발을 신고 문을 나서는데 거울에 한 남자가 비쳤다. 검은 모자에 한쪽 귀만 달린 남자의 얼굴은 다소 기이했다. 귀가 잘린 자리에는 피멍울이 검붉은 열매처럼 맺혀 있었다. 윤은 방으로 들어와 텔레비전 밑의 서

랍장을 열었다. 구급상자가 들어 있었다. 귀가 잘려나간 자리를
소독하고 가제로 감싼 뒤 붕대를 둘러 감았다. 필사적인 손놀림
이었다.

　세상은 어제와 다름없었다. 하지만 윤은 어제와 다른 오늘을
걷고 있었다. 한 계절이 지나가는 거리는 좁은 골목처럼 을씨년
스러웠다. 흐린 날씨에 바람이 강하게 불었다. 윤은 한 치의 따
뜻함을 찾아 주머니 깊숙한 곳에 손을 찔러 넣었다. 또 한 계절
을 맞이할 거리에서 그간 외면했던 다양한 소리가 들렸다. 어쩌
면 윤이 끌어안고 있던 소리인지도 몰랐다. 소리와 마주하자 귀
가 점점 예민해지기 시작했다. 새들이 지저귀는 소리는 칠판 긁
는 소리로, 웃음소리는 경적소리로, 자동차 엔진 소리는 하늘의
헬기 소리로 들려왔다. 습관처럼 윤은 헤드폰을 찾았다. 하지만
헤드폰이 있어야 할 자리에는 아무것도 없었다. 헤드폰이 없는
채로 밖을 나온 적은 없었다. 윤은 갑자기 밀려드는 두려움에 무
작정 달렸다.
　윤이 멈춘 곳은 동네 파출소 앞이었다. 바짝 마른 입술을 적시
며 문을 당겼다. 파출소 안의 시선들이 윤에게 쏠렸다.
　―무슨 일이십니까?
　박 순경이 윤을 훑어보며 퉁명스레 물었다.
　―송을 찾으러 왔습니다.
　윤은 핏발이 선 눈으로 또렷하게 말했다.

─송이 누굽니까?

─옆집에 사는 아이입니다.

─보호자가 아니십니까?

박 순경은 윤을 의심의 눈초리로 보았다.

─보호자는 죽었습니다.

박 순경은 눈썹을 추켜세웠다.

─그럼 당신은 송과 무슨 관계입니까?

─…이웃사촌입니다.

윤은 고개를 갸우뚱거렸다.

─옆집에 사는 애가 없어진 지는 며칠이나 되었습니까?

─사흘 정도 지난 것 같습니다.

─더 기다리셔야 하는 거 아닙니까? 친척 집에 갔을 수도 있고.

─칼, 아니 물고기를 나한테 팔고 작별 인사를 했습니다. 어디로 갔는지 알 수 없어서 찾으려 합니다.

박 순경은 윤의 눈을 예의 주시했다.

─그런데 당신이 그 아이를 찾고자 하는 이유는 뭡니까?

─전해 줘야 할 것이 있습니다.

뭔가를 꾹꾹 누르는 듯 무거운 음성이었다.

─전해 줘야 할….

박 순경이 턱을 들어 올리며 말하고 있었지만 소리는 또다시 어디론가 잠겨 들었다. 윤은 아무것도 들리지 않았다. 하지만 다시 들릴 때까지 견디고 있을 수가 없었다. 박 순경은 윤에게 뭔가 캐묻는 듯한 눈빛이었다.

—사람을 찾아 달라는데 인상착의를 먼저 물어보셔야 하는 거 아닙니까?

윤은 불안한 듯 신경을 곤두세우며 목소리를 높였다. 그들의 얘기를 듣고 있던 강 경장이 윤을 힐끔 보았다.

—여긴 흥신소가 아니라 파출소입니다. 없어진 정황을 알아야 할 의무가 있습니다.

강 경장이 자리에서 일어나며 말했다. 윤은 주위 상황에 조금 당황했지만 애써 태연한 표정을 지었다. 하지만 잔디밭에서 바늘을 찾듯 계속 소리를 찾아 헤매고 있던 그였다.

—신분증 주시고 이거 작성하세요.

박 순경이 실종 신고서를 내밀었다.

윤이 신고서를 작성하는 동안 박 순경은 동료와 눈빛을 주고받았다. 들리지 않는 대화였다. 그들은 누런 이를 드러내며 소리 없이 웃었다.

—이 접수증이 없으면 실종 청구할 때 증거가 없어지니까 잃어버리지 말고 꼭 갖고 계셔야 합니다. 아시겠습니까?

박 순경이 윤에게 접수증을 건넸다. 윤은 대답 없이 접수증을 확인하고 지갑에 넣었다.

—다시 연락을 드릴 테니 돌아가십시오.

박 순경이 말하는 중에 윤이 고개를 번뜩 들었다. 소리가 들렸던 것이다. 반가움과 안도의 한숨이 교차했다. 박 순경이 흠칫하자 윤은 고개를 숙였다. 그리고 천천히 파출소 문을 밀고 나갔다.

—뭐야? 없어진 옆집 애를 자기가 왜 찾아? 그런데 뭔가 이상합니다. 저 붕대가 찾는 사람이 며칠 전에 죽은 그린 연립주택 202호 딸입니다. 냄새가 나지 않습니까? 붕대를 칭칭 감고 있는 것도, 무심결에 나온 말 중에 칼이 나온 것도 그렇고.

일부러 소리 내어 혼잣말하던 박 순경이 눈에 힘을 주고 강 경장을 보았다.

—그렇지. 그래야 박 순경이지. 그럼, 자네 코를 믿고 냄새를 파헤쳐 봐. 혹시 알아? 개코로 인정받아 승진이라도 하게 될지….

강 경장은 약간 빈정대는 투로 말하며 화장실로 향했다.

—네, 두고 보십시오.

박 순경은 눈썹을 찡그리며 이마에 주름을 잡았다. 키보드를 두드리는 소리가 요란했다.

윤은 다시 202호 문 앞에 섰다. 바지 주머니 속에 든 열쇠를 꺼내 문에 끼웠다. 202호 문이 열렸다. 집 안으로 들어간 윤은 현관에 가만히 서 있었다. 아무도 없는 집은 어둡고 고요했다. 째깍이는 시계 소리마저 들리지 않았다. 아무것도 들리지 않는 세계가 윤을 감싸고 있었다. 윤의 숨소리가 정적을 깨웠다. 어둠과 고요가 영원히 지속할 것 같은 집 안을 형광등 빛이 두루 비추었다. 집 안은 깔끔하게 정돈되어 있었다. 익숙하지만 낯선 물건들이 침묵하며 자리를 지키고 있었다. 움직임이 없는 물건들은 그들이 움직일 수 있다는 사실을 망각하게 했다.

윤은 집 안을 서성거리며 맴돌았다. 장롱은 텔레비전과 마주 보게 놓여 있었다. 검은 화면에 윤의 뒷모습이 비쳤다. 낡은 옻칠이 스민 장롱 손잡이를 잡고 장롱문을 열었다. 삐걱거리는 소리와 함께 좀약 냄새가 배어 나왔다. 해바라기 베개예요. 귓속에 걸려 있던 나지막한 속삭임이었다. 장롱에 쌓인 이불 사이로 파묻혀 있는 베개들이 보였다. 그중 낡고 오래된 이불과 어울리는 누런 베개가 있었다. 원래는 노란색이었을 베개였다. 하지만 해바라기가 아닌 물고기 두 마리가 입을 맞추고 있었다. 색이 좀 바랜 하늘색 베개를 꺼냈다. 천이 해어진 베개에 해바라기 꽃잎이 너덜하게 붙어 있었다.

윤은 물끄러미 해바라기 베개를 보았다. 그저 낡고 보잘것없어 보이는 베개였다. 생사를 결정한 베개. 귀에 저장된 소리가 울렸다. 어렴풋하게 코끝을 간질이는 냄새에 신경이 곤두섰다. 윤은 싱크대 옆에 걸려 있던 쇼핑백에 베개를 넣다가 순간 멈추었다. 윤의 초점이 베개 덮개 뒷면에 꽂혀 있었다. 화장이 묻은 흔적이었다. 펜슬 자국과 눈물에 번진 마스카라 그리고 붉게 번진 립스틱이 묻어 있었다. 눈앞에 평소 진한 화장을 했던 여자의 얼굴이 그려졌다. 손끝으로 베개를 문지르자 분이 묻어났다. 어질어질한 분 냄새가 코를 찔렀다. 귓속에 칼자루처럼 차고 있던 소리가 한꺼번에 풀어졌다.

—죽고 싶다는 말을 혹처럼 달고 살더니.

—누가 죽는 걸 도와주면 모를까.

—불이 났던 날을 떠올렸어요.

—귀에 박힌 못을 빼야 살 수 있을 것 같았어요.

—칼자루가… 비명을 질러요. 목격자의 눈을 하고서.

해바라기 베개를 쥔 손에 힘이 빠져나가고 있었다. 팔딱거리는 심장 소리가 허공을 찢었다.

연 애

涓埃

바닥에 무릎을 꿇은 지 사십 분째였다. 콘크리트의 찬 기운이 고탄력 스타킹을 뚫고 온몸을 휘감고 있었다. 당장 일어나 이곳을 뛰쳐나가고 싶은 마음뿐이다. 그러나 선뜻 행동으로 옮기기가 막막했다. 마비될 지경에 이른 다리보다 바리게이트처럼 앞을 가로막고 있는 족제비 때문이었다. 족제비, 아니 족제비같이 생긴 얼굴이다. 한 번도 족제비를 본 적은 없지만 얼굴을 보는 순간 족제비라는 단어가 떠올랐다. 족제비는 도대체 나를 어떻게 할 셈일까.

교무실 문이 열리고 재채기 소리가 요란하게 났다.

"학생부장 선생님, 교무실에 계셨어요? 강당에서 애들 장기자랑 한창이던데…. 그런데 저 애는 누구예요?"

여자는 교태가 섞인 콧소리를 냈다. 콧소리의 시선이 느껴지자 기분이 나빠졌다.

"아, 말도 마세요. 학생부장 몇십 년 만에 다른 학교 학생이 우리 학교 학생 행세를 하는 놈은 처음 보잖아요! 그것도 학예제 날."

족제비의 목소리는 교무실에 울려 퍼질 정도로 우렁찼다. 족제비의 말에 제자리에서 옴짝 않던 몇몇 선생님들이 수군거리며 몰려들었다. 낯선 곳에서 돌연 개가 된 기분이었다. 나는 고개를 들 수가 없었다. 정말 재수 없는 날이다.

"우리 학교 학생 행세를 한다고요?"

"참, 별일이네요."

"학교를 안 다니는 아인가요?"

"퇴학당한 애일 수도 있잖아요."

"중퇴는 웬만해선 안 할 텐데."

"자퇴했을 수도 있겠네요."

한 마디씩 거드는 통에 교무실은 북새통이 된 것 같았다.

"우리 학교 교복을 입고 있네요."

차분한 목소리가 말을 끝내자 무겁고 냉랭한 공기가 돌았다. 심상치 않은 기미를 감지했다.

"어, 명찰 봐라? 20437 김은지? 은지는 강당에서 체육복을 입고 있던데 말야…. 너 왜 은지 교복을 입고 있어?"

콧소리에는 의심이 잔뜩 묻어나 있었다.

"…"

콧소리는 내게 모르는 것을 알고 싶어서 질문하는 게 아니었다. 자세히 알지도 못하면서 나를 다짜고짜 비난하며 캐묻고 있

었다. 나는 다른 학생의 교복을 입고 있는 이유에 대해 어디서부
터 얘기를 꺼내야 할지 고민했다.

"은지가 네 친구야?"

허스키한 목소리가 몸을 앞으로 숙이며 물었다.

"…"

내 대답을 재촉하는 듯한 기분이 들었다.

"너, 이 교복 훔친 거니?"

다시 차분한 목소리였다.

"…"

차분한 목소리는 내게 어떤 책임을 물으며 답을 강요했다. 강
압적인 분위기에서 어떤 말을 해도 의심받는 이 상황은 변하지
않을 것 같았다. 불안하고 초조했다. 소리를 지르지도 않았는데
목이 점점 잠기는 것 같았다. 나는 대답 후에 있을 안전을 보장
받기 전까지 꿀 먹은 벙어리가 되기로 했다. 바닥을 구르던 내
시선은 티끌 한 점을 발견했다. 그들의 따가운 시선 속에서 나는
티끌에 눈을 떼지 않고 있었다.

"야! 선생님이 묻잖아! 대답 안 해?"

약간 흥분한 콧소리가 내 앞으로 한 발짝 다가섰다.

"얘, 묵비권 행사 중이에요."

족제비가 담담하게 말했다.

묵비권이라니…. 그럴듯했다. 미란다 원칙. 수업시간에 들은
기억이 났다. 피의자가 가지는 정당한 권리, 자신이 저지른 범

죄에 대해서 말하지 않아도 되는 권리였다. 하지만 묵비권을 행사하면 혐의 사실을 시인하는 셈이 되어 불리하게 작용하기도 한다.

"누군지, 어느 학교인지, 왜 여기 왔는지, 뭘 물어봐도 대답을 안 해요. 대답을. 속 터지게."

족제비는 묵비권 행사에 대한 곤혹스러움을 토로했다.

"정말, 뭐 저런…. 여자애가 도대체 무슨 배짱이래요?"

콧소리는 짜증을 제대로 냈다.

이 학교 교무실에 오기 전까지 나도 미처 알지 못했다. 내가 슈퍼 울트라 배짱을 가지고 있는 줄.

족제비와 마주친 곳은 강당 앞 복도에서였다. 나는 뭔가를 들이받기라도 한 것처럼 정신이 멍한 상태였다. 하필이면 그때 족제비가 내 앞을 가로막고 섰다.

"너, 가방 메고 어디 가냐?"

족제비는 시비조로 물으며 나를 쳐다보았다. 손에는 떡메라 불리는 지도용 몽둥이를 들고 있었다.

"…."

나는 초점을 잃은 눈빛으로 족제비의 얼굴을 올려다보았다.

"왜 이렇게 꺼벙하게 굴어?"

족제비는 처져서 어수룩해 보이는 눈매만 본 모양이다. '뭐야, 귀찮아.'라는 속내는 읽지 못한 것 같았다.

"어디 가냐고 물었다."

족제비가 미간을 찌푸리며 말했다.

"…그건 왜 물으세요?"

비죽 나온 입에서 부은 목소리가 나왔다. 어딜 가든 무슨 상관
이냐는 말은 간신히 삼켰다.

"겁대가리를 상실했구만. 왜 묻냐니? 학예제 시작할 때 강당에
서 이탈하지 말라고 했잖아."

족제비는 어이없는 표정으로 나를 보았다. 대답 대신 질문을
한 것에 대해, 자신이 한 말을 듣지 않은 것에 대해 불쾌감을 드
러내고 있었다. 순간 이 난감한 상황을 극복할 수 있는 방법은
생리적 현상뿐이란 생각이 들었다.

"그럼, 화장실도 못 가요?"

여전히 내 목소리는 퉁퉁 부어 있었다.

"화장실 저기 있잖아."

족제비는 강당 바로 옆을 가리키며 공격하듯 쏘아 댔다. 조금
당황한 나는 족제비를 보며 눈을 껌뻑거렸다.

"애 진짜 꺼벙하네. 너, 이름이 뭐야?"

족제비가 또 꺼벙하다고 했다. 나는 갑자기 빈정이 확 상했다.
족제비의 시선은 교복 상의에 달린 명찰에 고정되어 있었다.

"20437 김은지…, 김은지?"

족제비는 뭔가 미심쩍은 눈으로 쳐다보더니 나직한 목소리로
말했다.

"너, 교무실로 따라와!"

그 말을 듣고 나서야 비로소 정신이 명징해졌다. 순간, 나는 반대편 복도를 향해 미친 듯이 뛰었다. 어느 즈음부터 족제비가 뒤따라오지 않았다. 나는 족제비를 따돌린 줄 알고 숨을 고르며 천천히 걸었다. 그런데 맞은편 복도에서 떡메를 어깨에 올리고 있는 족제비가 서 있었다. 결국 나는 민첩하고 빠른 족제비에게 붙잡히고 말았다.

"도망을 치려면 루트를 제대로 알고 가야지. 너 내가 누군지 모르지?"

그랬다. 나는 족제비가 누구인지 알지 못했고 학교 구조도 몰랐다. 두 시간 동안 버스를 타고 이 학교에 온 것은 처음이었다.

족제비의 손에 붙들려 들어온 곳은 교무실이었다. 학교마다 교무실은 다 비슷했다. 책상마다 책이며 파일이며 서류들이 빽빽이 꽂혀 있거나 쌓여 있었다. 따분하기 짝이 없는 분위기는 하품이 날 지경이었다. 교무실에 자리를 지키고 있는 선생님들은 손꼽을 정도다. 대부분 학예제 공연을 보러 강당에 간 터라 빈자리가 많았다.

"저기 가서 꿇어앉아!"

족제비는 교무실 중앙 창가 옆자리를 가리켰다. 멀쩡한 빈 의자들을 놔두고 바닥에 꿇어앉으라니. 더구나 분리수거 쓰레기통이 놓여 있어 찝찝하기 짝이 없는 곳이었다. 나는 마땅찮은 얼굴로 정수기 앞에서 물을 들이켜는 족제비를 보았다. 나도 목이 말랐다. 숨이 차도록 달렸던 터라 입술까지 바짝 마른 상태였다. 족제비가 나를 보며 입을 열었다.

"뭐야? 너 내 말이 껌이야? 어디서 씹어? 씹길!"

족제비가 새된 목소리로 내질렀다. 순간 나는 멈칫했다. 간이 오그라드는 줄 알았다. 족제비가 마신 것이 진정 물이 맞는지 의심스러웠다.

"어서 꿇어앉지 못해? 이 녀석이 벌써 개기려고 하네."

순간 온몸을 감싸는 한기에 몸이 움찔거렸다. 족제비는 오마귀와 같은 다혈질 증세를 보였다. 오마귀는 새엄마다. 오씨 성을 가진 마귀는 새엄마가 된 지 오 개월도 채 되지 않아 남동생을 세상에 내놓은 여자다. 할머니는 참 재주도 좋다고 했다. 아…, 나는 짧게 숨을 들이쉰 뒤 냄새나는 쓰레기통 앞에 무릎을 꿇고 앉았다. 눈앞의 쓰레기통에서 퀴퀴한 냄새가 나는 것 같았다. 조금씩 머리가 지끈거리고 목덜미가 뻣뻣해져 갔다. 나는 쓰레기통을 애써 외면하고 종잇조각이 떨어져 있는 바닥으로 시선을 돌렸다. 갈기갈기 찢어진 종잇조각은 퍼즐 조각처럼 흩어져 있었다. 거기에는 '퇴학'과 '동의'라는 글자가 제각각 놓고 있었다. 그 옆에 따로 떨어진 조각은 바닥의 먼지를 뒤집어쓴 티끌 같았다. 나는 집요한 시선으로 티끌을 사수하기 시작했다.

"고개 들어."

정색하는 족제비의 목소리에 무의식적으로 고개를 들었다. 족제비는 집어삼킬 듯 강렬하게 나를 주시했다. 족제비의 취조가 그때부터 시작되었다.

"내 눈 똑바로 쳐다보고 얘기해! 너 누구야?"

"…"

왠지 모를 불안감에 나는 아무 말도 할 수 없었다.

"여긴 왜 온 거야?"

"…"

족제비의 시선은 내가 타들어 갈 정도로 뜨거웠다. 이 학교에 온 이유를 털어놓게 하려는 위압적인 방법이었다. 족제비의 눈에 실핏줄이 촘촘하게 뻗어 있었다. 훤히 보이는 실핏줄처럼 먕먕을 보고 싶었다. 삼 개월 전, 먕먕과의 통화에서 먼저 전화를 끊은 뒤로 한 번도 연락을 하지 않은 터였다. 학예제 커플 댄스 공연 준비로 바쁘다던 먕먕도 연락이 없기는 마찬가지였다. 일 년 전 학예제 때도 나를 비롯한 다섯 명의 아이들과 춤을 추었던 먕먕이었다. 누구도 먼저 연락을 하지 않은 채 시간은 흘러갔다. 먕먕과 내 사이는 점점 멀어져 가고 있었다. 틈틈이 먕먕이 생각나서 괴로웠다. 그래서 먕먕의 학예제에 와 보고 싶었다. 먕먕이 잘 지내는지 어떤 춤을 누구와 추는지 알고 싶었다. 먕먕 모르게 훤히 다 지켜보고 싶었다고 대답하면 어떻게 될까. 과연 순순히 나를 보내줄까. 먕먕에게 피해를 주지 않을까. 처벌은 받지 않을까. 사실대로 털어놓으면 받게 될 혜택에 대해 족제비가 말해 줬으면 좋겠다. 아무 일 없었다는 듯 보내 주겠다는 귀가 솔깃할 만한 보장성 혜택 말이다. 아무래도 어떤 약속이 없으면 입이 안

열릴 것 같다. 이런 생각이 머릿속에 가득 차 있어 나는 내가 대답을 하지 않고 있다는 사실을 의식하지 못했다.

나는 줄곧 한 점밖에 없는 티끌을 바라보고 있었다. 무미 무취 무명한 티끌이었다. 쓰레기로 가득 찬 쓰레기통을 보는 것보다 천만 배는 나았다. 내 앞에는 온통 쓰레기통 같은 존재밖에 없는 것 같았다. 그러나 정작 그들은 쓰레기통을 나 몰라라 하며 자기 볼일만 보았다. 티끌은 나와 함께 고단한 시간을 견디고 있었다. 티끌을 보며 나는 마음이 점점 편안해지는 것을 느꼈다.

내가 P도시의 중학교로 전학 온 지 한 달도 채 안 되었을 무렵이었다. 청소시간에 먕먕이 책상을 옮기다가 모서리에 손이 베여 피가 났다. 양호실 가자. 아냐, 휴지로 피부터 닦아야 해. 아이들은 먕먕의 피를 보고 호들갑이었다. 그 모습을 본 나는 가방에 있던 반창고를 꺼내서 먕먕에게 주었다. 먕먕은 얼떨떨한 표정으로 받기만 했다. 나도 말없이 이내 돌아섰다. 청소가 끝난 뒤, 자리에 앉아 있는 내게 먕먕이 다가왔다. 아까 고마웠어. 먕먕이 반창고를 붙인 손가락을 보여 주며 말했다. 나는 살며시 웃었다.

부영아! 먕먕이 내 이름을 불렀다. 나는 살짝 놀랐다. 전학 온 학교에서, 선생님이 아닌 아이가 내 이름을 부른 건 처음이었다. 내일부터 같이 밥 먹자. 먕먕의 목소리는 명랑했다. 나는 먕먕을 보며 고개를 끄덕였다. 먕먕이 웃었다. 기분이 좋았다. 먕먕은 아이들에게 인기가 많았다. 깡마른 몸매, 예쁘장한 얼굴, 짧은 커트 머리의 미소년 같은 모습이었다. 성격은 상냥하고 털털했으며 무엇보다 춤을 잘 춰서 인기가 많았다. 그런 먕먕과 친구가 된 날이었다.

P도시로 이사 오자마자 시작된 중학교 생활은 거지같이 재미없었다. 중학교는 가혹한 규정들을 아이들에게 주입시켰다. 지켜야 할 규칙이 늘어 갈수록 어기는 규칙도 늘어 갔다. 똑같은 교복을 입었지만 다른 스타일을 연출한 아이들은 선생님 말을 듣지 않았다. 어른을 욕하면서도 그 모습을 따라 했고 욕설로 다른 아이에게 마음의 상처를 입히거나 주먹으로 다른 아이의 피를 보려 했다. 여덟 시간이 넘도록 학교에 갇혀 있으면 머리가 퇴화하는 걸까. 아이들은 초등학교 때보다 더 유치하고 단순해져만 갔다. 나는 낯선 것에 대한 겁은 없었지만 존대한 자존심에 아이들과 어울리려고 애쓰지 않았다. 늘 혼자 밥을 먹고 길을 다녔다. 고작 나이 한 살 더 먹었을 뿐인데 꿈은 점점 작아지는 것임을 깨달았다.

그 후로 먕먕이 다시 내 이름을 부른 건 솥뚜껑과 실랑이를 벌이고 있을 때였다. 손이 크고 매워서 솥뚜껑이라 불리는 아이였다. 점심시간이 끝날 즈음이었다. 솥뚜껑이 내 자리에 앉아 있었다. 책상 위에는 과자 봉지와 부스러기가 흩어져 있었다.

야! 너 이 쓰레기 좀 버려. 솥뚜껑이 자리에서 일어나 비웃으며 말했다. 네가 먹은 건 네가 버려야지 왜 나한테 시켜? 내 말에 솥뚜껑이 한숨을 내뱉었다. 너 지금 나한테 덤비는 거야? 오늘 한 번 맞아 볼래? 좋은 말로 할 때 갖다 버려라! 솥뚜껑이 큰 소리로 겁을 주었다. 시비는 네가 먼저 걸었잖아. 내가 왜 맞아야 하는데? 나는 솥뚜껑의 압박이 무색할 만큼 냉랭한 목소리로 말했다. 어쭈! 이거 봐라. 꺼벙하게 생긴 게 노려보네? 재수 없게 노려보면 어쩔 건데? 이걸 확! 솥뚜껑이 손을 올리는 순간이었다.

부영아! 멍멍이었다. 뭐야? 지금 얘기 중인 거 안 보여? 솥뚜껑이 미간을 잔뜩 찌푸리며 말했다. 넌 입이 손에 달렸니? 병신같이. 순간 나는 멍멍의 앙칼진 목소리로 멍멍이 솥뚜껑보다 서열이 높다는 것을 깨달았다. 멍멍은 부엉이같이 눈을 부릅뜨고 계속 말을 이었다. 선생님이 부영이 데리고 교무실로 오라고 했는데 너도 같이 갈래? 멍멍의 말에 솥뚜껑은 똥 씹은 표정을 지었다. 내가 왜? 솥뚜껑이 따지듯 말했다. 솥뚜껑에게 교무실 호출은 피곤한 일이었다. 제 기분대로 휘두르는 솥뚜껑 때문에 처벌받은 것도 한두 번이 아니었다. 가기 싫으면 말고. 부영아, 가자! 멍멍이 내 손을 잡고 이끌었다.

나는 멍멍을 따라 교실을 나섰다. 뒤통수 너머로 솥뚜껑의 씩씩거리는 소리가 들려왔다. 어찌나 고소하던지 깔깔 소리 내어 웃지 못한 것이 아쉬웠다. 열린 솥뚜껑을 닫을 수 있는 건 체육 선생님밖에 없어. 멍멍이 교무실 안을 들여다보며 말했다. 나는 멍멍에게 고맙다고 했다. 체육 선생님이 안 보이네. 안 되겠다. 가자. 멍멍이 웃으며 말했다. 나도 따라 웃었다.

티끌은 여전히 그 자리에 있었다. 문득 티끌이 내 곁을 지키고 있다는 생각이 들었다. 티끌이 시야에 있다는 것만으로도 위로를 받는 기분이 들었다. 어떤 것도 나를 위로할 수 없다고 생각했는데 그것은 나의 착각이었다. 위로가 필요할 때마다 티끌이 있으면 좋을 것 같았다. 그때부터 나는 애태우며 티끌을 바라보았다. 혹여나 티끌이 사라질까 두려울 정도였다. 별안간 티끌 한 점을 빨아들이고 싶은 충동이 일었다.

"고개 안 들어?"

족제비의 매서운 말이 정수리에 떨어졌다. 나는 몸을 움찔거리며 고개를 들었다. 족제비는 눈싸움이라도 하는 것처럼 나를 째려보았다. 각각의 목소리를 가진 선생님들이 병풍처럼 둘러서서 지켜보고 있었다. 납치된 인질의 기분이 이런 걸까. 모든 시선이 집중된 가운데 족제비가 질문을 던졌다.

"너, 이름이 뭐야?"

족제비는 딱딱한 말투였다. 또다시 같은 질문으로 취조하듯 캐물었다.

"……"

"어느 학교야?"

"……"

"우리 학교에 온 이유가 뭐야?"

"……"

나는 족제비의 위협적인 눈빛을 견뎌 내고 있었다.

"교복은 왜 훔쳤어?"

"…."

"이번이 몇 번째야?"

"…."

"왜 대답을 안 해?"

족제비의 얼굴이 달아올랐다.

"…."

"도대체 어쩌겠다는 거야?"

족제비의 눈에서 불꽃이 피어오르고 코에서는 연기가 뿜어져 나올 것만 같았다. 다른 선생들은 내가 얼마나 견뎌 내는지 흥미롭게 지켜보고 있는 것 같았다. 그럼에도 나는 입도 뻥긋 않고 방어태세를 유지하려고 용을 썼다. 족제비는 스스로 치미는 부아를 참을 수 없었는지 자리를 박차고 일어났다. 나는 감전이라도 된 것처럼 몸을 꼼짝할 수 없었다. 무릎이 아팠다. 연골 조직이 닳는 것 같았다. 그런데 왜 족제비는 내가 사실대로 털어놓으면 받을 혜택에 대해 말해 주지 않는 걸까. 약속, 보장 등의 단어를 이용해서 진실을 말하게 하는 요령이 없다. 직구면 무조건 다 통하는 줄 아는 모양이다

"도대체 무슨 배짱으로 말을 안 하는지 이해가 안 되네."

족제비가 한숨 섞인 목소리로 말했다. 이해가 안 되는 건 피차 마찬가지였다. 아이는 어려서 어른을 이해하지 못할 수도 있다.

그런데 어른은 왜 아이를 이해하지 못할까. 이해하기가 싫은 걸까. 하긴, 어설프게 이해한다고 하는 것보다 차라리 이해하기 싫다고 하는 게 더 좋을지도 모르겠다.

매우 잘고 가벼운 고체 입자는 오도카니 놓여 있었다. 울퉁불퉁한 표면으로 맡을 수 없는 냄새를 풍기면서 자리를 지켰다. 티끌은 더 이상 티끌이 아니었다. 족제비와의 시간을 견디게 해 준 그 무엇이었다. 비록 티끌에 불과하지만 내게는 그 이상의 것과도 같았다. 하지만 언제라도, 어느 한순간이면 흔적도 없이 사라질 티끌이었다.

중간고사를 앞두고 학원 정독실에서 시험공부를 하던 날이었다. 나는 유한집합에 대해 물어보려고 망망을 불렀다. 대답 없는 망망의 시선은 휴대폰에 고정되어 있었다. 미향아. 나는 망망의 이름을 불렀다. 망망이 흠칫하며 말없이 나를 보았다. 왜 망망인 거야? 나는 뜬금없이 물었다. 내 이름을 계속 불러 봐. 미향, 미향…. 아니, 그게 아냐. 망망이 고개를 흔들었다. 좀 더 빠르고 여리게 불러야 해. 잘 들어 봐. 미향미향미양미양미양망망망. 그렇게 미향은 망망이 되었다. 신기하지? 나는 뿌듯해하는 망망을 보며 고개를 끄덕였다. 부영아. 망망이 내 이름을 불렀다. 부영부영부영병병병병. 좀 더 빠르고 여리게 계속 불렀다. 병병은 이상해. 마음에 들지 않아. 나는 고개를 저으며 말했다. 그럼, 봉봉은 어때? 망망이 눈을 동그랗게 뜨며 물었다. 봉봉? 그래, 난 이제 봉봉이야. 이렇게 서로를 부르며 우리는 자타공인 베프(best friend)로 지낼 수 있었다. 수업 시간은 길었지만 먕먕과의 시간은 짧기만 했다. 다시 돌아오지 않을 날들을 지내며 우리는 중학교 2학년의 첫봄을 맞이했다. 그러다 같은 반이 된 기념으로 분식집에서 자축 파티를 한 지 두 달 만이었다. 먕먕이 아버지 직장 문제로 Y도시에 전학을 가게 된 것이다.

먕먕이 전학을 가자 나는 일 년 전의 생활로 돌아갔다. 혼자 밥을 먹고 길을 걷는 지랄 같고 형편없는 학교생활이 이어졌다. 하지만 얼굴을 자주 못 본다고 해서 우리가 베프가 아닐 수는 없었다. 집에서 나와 들어가 잘 때까지, 우리는 거의 매일을 열 통의 문자와 세 번의 통화를 했다. 우리는 유치하기 짝이 없거나 진지 모드의 수다를 나눴다.

그날도 수다 끝에 만날 약속을 정하는 중이었다. 먕먕과 만나는 날을 정하는 건 설레고 즐거운 일이었다. 이번 휴일에 만나는 거 어때? 내가 묻자 먕먕이 앓는 소리를 냈다. 음… 어쩌지? 학예제 커플 댄스 연습에 빠질 수가 없어. 먕먕의 목소리에 미안함이 묻어났다. 댄스 연습으로 약속이 두 차례나 미뤄진 터였다. 먕먕의 학예제 얘기가 나온 뒤로 내가 먼저 연락을 하는 일이 잦아졌다. 파트너한테 연습을 오후로 미루자고 하면 안 돼? 나는 시간을 조정하면 되는 문제라 생각했다. 안 될 것 같아. 오빠랑 점심 먹고 연습하기로 약속했거든. 나는 표도르의 펀치라도 맞은 듯한 기분이었다. 오빠 그리고 약속. 먕먕이 뱉은 두 단어는 내게 배신감을 안겨 주었다. 먕먕은 일 년 넘게 쌓은 우정보다 댄스 연습을 한 달 정도 같이한 '오빠'를 택한 것이다. 내가 먕먕을 좋아하는 만큼 먕먕은 나를 좋아하지 않는다는 생각이 들었다. 순간 패닉상태에 빠져 버린 나는 먼저 전화를 끊어 버렸다. 그리고 다시 전화하지 않았다. 며칠이 지나도록 먕먕에게서도 전화가 오지 않았다. 우리는 함께한 시간과 좋아하는 정도의 차이를 극복하지 못하고 있었다. 수업시간이 괴로웠다. 잊으면 좋을 기억들이 늘어만 갔다. 부질없이 시계와 달력을 쳐다보는 날들이 많아졌다. 어느 것을 봐도 벽이고 어느 곳에 있어도 무인도 같았다.

"너, 이러고 다니는 거 부모님이 알아?"

다시 자리에 앉은 족제비가 거드름을 피우며 말했다. 치사하게 인신공격이다.

"…."

짜증이 솟구쳤다.

"너, 부모님이 그렇게 가르쳤어?"

나는 이맛살을 찌푸리며 족제비를 보았다. 당장 신고 있는 양말을 벗어 족제비의 입에 물리고 싶었다.

"너 뭐가 되려고 그래? 무슨 생각으로 살아?"

"…."

자존심이 얼어붙어 버렸다.

“야, 너 도대체 어떻게 하려고 이러는 거야?”

“…”

“아! 나 참…, 얘를 어떻게 해야 할지 모르겠네.”

족제비는 의자 깊숙이 몸을 기대며 마른 세수를 연거푸 했다. 족제비의 말에 흩어졌던 목소리들이 다시 모여들었다.

“강당에 세우는 건 어때요? 친구 찾기로 하면 아는 애가 나올 수도 있잖아요.”

차분한 목소리가 의견을 내놓았다. 내 심장은 두근거리기 시작했다.

“맞아요. 친구가 있을 거예요.”

콧소리가 맞장구를 쳤다. 목구멍이 타는 것 같았다. 나는 마른 입술을 적시며 치맛자락을 만지작거렸다. 강당에서 춤추던 먕먕의 모습이 머릿속에서 부풀어 올랐다.

강당 무대 위로 먕먕과 그녀의 ‘오빠’가 나타났다. 두 사람은 흰색 셔츠와 검은 바지로 의상을 맞춰 입었다. 먕먕은 짧은 셔츠와 바지로 스타일을 달리했다. 조명이 켜지자 오빠의 손은 먕먕을 향해 뻗었고 먕먕은 허벅지 라인이 돋보이는 포즈를 취하고 있었다. 곧이어 한창 인기 많은 커플 댄스곡이 흘러나오자 그들의 댄스가 시작되었다. 먕먕의 어깨에 올리던 ‘오빠’의 손은 곧 먕먕의 팔을 쓰다듬었고 가슴을 스쳤으며 허리를 감싸고 얼굴을 매만졌다. 남자의 뜨거운 구애에 굴하지 않던 여자가 어느새 사르르 녹아드는 몸짓이었다. 서로의 몸짓으로 밀어를 나누는 듯했다. 망망은 '오빠'와 함께 아찔한 댄스를 보이며 댄싱퀸으로서의 면모를 유감없이 보였다. 그야말로 환상적인 커플 댄스였다. 불특정 다수를 향해 보여 주는 몸짓은 한시도 눈을 뗄 수 없을 정도로 매혹적이었다. 강당의 모든 시선은 춤을 추는 그들의 몸짓에 집중할 수밖에 없었다. 강당을 가득 채운 아이들은 댄스가 끝난 뒤에도 환호와 야유의 환성을 질렀다. 무대를 마친 그들은 서로 격려하듯 등을 토닥였다. 저렇게 즐겁게 잘 지내고 있었구나. 얼굴에 웃음이 떠나질 않는 망망의 모습은 나를 절박하게 했다.

"그런데 번거롭게 강당까지 갈 필요가 있을까요?"

족제비 맞은편에서 들리는 냉랭한 목소리였다. 보장성 혜택에 버금가는 말이었다.

"그럼 다른 방도가 있나요?"

족제비는 의자에서 엉덩이를 살짝 들고 말했다. 나 또한 다음 말이 궁금했다.

"그냥… 애 엄마 부르세요."

냉랭한 목소리의 말이 끝나자 족제비는 의자에 체중을 무겁게 실었다.

"네, 그편이 좋겠네요. 선생님 말에 대꾸도 안 하는데 가정교육부터 제대로 받아야 하지 않겠어요?"

불쑥 끼어들어 보채는 콧소리는 밉상이었다.

"말도 안 하는 애를 붙들고 있을 수만은 없잖아요. 학예제 끝나고 회식도 가야 하는데."

족제비는 냉랭한 목소리를 가만히 듣고만 있었다. 우스운 꼴로 강당에서 망망을 만나지 않는 건 좋았다. 하지만 기분이 좋지 않았다. 나에 대한 호기심과 궁금증을 포기하는 이 상황이 탐탁지 않았다. 퀴퀴한 냄새가 스멀스멀 피어올라 왔다.

"너, 정말 계속 아무 말도 안 하고 그렇게 있을 거야?"

"…."

이제 어떤 말이라도 할 수 없게 되어 버린 것을 족제비는 모르는 것 같았다.

"그래, 도저히 안 되겠다. 말을 안 할 거면 여기에 너희 엄마 번호를 적어라!"

족제비는 종이와 볼펜을 바닥에 내려놓으며 말했다.

"빨리 적어. 계속 이런 식으로 하면 널 경찰서에 보내는 수밖에 없다."

족제비는 아무런 의욕이 없는 목소리로 말했다.

나는 왠지 억울한 마음이 들었다. 그저 망망을 보러 왔을 뿐인데, 널브러져 있는 교복을 주워 입은 것뿐인데, 망망에게 피해가 될까 싶어서, 일이 어떻게 번져 나갈지 몰라 불안해서 말을 안 한 것뿐인데, 나를 경찰서에 보낸다니 조금 겁이 났다. 차라리 엄마를 부르는 편이 나았다. 그런데 어떤 엄마를 불러야 할까. 아빠와 이혼한 친엄마를 부른다면 분명 엄마는 아빠와 또 싸울

것이 분명했다. 호적상 엄마인 오마귀를 부른다면 이번 일로 나
는 오마귀의 밥이 될지도 몰랐다. 나는 돌연히 티끌이 되고 싶었
다. 그리고 티끌과 함께 어디론가 날아가고 싶었다.

사흘 전에 오마귀에게 뺨을 맞았다. 나처럼 그 어떤 물음에도
답을 하지 않는 놈 때문이었다. 놈은 울고 웃고 옹알거리는 것
밖에 못했다. 하지만 그 누구도 놈을 나무라기는커녕 사랑과 관
심만을 듬뿍 줄 뿐이다. 믿었던 할머니까지 그놈이 눈에 아른거
린다고 했다. 그래서 나는 오마귀가 낳은 놈이 미웠다. 놈이 아
빠 얼굴에 오줌을 싸는데도 싱글벙글하는 아빠도 미웠다.

그날 오후, 마침 오마귀가 화장실에 들어가서 한동안 나오지
않을 때였다. 나는 오마귀 방으로 들어가 놈을 째려보았다. 손을
씻지 않고 그놈을 가까이 들여다본 건 처음이었다. 뽀얀 얼굴에
서 아빠의 눈매와 콧방울이 보였다. 나는 눈에 힘을 주며 더 째
려보았다. 그러자 놈이 울음을 터트렸다. 당황한 나는 울음을 그
치게 하려고 다그쳤다. 울지 마! 그만 울어! 그쳐! 뚝! 뚝! 못 그
쳐? 죽을래? 아무리 겁을 주고 협박을 해도 통하지 않았다. 나는
말을 듣지 않는 놈이 미워서 그만 볼을 꼬집었다. 한쪽 볼이 발
개진 놈은 더 크게 울었다. 나는 도망치듯 방을 나왔다. 그때였
다. 놈이 우는 소리에 화장실에서 뛰쳐나온 오마귀와 마주쳤다.
뭐야? 네가 울렸어? 오마귀는 소리를 버럭 지르더니 대뜸 내 뺨
을 때렸다. 누군가에게 뺨을 맞은 건 처음이었다. 나는 머릿속이
얼얼해서 반쯤 입을 벌린 채 아무 말도 하지 못했다. 오마귀는

놈에게 달려갔다. 나는 볼에 난 손자국을 바라보며 오마귀가 죽
어 버렸으면 좋겠다고 생각했다.

　족제비는 오마귀의 전화번호가 적힌 종이를 들고 바로 전화
를 걸었다.
　"어머니, 학생부장입니다. 제가 전화드렸을 때는 절대 좋은 일
은 아닙니다. 그러니 마음의 준비를 단단히 하시고 학교로 오시
면 됩니다."
　자신의 소개로 시작한 통화 내용은 위압적이었다.
　오마귀의 기분이 어떨까. 어이없고 짜증이 나겠지만 뺨 맞은
것과는 비교할 수 없을 것이다. 열 받은 오마귀를 상상하니 코
웃음이 났다. 동시에 눈을 감았다가 떴다. 그런데 티끌이 보이
지 않았다. 눈을 껌뻑거리며 머리를 흔들었다. 믿을 수가 없었다.
조금 전까지만 해도 눈앞에 있던 티끌이 사라진 것이다. 나는 콘
크리트 바닥을 샅샅이 훑으며 정신없이 티끌을 찾아 헤매었다.
아! 낮은 신음이 새어 나왔다.
　"그래, 엄마가 온다고 하니까 괴롭겠지. 역시 엄마는 대단한
존재야."
　족제비는 혼자 오해하고선 재미있다는 듯 씩 웃었다. 나는 족
제비의 오해를 풀어 줄 이유가 없어 그냥 넘겼다. 하지만 족제비
가 말한 대단한 존재의 기준이 무엇인지 궁금했다. 엄마가 대단
한 존재가 되는 데에 자격시험이라도 있으면 모를까. 세상에는

수많은 자격시험이 있고 합격 여부에 따라 그 자격을 가진다. 만약, 엄마 자격시험이 있다면 합격한 사람만이 엄마의 자격을 갖게 될 것이다. 정말 그런 시험이 있다면 적어도 내게 있어 엄마가 불편한 존재는 아닐 것 같다.

티끌을 찾아 헤매는 눈에 오마귀의 모습이 들어왔다. 오마귀는 하늘거리는 블랙 원피스를 입고 아빠가 생일 선물로 사 준 명품 가방을 들고 있었다. 눈매를 강조한 화장에 반짝이는 귀걸이를 했다.

"내 딸이 왜 이 학교에 있어요?"

오마귀는 새침한 표정을 지으며 족제비에게 물었다.

"저도 알고 싶습니다. 도통 말을 안 하니, 남의 학교에 와서 무슨 짓을 했는지 알 수가 있어야죠. 그래서 어머니가 오면 말을 할까 싶어서 연락했습니다."

족제비는 오마귀에게 답답한 심정을 토로했다.

"그렇다면 제가 별로 도움이 안 되겠네요. 저도 딸의 목소리를 못 들은 지 꽤 됐거든요. 말이 없는 편인지, 말을 하기 싫은 건지, 입장이 불리하면 말을 안 하는 건지, 아직 제대로 파악이 안 돼요. 딸과 엄마로 만난 지 일 년도 안 돼서 뭐라 말씀드리기가 곤란하네요."

오마귀의 상냥하고 부드러운 태도와 친절한 말은 듣는 사람으로 하여금 불편한 분위기를 만들었다. 족제비는 언짢은 표정을 드러냈다. 오마귀가 나를 가만히 보았다. 나는 한 치의 흔들림 없는 눈빛으로 오마귀를 쳐다보았다. 오마귀는 눈을 지그시 감았다가 다시 떴다. 그리고 말을 이었다.

"그런데 딸이 이 학교에 무슨 피해를 줬나요?"

오마귀가 따지듯 물었다.

"아니, 피해라기보다 우리 학교 교복을…."

족제비는 살짝 당황한 표정으로 말했다. 오마귀는 족제비의 말을 자르고 끼어들었다.

"그럼 굳이 내 딸이 무릎 꿇고 앉아 있을 필요는 없을 것 같네요."

"아…, 네."

오마귀의 말에 족제비의 당황스러운 표정은 쉽게 수그러들지 않았다.

"저… 선생님, 드릴 말씀이 있는데 잠시 딸을…."

오마귀는 대체 무슨 말을 하려고 나를 내보내는 걸까 몹시 궁금했다.

"아, 네. 얘야, 화장실에 다녀오든지 잠깐 나가 있어라."

나는 오마귀가 무슨 말을 할지 궁금해서 눈치를 살피며 주춤거렸다. 굳어 버린 다리가 쉽게 펴지지 않았다. 다리가 비틀거리는 순간, 바닥에 있는 티끌이 눈에 들어왔다. 나는 산삼을 발견한 심마니처럼 감격에 겨웠지만 환성을 지르진 못했다. 아무도 모르게 티끌을 손에 넣었다.

"딸, 일어나 가세요. 선생님이 나가라고 할 때 가야 신상에 좋을 거예요."

높임말과 신상까지 염려하는 오마귀의 가식적인 모습을 더는 보고 싶지 않았다. 무슨 말로 족제비를 구워삶을 계획인지 궁금치도 않았다. 나는 교무실을 나가는 대로 교문으로 걸어 나갈 것이다.

교무실을 나서는 발걸음이 자꾸만 비치적거렸다. 다리에 쥐가 나서 계단을 내려가다 고꾸라지는 불상사를 막기 위해 안간힘을 썼다. 나는 갑자기 걸음을 멈추었다. 두 시간 동안 버스에 몸을 맡기기 전에 화장실을 들러야겠다고 생각했다. 화장실 거울에 비친 내 모습이 그리 낯설지는 않았다. 단지 그저 그런 교복에 박힌 이름이 낯설 뿐이었다. 모든 게 명찰 때문이라는 생각이 들자 나는 교복을 벗어 화장실 쓰레기통에 내던졌다. 그리고 화장실로 들어갔다. 사방이 막힌 좁은 공간에서 변기와 쓰레기통이 나를 맞이했다. 나는 화장실 문을 굳게 걸어 잠갔다. 볼일을 보고 있는데 화장실로 아이들이 들어오는 소리가 들렸다. 두루마리 휴지가 죄다 풀리듯 아이들의 수다는 쉽게 멈추지 않았다.

"화장이 너무 예쁘게 잘 돼서 지우기가 아까워. 학생부에 안 걸릴 정도로 조금만 지워 줄게. 오늘 춤 공연 정말 완전 캡짱이었어! 너, 일등 상품권으로 뭐할 거야? 나 맛있는 거 사 줘야 하는 거 알지?"

화장실에 낭랑하고 쾌활한 목소리가 울렸다.

"당연하지. 메이크업 비용은 톡톡히 줘야지. 그런데 오늘은 안 되고 내일 먹자. 오늘은 오빠랑 만나기로 했어."

낯익은 목소리였다.

"정말? 좋겠다. 그 오빠는 공부도 그렇고 농구도, 춤도 못하는 게 없네. 완전 만능이야. 뭐야? 그 웃음은? 혹시 오빠가 사귀자고 했어?"

쾌활한 목소리가 한층 높아졌다.

"응. 어제 오빠가 춤 연습 끝나고 그러더라, 사귀자고."

한동안 듣지 못했지만 알 수 있었다. 먕먕의 목소리라는 것을. 나는 가슴이 두근거렸다.

"꺄오! 정말? 와, 좋겠다. 그래서 넌 뭐라고 답했어?"

"공연 끝나고 말해 주겠다고 했지."

"이 깍쟁이!"

그들의 웃음소리가 너무나 즐겁게 들렸다. 내 입가가 움찔거렸다.

"어? 은지 교복이잖아. 저게 왜 쓰레기통에 들어가 있지?"

"누가 장난친 모양인데 은지 기분 정말 나쁘겠다."

먕먕의 말에 누군지 모르는 아이에게 괜히 미안한 마음이 들었다.

"그런데 은지도 이미지 관리 좀 해야 해."

"무슨 말이야?"

먕먕의 말에 나는 귀를 쫑긋 세웠다.

"1학년 때 은지랑 짝지였거든. 애가 말도 없고 내성적이라 조금 친하게 지냈는데 날 지나치게 좋아했었어. 부담스러울 정도로 잘해 주면서 항상 나와 같이 다니려고 하고, 뭐든 같이하려고 하는 거야. 학교에서 매일 만나는데도 휴일에 만나자고 하고, 집으로 찾아오고, 다른 친구와 약속 있다고 하는데도 그 친구와 같이 만나자고 하고, 전화 안 받으면 왜 피하냐고 하고…. 완전 정이 뚝뚝 떨어지게 하는 스타일이더라고. 환장하겠더라니까! 나한테 완전 집착하는 거야. 스트레스가 장난 아니었어."

"그거 일종의 병인 것 같아."

망망이 말했다. 나는 가슴이 덜컥 내려앉았다.

"그래서 좋게 말했지. 다른 친구는 없냐고, 내가 없을 땐 그 친구와 노는 게 좋을 것 같다고. 그런데 우정이 이것밖에 안 되니 하면서 나한테 짜증을 내는 거야. 잘됐다 싶은 마음에 작정하고 싸웠지. 그래서 겨우 벗어났어. 사실 은지가 아빠랑 둘이 사는데 아빠가 집에 잘 안 들어오시나 봐. 그런 거 생각하면 딱하긴 한데, 나도 너무 피곤하니까, 어쩔 수 없었지."

"그 마음 이해해. 사실 내가 전에 다니던 학교에도 그런 애가 있었거든. 친구가 나밖에 없는 것 같아서 좀 잘해 줬더니 날 너무 구속하는 거야. 레즈비언도 아니고 말야. 내가 전학을 간 뒤로 더 심해졌어. 그래도 이해하고 받아 줬는데 오빠랑 연습할 시간에 자꾸 만나자고 보채는 바람에 그냥 끝내 버렸어. 그렇게 하지 않으면 걔도 나도 더 힘들어질 것 같아서 말야."

나는 망망의 말을 들으며 얼굴을 무릎에 파묻었다.

“잘했어. 시간이 지나면 개도 고마워할 거야.”

“그럴까?”

“그래. 그렇게 생각해야지. 안 그럼 그 올가미에서 못 벗어나. 그만 가자. 애들 기다리겠다.”

“그래.”

그들의 발소리가 점점 멀어지는데도 나는 화장실에 갇힌 것처럼 나오지 못했다. 나는 일어나 내 앞을 막고 있는 문을 주먹으로 쳤다. 아무리 치고 두드려도 문이 열리지 않았다. 꽉 진 주먹의 힘이 풀리자 손안에 있던 티끌이 바닥으로 떨어졌다. 나는 털썩 주저앉았다. 그리고 물끄러미 티끌을 바라보았다. 그 후로도 오랫동안.

해설

해설

성장을 저지당한 아이들의 세계

전성욱(문학평론가)

1.

봉준호 감독이 연출한 〈설국열차〉는 계급투쟁을 그리고 있는 좌파 영화인가? 영화의 상업주의적 유통을 거절하고 지가 베르토프 집단을 결성해 〈중국여인〉과 같은 영화들을 만들었던 고다르의 입장에 선다면, 거대자본의 지원을 등에 업고 전 세계에 걸쳐 개봉된 이 영화는 분명 일개 상업영화에 불과할 뿐이다. 그럼에도 〈설국열차〉의 상업주의적 맥락과 이 영화가 전하는 혁명의 우화에 관한 메시지 사이의 그 모순은, 단지 불편한 동거 이상의 어떤 실존적 분열을 암시한다.

인구의 조절로 실행되는 생명정치적 기획 안에서 설국열차의 꼬리 칸은 현대정치의 메커니즘을 압축하고 있는 일종의 수용소다. 분배의 불평등이란 착취를 통해 지배계급의 배를 불리려는 당장의 비만한 탐욕이 아니다. 그것은 봉기를 촉발시킴으로써 희생을 창출하는 인구조절 전략이며, 그리하여 설국열차라는 자족적 시스템의 질서와 균형을 유지시키는 고도의 통치술이다. 그렇다면 혁명이란 무엇인가? 영구기관으로서의 엔진이 탑재된 열차의 머리 칸을 탈환하고 접수하는 것으로 혁명은 완수되지 않는다. 기관실을 탈환하고 정의롭지 못한 엔진의 가동 그 자체를 정지시켜 엔진을 완전히 갈아치우는 것, 그것이야말로 레닌의 사례로 남아 있는 고전적 혁명의 구도라고 할 수 있을 것이다. 그러나 봉준호는 여기서 더 나아가 열차를 통째로 파괴함으로써 열차 바깥의 세계로 탈주하는 들뢰즈·가타리적인 혁명의 모델을 제시한다.

열차의 바깥이 또 어떤 세계인지는 누구도 알 수 없지만, 아마도 혁명 이후란 온통 눈으로 뒤덮인 그 삭막한 풍경이 암시하는 것처럼 혁명과정의 피로를 말끔하게 씻어낸 지상의 낙원으로 주어지진 않을 것이다. 그러므로 혁명 이후는 충족으로 완전한 메시아적 시간의 도래가 아니라 또 다른 외부를 만드는 험난한 행로로 펼쳐질 수밖에 없다. 그리고 혁명의 외부를 여는 역사의 대업은 신의 계시처럼 한순간에 와서 이룩되는 것이 아니라, 또 다른 배치 속에서의 지난한 희생을 다시 반복함으로써만 겨우 이루어질 수 있을 것이다. 그러므로 열차의 한 칸 한 칸을 열어젖히고 탈환하여 점령하는 점진적이며 단계적인 전진의 시간은 혁명 이후에도 결코 쉽게 망각되어선 안 된다. 그 끔찍했던 항쟁의 기억이란 다시 반복될 혁명 이후를 지탱하는 최선의 무기가 되어줄 것이기 때문에.

2.

〈설국열차〉의 커티스는 열차를 타고 나서 한참 동안을 생존의 욕구에만 빠져 짐승처럼 살았으나, 길리엄이라는 상징적 아버지를 만나 마침내 혁명적 주체로 거듭난다. 성장과 혁명은 그렇게 이어져 있다. 우리들의 이 엄혹한 세계가 만약 저 설국의 열차와 같다면, 비참함에 몸서리치는 세상의 모든 상처받은 사람들은 어떻게 그 혹한 속에서 혁명을 꿈꿀 수 있을까?

여기 내 앞에 한 신예 작가의 소설들이 날것의 원고로 덩그러니 놓여 있다. 나는 마치 차디찬 눈을 헤쳐 그 안에서 푸른 생명을 찾는 심정으로 그 원고들을 조심스럽게 한 장, 또 한 장 넘기며 활자들 하나하나에 눈을 맞춘다. 필사적으로 쓰였을 그것들을, 나 역시 애타는 심정으로 마주한다. 그러나 그것들은 처음부터 혁명 따위의 거대한 주제들과는 전혀 무관한 듯 보인다. 소설이 혁명을 대놓고 떠드는 시대가 있었지만, 역시 오늘의 작가들은 그렇게 우직하지 않을뿐더러, 차라리 그 얼마나 영악한가. 이 원고 뭉치의 주인은 그저 자기 삶의 언저리를 세심하게 살펴 어떤 결여 속에서 앓고 있는 자들에게 시선을 던지고 있을 따름이다. 사랑이 온기라면 사랑 없는 세계는 혹한이라 할 수 있을 것이다. 이 작가는 바로 그 혹한 속에서 바들바들 떨고 있는 자들에게 따뜻한 외투 한 벌 건네는 마음으로 글을 쓰고 또 썼던 것일까?

어떤 학문을 참조해 결여가 곧 거세라고 한다면, 이 작가의 인물들은 하나같이 거세된 자들이다. 거세의 착각, 그 환상통을 견뎌냄으로써 자아는 주체로서 성립한다. 다시 그 학문의 용례를 따르자면, 대타자가 부여한 거세의 위협에 굴복함으로써 드디어 주체는 상징계 안으로 평화롭게 안착한다. 소설이라는 이야기의 양식은 대체로 그 굴복의 내러티브를 성장의 서사로 재현한다. 결여의 자리를 대타자의 규율로 채우는 과정을 우리는 성장이라고 부른다. 그런데 이 작가는 그의 인물들이 성장하게 내버려두지 않고, 다만 그들이 결여 속에서 앓고 있는 그 고통을 방치할 뿐이다. 그렇다면 그 비정한 가학성이야말로 이 작가가 혹한에 대하여 말하는 어떤 방식은 아닐까?

「서비스, 서비스」를 보면 결핍을 가진 인간의 무서운 집착을 읽을 수 있다. 집착이라는 병리적 행동은 고착과 마찬가지로 결핍을 채우려는 일종의 심리적 방어기제다. 잃어버린 것을 떠나보내고 그 상실을 받아들이는 애도의 과정이 실패하면, 때때로 승화되지 못한 리비도는 엉뚱한 대상으로 전이되어 집착과 고착을 부른다. 민재는 이혼 후 각자 재혼해버린 부모가 싫어서 할머니를 찾아가 함께 살았다. 할머니에게로의 떠남이란 부모의 사랑을 요청하는 외로운 몸짓이었을 테지만 누구도 민재를 잡아주지 않았다. 그렇게 부모의 사랑이 결핍된 민재는 할머니의 사랑에 집착하였을 것이다. 그러나 애도하지 못한 마음의 결여는 할머니라는 대상만으로 완전하게 충족되지 못한다. 그래서 그는 자기 방의 벽면을 가득 채울 정도로 프라모델을 만들었던 것이다. "혼자 건담을 만드는 동안은 아무것도 생각나지 않아서 정말 좋아. 때때로 위로를 받는 기분이 들 정도니까." 그의 친구 준세에게 '보물섬'이라는 만화책은 "어떤 고난 속에서도 포기하지 않고 지켜내야 할 세계"였지만, 그것은 민재의 프라모델과는 성격이 전혀 다르다. 준세는 그 가상의 세계를 지키기 위해 엄마와 싸워야 했다. 다시 말해 준세의 보물섬은 상징계 너머의 또 다른 세계이며 부모의 세계로부터 일탈하고 싶은 충동이다. 그러나 부모를 잃은 민재에게 프라모델이란 잃어버린 것을 회복하려는 몸부림이며 상징계의 질서로 회귀하고 싶은 욕망인 것이다. 대체로 준세와 같은 엉뚱한 도발이 실패하고 좌절하는 가운데 아이는 어른으로 성장하게 되지만, 애초에 그 같은 도발이 불가능한 민재는 결여의 외로움을 건담의 조립으로 견딜 수 있을 뿐이다. 그런 의미에서 민재는 성장의 토대를 잃어버린 병리적 주체이다.

할머니마저 죽자 민재는 그야말로 천애의 고아다. 그때 보물섬의 세계로 단련된 준세는 민재에게 일본여행을 제안한다. 민재에게 프라모델의 세계를 알려주었던 기태가 도쿄에 유학 중이었기 때문이다. 아키하바라에서 만난 오타쿠들은 마치 결여를 앓고 있는 민재들처럼 만화, 애니메이션, 게임의 캐릭터에 자아를 몰입함으로써 그 결핍을 견디는 것처럼 보인다. 전후 일본의 어떤 거대한 결여가 오타쿠계 서브컬처의 번성을 가져왔다는 아즈마 히로키의 분석이 떠오르는 대목이다. "저들은 익명의 모습으로 자아를 찾고 있는 거야. 만화나 영화, 게임 속의 캐릭터로 변신하면서 자신의 모습을 찾고 있는 거지." 그러나 가상 속에서의 자아 찾기란 그것이 가상인 이상 언제나 실패할 수밖에 없다. 그럼에도 실재(the real)에 가닿을 수 없는 이에게 가상은 진정한 위안의 처소다. "아, 정말 이곳에 있으니까 악몽 같은 현실 속 고민을 만화 영웅들이 다 해결해 줄 것 같지 않아?"

그리고 둘은 좀 더 과감하게 메이드 카페로 간다. 각자 자기들만의 세계에 몰입하고 있는 메이드 카페의 손님들은 준세에게는 마치 '고립된 섬'처럼 보인다. 민재는 그 섬의 가운데에서 코코미라는 메이드를 만나 그녀에게 빠져든다. 코코미는 귀 청소와 귀 마사지를 해준다. 오래전, 민재의 결핍은 이미 귀의 증상으로 표출되곤 했다. "마음이 울적해지면 수십 마리의 개미가 귓속을 떼지어 가는 것같이 귀가 가려울 때가 있었다. 불안한 엄마와 무관심한 아빠, 혹은 무관심한 엄마와 불안한 아빠가 서로의 잘못을 떠넘기는 싸움을 지속하다가 별거에 돌입한 시기였다." 귀를 어루만지는 코코미의 손길은 민재에게 다시없는 평온함의 시간을 가져다준다. 드디어 민재는 코코미의 사랑으로 애도함으로써 상처를 치유할 수 있게 된 것일까?

카페를 나온 준세와 민재는 기태를 만나러 간다. 그리고 뜻밖에도 기태가 데려온 여자 친구 히카사가 민재의 눈에는 영락없는 코코미다. 코코미가 아니냐고 민재가 추궁하지만 히카사는 부정한다. 다음 날 다시 코코미를 찾아간 민재의 앞에 이제 그녀는 자기를 아키나라고 소개한다. 코코미, 히카사, 아키나. 그럴수록 민재는 더 여자에게 매달리게 되지만 그녀는 끝내 자기가 코코미임을 인정하지 않는다. 그리고 도대체 왜 그러냐는 민재의 말에 이런 귓속말을 남긴다. "…쓸쓸하니까." 그들은 이렇게 가상의 캐릭터로 분열할 뿐 결코 실존적으로 만나지 못한다. 그것은 모두 쓸쓸함 때문이리라. 그리고 그 쓸쓸함은 있어야 할 것을 갖지 못한, 다시 말해 모든 결핍의 주체들이 겪는 공통의 마음이다. 그래서 그 쓸쓸한 주체들은 무엇에 집착하거나 고착되는 병리적 증상을 드러낸다. 그들이 집착하는 대상은 의미로 채워지지 않는 텅 빈 기표일 뿐이다. 할머니와 프라모델, 그리고 오타쿠 천국의 메이드, 민재는 그 무엇으로도 충족되지 못하고 홀로 외로이 표류할 뿐이다. 충족되지 않는 세계의 결핍 속에서 그는 언제쯤 어른이 될 수 있을까?

3.

　부모의 사랑을 받지 못하고 자란 아이는 다른 곳에서도 만날 수 있다. 먼저 「단칼」의 여자. 그녀는 아버지를 모른다. 언니가 어머니였음을 뒤늦게 알았고 부모로 알았던 사람들은 조부모였다. 언니, 아니 그녀의 어머니는 오래전 프랑스로 떠났고, 부모 아니 그녀의 조부모는 교통사고로 한꺼번에 죽어버렸다. 이제 그녀에게 유일한 가족은 불임 때문에 이혼을 당해야 했던 이모뿐이다. 그러나 췌장암에 걸린 그 이모마저도 얼마 안 있어 그녀의 곁을 떠나게 될 것이다. 가족 모두가 고통 속에서 살아야만 했고, 게다가 지금 동거하는 남자는 결벽증 환자다. 그는 여자를 씻기는 것으로 위안을 얻고, 여자도 남자의 그 손길로 기쁨을 느낀다. "정민은 갓 태어난 아기를 다루듯이 내 몸을 조심스럽게 씻어 주었다. 나는 욕실에서 태어난 기쁨을 새삼스레 맛보았다." 여자는 이처럼 성장이 아닌 퇴행 속에서만 견딜 수 있는 것이다.

여자는 자신의 몸을 캔버스 삼아 그 위에 무사의 복장을 그려 넣고 포즈를 취하는 사진모델이다. 여자의 몸에 무사를 새기고 그것을 사진에 담는 작가는 호모다. 그 남자는 동성애의 차별을, 여자의 몸에 강인한 남성 무사를 그려넣는 것으로 견딘다. 「단칼」의 인물들은 이처럼 모두 상처투성이다. 동성애자인 남자는 그려야만 하고 결벽증의 남자는 씻겨야만 견딜 수 있다. 불임녀인 이모에게 남은 것은 이제 죽음뿐이다. 그러니까 결핍과 불행이 그녀의 것만은 아니다. 아무리 그리고 또 씻어내도, 그들의 그 집착은 민재의 코코미처럼 완전한 안식을 가져다주지 않을 것이다.

여자가 무사 모델로 분하여 공연을 펼칠 때, 그녀는 상대 전사를 언니로 또 언니의 남자로 여기면서 단칼로 찌른다. 그리고 마지막으로 그 칼을 자기의 가슴을 향해 찌른다. 여자는 그렇게 눈물과 핏물을 흘리며 자기의 상처를 씻어내려 한다. 그러니까 그 공연은 일종의 씻김굿이다. 그러나 역시 한갓 공연이 여자의 실존적인 고통을 씻겨주지는 못하리라. 여자의 몸짓이 필사적인 이유가, 그리고 그 필사적인 몸짓이 더없이 슬픈 이유가 바로 그 때문이다.

버림받은 자들의 이야기는 계속 이어진다. 어떤 소녀에게 버려져 유기된 아이를 동성애자 커플이 거두어 키우는 이야기가 「쎄쎄쎄」다. 아이는 J와 K 두 남자의 사랑 속에서 잘 자라주었지만, 그렇다고 버려졌다는 아픔까지 모두 치유된 것은 아니었다. 그래서 아이는 학교에 가면 늘 잠을 잔다. 꿈속에서만 비로소 온전하게 행복할 수 있기 때문이다. J는 언젠가 아이에게 말했다. "꿈을 많이 먹으면 꿈을 낳을 수 있어." 그렇게 그들은 백일몽으로 현실을 견딘다. 그들에게 꿈이란 역시 민재의 코코미다. K와 J는 동성애자라는 이유로 엄마에게서 버림받았다. 아이는 그들의 애틋한 사랑을 지켜보며 퇴행을 욕망한다. "다시 소녀의 아늑한 아랫배로 들어가 소녀와 사랑을 나누고 싶다고." 버림받은 아이는 다시 사랑을 회복할 때까지 어른으로 성장하기 어렵다.

「단칼」의 동성애자가 그랬던 것처럼 K의 직업도 사진을 찍는 것이다. K가 일을 하러 나가고 없어 외로울 때면 J는 요리를 했다. J의 요리도 역시 민재의 코코미다. 사람들이 어딘가 미친년 같다고 말하는 M을 사람들이 어디가 이상한 년 같다고 말하는 아이는 사랑했다. 그러나 아이는 이내 M에게서 버림받는다. 그

252

래서 아이는 이제 학교를 그만두려고 한다. 하지만 "J와 K는 반대하지 않을 것이다. 누구보다도 버림받은 느낌을 잘 아는 그들이었다." 그들은 함께 있을 때 '쎄쎄쎄'를 부르며 '고난도 촉각놀이'라는 걸 했다. 그것도 역시 민재의 코코미다. 그리고 J가 죽는다. 그들은 더 이상 그 놀이를 함께할 수가 없다. '쎄쎄쎄'를 부르며 놀던 아이들은 다시 그렇게 외로움 속으로 침잠한다.

「분실신고」는 제목부터가 잃어버린 것을 명시한다. 민재도 그랬지만, 소녀는 「단칼」의 여자 혹은 「쎄쎄쎄」의 아이처럼 부모가 아닌 다른 사람의 손에 맡겨져서 자랐다. "엄마는 열네 살에 아이를 낳고는 동갑내기 아빠에게 아이를 주었다. 아빠의 엄마가 아이를 키웠다. 아이가 중학교 졸업식을 하고 돌아온 날이었다. 아빠의 엄마는 화장실 변기에서 숨을 멈추고 말았다." 이 작가의 아이들은 이처럼 하나같이 부모의 자리가 결여되어 있다. 부모의 자리가 부재함으로써 이른바 주체를 주형(鑄型)하는 가족의 삼각형은 성립할 수가 없다. 오이디푸스기를 지나올 수 없는 아이들은 거세된 주체로 살아가야 한다. 태어나자마자 버려진다는 것은 길들여지기도 전에 추방당한다는 것이다. 성장하지 못하고 언제까지나 결핍 속에서 외로운 삶을 사는 아이들. 권력의 통치 대상도 되지 못하고 쫓겨난 이들은 존재 자체를 부정당한 호모 사케르다. 그런 의미에서 이 작가가 그려내고 있는 세계는 배제(추방)하면서 포함(통치)하는 현대성의 정치가 작동하는 바로 그 세계다.

「분실신고」의 소녀는 그 어떤 아이들보다 더 참혹하고 가엾다. 이 소설을 읽으면 로베르 브레송의 영화 〈무쉐뜨〉(1967)를 떠올리게 된다. 그만큼 소녀의 삶은 가혹하다. 자기를 겁탈하는 어른을 저항 끝에 결국 받아들이는 무쉐뜨의 두 손, 나는 스크린 가득했던 그 손을 지금도 잊을 수가 없다. 「분실신고」 속의 사랑 받아본 적 없는 소녀 또한 몸과 마음을 쉽게 열어버린다. 해골이라는 별명의 동급생에게도 그랬다. 소녀의 몸에 닿는 그의 손결이 "온몸에 피어난 멍자국을 쓰다듬는 것 같았다"고 느낄 정도다. 오갈 곳 없는 처지가 되자 이제 소녀는 심지어 매춘을 시키는 악당에게까지 마음을 연다. "남보다도 못한 가족 같은 건 필요 없다. 나는 삼촌과 쭈쭈를 통해 가족을 찾은 것만 같았다." '삼촌'은 바로 그 악당이고 '쭈쭈'는 그 악당의 애완용 뱀이다. 소녀는 악당을 가족으로 얻은 대신에 몸을 팔아야 한다. 그렇지만 소녀에게는 그 손님들마저도 민재의 코코미다. "손님과 웃고, 말하고, 기대고, 살을 부대끼는 게 좋았다. 손님과 다정하게 보내는 동안에는 잃은 것을 잊을 수 있으니까." 잃은 것을 잊기 위해서 소녀가 기댈 수 있는 것은 거의 없다. 억지로 잊어야 할 만큼 잃어버린 것의 그 없음이란 심각한 아픔이다. 독사와도 같은 어른들은 부재와 결여의 틈새를 그들의 더러운 욕망으로 채워넣는다. 그러니까 그 무엇으로도 결코 충족되지 않을 그 틈새란 결국은 약탈의 공간인 것이다. 버려서 상처를 내고, 외로움으로 내몰아 대책 없이 무언가에 매달리게 하는 것, 그렇게 굴종을 유도하는 것이 이른바 신자유주의적 통치의 야비한 형식이다.

굴종하는 가운데 약탈당하는 아이들은 심신의 피로를 티끌 만한 것에서라도 위로받고 싶어 한다. 그 티끌이란 바로 민재의 프라모델이며 코코미다. 「연애(涓埃)」에서도 소녀는 이 작가의 다른 인물들과 마찬가지로 외롭다. 부모가 이혼을 했고 재혼한 아버지와 함께 살지만 새엄마의 존재는 결핍감을 더 가중시킬 뿐이다. 그러다 소녀는 전학 온 학교에서 망망(미향)이라는 친구를 만나 위로를 얻을 수 있었다. 그러나 그것은 진짜 위로라기보다 외로움의 공허를 망망이라는 대상으로 겨우 틀어막은 것일 뿐이었다. 그것은 진정한 사귐이 아니었으므로 소녀는 망망과 교제하는 것이 아니라 집착하고 있는 것에 불과했다.

망망이 다른 학교로 전학을 가자 그 집착은 날로 심해진다. "내가 망망을 좋아하는 만큼 망망은 나를 좋아하지 않는다는 생각이 들었다. 순간 패닉상태에 빠져 버린 나는 먼저 전화를 끊어 버렸다." 이런 집착은 애정결핍의 전형적 증상이다. 그리고 이런 퇴행의 욕망도 마찬가지. "나는 돌연히 티끌이 되고 싶었다. 그리고 티끌과 함께 어디론가 날아가고 싶었다." 그 누구에게도 다른 무엇에도 위로를 얻을 수 없는 처지의 아이가 기댈 수 있는 것은 고작 눈앞의 티끌이다. 그러나 그 작은 티끌이 상기시키는 아이의 결핍은 역설적으로 대단히 심각하다. 그래서 나는 소녀의 이런 티끌에 대한 집착이 너무 애틋하다.

"문득 티끌이 내 곁을 지키고 있다는 생각이 들었다. 티끌이

시야에 있다는 것만으로도 위로를 받는 기분이 들었다. 어떤 것
도 나를 위로할 수 없다고 생각했는데 그것은 나의 착각이었다.
위로가 필요할 때마다 티끌이 있으면 좋을 것 같았다. 그때부터
나는 애태우며 티끌을 바라보았다. 혹여나 티끌이 사라질까 두
려울 정도였다. 별안간 티끌 한 점을 빨아들이고 싶은 충동이 일
었다.”

　티끌 따위에서 위로를 얻어야 하는 삶이란 얼마나 섬뜩한가.
그 티끌 앞에서 어느 것도 위로가 될 수 없다고 생각했던 자기의
오만을 반성하는 그 섬세한 주체의 감각이란 또 얼마나 절박한
것인가. 거대한 폭력에 노출될수록 이렇게 더 작은 것들에 섬세
하게 되는 것이 상처받은 주체들의 감수성이다. 그러니 성장하
지도 못한 이들에게 혁명이란 얼마나 아득한 것이겠는가.

4.

　이 작가에게 있어 버림받음이란 과연 실존의 조건이라고 할
만하다. 작가는 아마 이렇게 말하고 싶었던 것은 아닐까. 인간이
란 이 세계로 내던져진 존재가 아니라 그 세계로부터 추방당한
존재라고. 내던져지거나 내버려지거나, 그것이 모두 자발적인
의지와는 무관한 일방적인 결정에 따른 것이라는 점에서는 매한
가지다. 대체로 이 작가의 인물들은 그 부모에게서 길러질 수 없
는 처지가 되어 유기되거나 떠맡겨진다. 그래서 그들은 버려졌

다는 잔혹한 운명을 견디지 못하고 이것저것에 집착하고 매달린다. 그런 의미에서 그들은 버림받음을 성장의 계기로 역전시켰던 바리데기와도 다르고, 버려졌으나 그 운명과 기꺼이 마주함으로써 파국의 비참을 온몸으로 겪어낸 오이디푸스와도 전혀 다른 존재들이다. 그들은 바리데기처럼 도주의 길을 찾을 수도 없었고, 오이디푸스처럼 운명을 감당할 힘도 없었다. 신화의 시대를 한참 지난 지금, 버려짐으로써 갈피를 잡지 못하고 이리저리 헤맬 수밖에 없는 조건 속에서 그들은 그 가혹한 시간을 견뎌야만 한다. 어찌할 수 없는 그 무능이야말로 정치적 주체화의 길이 봉쇄된 이 시대의 어떤 곤경을 암시하고 있는 것은 아닐까. 그러므로 이제 남는 것은 좌절과 절망, 그리고 그 비극적인 비애의 감수성으로 죽음을 욕망하는 일이다. 마치 무쇄뜨가 그랬던 것처럼.

「사막의 물고기」가 그렇다. 죽고 싶다는 말을 입에 달고 살던 여자는 끝내 그 말대로 되고 말았다. 죽기 전 어느 날, 여자는 옆집의 남자 윤에게 이렇게 말한다. "이게 사는 걸로 보인다니, 우습네요. 난 이미 죽은 사람과 마찬가지예요. 살아 있는데 이럴 순 없는 거잖아요." 역시 외로움 때문이었다. 어떤 사연인지는 알 수 없으나 여자는 혼자서 송이라는 아이를 키우며 살고 있었다. 아마도 여자는 누군가로부터 버림받았을 것이다. 그러면 혼자 남게 된 아이는 어떻게 되는 것일까. 그 아이가 저 숱한 민재들의 삶을 살리라는 것을 이제 우리는 어렵지 않게 예상할 수 있으리라. 언젠가 집에 불이 났을 때 아이는 잠든 엄마를 깨웠지만, 그녀는 오히려 왜 자기를 죽게 내버려두지 않았느냐고 아이를 때리며 나무랐다. "돌아누운 엄마의 등 뒤로 원망 섞인 울음을 쏟아 냈어요. 울고 울어도 아이를 달래 주는 사람은 아무도 없었어요." 이것은 아이가 길렀던 칼납자루라는 물고기가 옆집의 윤에게 하는 말이다. 아이에게 저 물고기는 예의 그 티끌이며 민재의 코코미였을 것이다. 아이는 윤에게 물고기를 건네고 어딘가로 떠나버렸다. 아이는 지금 어디서 무엇을 하며 거리를 헤매고 있을까. 오, 무쉐뜨!

옆집의 윤은 어떤가. 그는 동시통역사로 입지를 굳히던 바로 그즈음 청력이 손상되고 말았다. "꿈을 이루기 위해 노력한 시간, 한순간에 사라진 꿈의 시간, 모든 것이 무의미해진 시간이 동굴같이 어두운 방 안에 갇힌 것 같았다." 그는 그렇게 한순간에 거의 모든 것을 잃어버리고 말았던 것이다. 아이는 언젠가 윤에게 물고기를 가져와, 왜 물고기에는 귀가 없는지를 물었다. 엄마의 죽고 싶다는 말, 그것은 곧 자기를 내버려두고 떠나버리겠다는 말에 다름 아니다. 아이의 귀는 그 위협적인 말들을 들어내야만 했던 상처받은 몸의 부위다. 다시 「서비스, 서비스」를 떠올려본다. 민재가 떠올렸던 할머니의 귀는 이런 것이었다. "민재의 원망 섞인 울음부터 이기적인 아빠와 엄마의 일방적인 하소연, 오지랖 넓은 이웃의 참견까지 들어야만 했던 귀였다." 귀는 곧 세상의 온갖 고통을 감각하는 몸의 가장 예민한 기관이다. 그러므로 윤의 청력 손상과 이명이란 민재가 앓았던 귀 가려움증처럼 이 세계의 폭력성에 대한 어떤 은유다. 윤이 자기의 귀를 자르고 그것을 물고기의 아가미에 얹었을 때, 그것은 세상의 온갖 폭력적인 소란스러움을 감내했던 귀를 씻어내는 엄숙한 정화의 의식이다. 그리고 여자의 생사를 결정했던 해바라기 베개, 물고기가 살 수 없는 사막, 그리고 이글거리는 태양과 해바라기의 이미저리는 고흐의 자화상으로 연결된다. 그렇게 이 세상의 외로운 사람들은 사막의 한가운데서 숨을 헐떡거리는 물고기다. 귀가 잘린 고흐의 자화상이 세계의 파열을 자기 정신의 분열로 묘파한 것이라면, 자기의 귀를 잘라 물고기의 아가미에 얹고 또 아이의 행방을 찾는 윤의 행동 역시 죽음의 욕동을 이겨낼 수 있는 어떤 자화상이라고 할 수 있다.

또 다른 죽음의 충동을 볼 수 있다. 「숨은 그림자」가 바로 그것. 쉽게 말해 여자는 남자에게 이용당하고 버림받았다. 그래서 지금 그녀는 은둔형 외톨이가 되어버렸다. 직장을 잃고, 친구를 잃었으며, 가족마저 잃게 되었다. 인터넷 게임에 빠져도 보지만 역시 그것은 민재의 코코미이며 채워질 수 없는 결여만 더 크게 느껴질 뿐이다. 「사막의 물고기」에서 여자가 입버릇처럼 죽고 싶다는 말을 되뇌었던 것처럼, 이 여자는 누군가 자기를 방해하고 있다는 말을 끊임없이 되뇐다. "날 방해하는 자가 누군지, 왜 내가 누군가의 방해로 고통을 받아야 하는지에 대한 생각을 떨쳐 버릴 수가 없어. 누군가에 대해 생각을 하면 할수록, 미궁 속으로 빠져들수록 자존감을 잃어 가고 있어. 누군가로 인해 내 존재감을 상실해 버린 느낌은 흡사 지옥의 맛이야." 이런 강박은 일종의 피해망상이다. 그 강박적인 고통에서 벗어날 수 있는 거의 유일한 방법은 잠으로 빠져드는 것뿐이다. "나는 편안하고 안락한 침대로 들어갔어. 죽은 듯이 누워 내처 잠만 잤어. 침대가 관구였어. 집이 무덤 같았지." 그리고 엄마가 그녀를 정신병원에 입원시키려고 했던 날, 여자는 기어이 강물로 걸어 들어간다. 죽음에 유혹을 느끼는 것은 삶이 막다른 곳에 이르렀음을 가리킨다. 더 이상 삶을 견뎌낼 수 있는 동력이 모두 소진되었을 때, 그러니까 근원적인 존재 보존의 욕망(conatus)을 유지하기 힘들게 되었을 때 사람은 죽음의 유혹에 이끌린다.

코나투스가 불가능한 상황은 부정을 통해 세계를 개변시키려는 인정투쟁의 욕망이 상실된 인간의 동물화로 설명될 수 있다. 알렉상드르 코제브는 완전한 충족으로 더 이상 코나투스를 욕망할 필요도 없는 상황을 인간의 동물화와 역사의 종말로 서술했지만, 지금은 충족이 아닌 결핍이 역사적 전망을 흐리고 있는 것이다. 그러므로 내버려지고, 본질적인 것을 잃어버린 결핍의 주체들은 역사 이후를 사는 것이 아니라 역사상의 가장 잔혹한 시기를 버텨내고 있는 것이다.

5.

타인의 인정이 불가능해질 때 자포자기한 주체는 죽음에 이끌린다. 몸의 털 때문에 아이들에게 놀림을 받았던 「미미」의 여자는 시간이 한참 흐른 뒤에도 그 트라우마에서 벗어나지 못하고 제모에 집착한다. 성형과 외모에 매달리는 것은 타인의 인정을 바라는 생의 의지인 것처럼 보이지만, 사실 그것은 타인의 시선에 종속당한 비역사적 주체의 서글픈 버둥거림일 뿐이다.

나는 이 작가의 글에서 성장과 혁명의 연루를 탐문해보고 싶었다. 혁명의 주체는 역사의 지평 위에 있지만, 이 작가의 인물들은 그런 지평을 갖지 못했다. 그의 아이들은 성장이 불가능한 세계를 살고 있기 때문이다. 그들은 열차 칸의 굳게 닫힌 문을 열어젖힐 여력도 의지도 없다. 다시 말해 성장이 불가능한 세계의 아이들은 혁명의 주체로 자라지 못한다. 그러니 이 작가의 역사관이란 얼마나 비관적인가. 그러나 그 비관의 역사의식을 나는 믿고 싶다. 낙관이 불가능한 세계에서 역사의 지평이란 그저 멀고도 아득한 것일 뿐. 나는 그 비관에 담긴 아득함의 정서에 대하여 오래 생각한다. 그것은 부정이며 포기일까? 버림받은 자들, 무언가 근원적인 것을 잃어버린 자들, 그들의 버둥거림을 지켜보는 것은 지극히 불편하다. 그러나 나는 이 불편함 속에 역사적 지평의 열림을 고대하는 절실한 마음이 담겨 있다고 믿고 싶다.

봉준호는 거대 상업자본과의 결탁에도 불구하고 혁명의 메시지가 담긴 영화를 만들었다. 그것은 봉준호의 무모함인가 상업자본의 뻔뻔함인가. 〈설국열차〉의 흥행은 다른 작은 영화들의 개봉을 축소시키거나 무력화시킬 것이 분명하다. 영화 주제의 급진성과 그 배급의 불온함이 갖는 아이러니, 그것은 또한 꼬리칸의 울분을 아는 봉준호의 아이러니다. 이 책의 작가는 그 엉뚱한 아이러니에 빠지지 않기를. 다음엔 그의 아이들이 살부의식에 눈뜬 오이디푸스들로 자라 있기를. 그렇게 우리, 함께 달리는 기차의 바깥을 꿈꿀 수 있기를.

견고한 일상 속에서 균열을 발견한다.

그 틈새를 응시하며 가능한 세계를 열망한다.

무성한 오해와 이해로 구축하는,

세계 속에 존재하는 '나'는 너무나 많다.

그러니 함부로 '나'를 규정한다면,

어리석은 일이 될 것이다.

때때로 열망을 갉아먹는 불안이 엄습한다.

구멍 난 자리를 보고 있으면,

어디선가 누군가의 숨결이 들려온다.

그의 말이 고스란히 귀에 내려앉는다.

점점 온몸이 뜨거워진다.

더는 마주하는 세상을 두려워하지 않을 것이다.

두려움은 설렘의 다른 이름이니.

언제까지 모른 채 외면하지 못할 것이므로

좌절하고 낙담하기 위해서라도.

소중하고 고마운 그들을 떠올린다.

은혜로운 부모님,

든든한 동생들,

늘 머리맡에 계신 선생님들,

위안이 되어 주는 동료들,

각양각색의 인연들,

무엇보다 애써 준 산지니,

그들에게 줄 수 있는 건 내 마음뿐.

바야흐로 나는

두근거리는 시작 앞에 서 있다.

이 책을 펼친 당신을 상상한다.

2013년 가을

이미욱